행복의 온도

행복은 선택이다

행복의 온도

2018년 2월 10일 초판 1쇄 발행

지은이 _ 조경희
펴낸이 _ 김종욱

편집 디자인 _ 박용
마케팅 _ 이경숙, 송이솔
영업 _ 박준현, 김진태, 이예지

주소 _ 경기도 파주시 회동길 325-22 세화빌딩
신고번호 제 382-2010-000016호
대표전화 _032-326-5036
내용문의 _ 010-5577-4079(전자우편 kyonghee61@naver.com)
구입문의 _ 032-326-5036/010-6471-2550/070-8749-3550
팩스번호 _ 031-360-6376
전자우편 _ mimunsa@naver.com

ISBN 979-11-87812-03-6

행복의 온도

행복은 선택이다

조경희 지음

미문사

이 책은 평범하게 살기 원했지만, 결코 평범하지 않은 삶을 살면서 행복을 찾아가는 이야기다.

20대 중반을 넘어 한 아이의 엄마가 되면서 삶이 버거워질 때마다 내 나이 쉰을 넘었을 때 지금 이 순간의 삶을 어떻게 이야기할까 생각했다. 그리고 지금의 힘겨움을 이렇게 이겼다고 책으로 써서 나와 같이 굴곡진 삶을 사는 사람들에게 희망을 주고 싶다는 생각으로 인내하며 살았다. 30여 년의 세월이 흐른 지금, 삶을 통해 깨닫게 된 지혜를 나누기 위해 책을 썼다. 누군가 한 사람이라도 내가 쓴 글을 읽고 살아갈 용기를 얻고 희망을 만난다면 그동안의 삶을 보상받는 기분일 것 같다.

일반적으로 돈이 많고 성공하면 행복할 것으로 생각한다. 나 또한 그랬다. 가난한 가정에서 태어나 하고 싶은 공부를 하지 못했던 나는, 내 자식만큼은 돈이 없어서 하고 싶은 공부를 못 하는 일이 없도록 하겠다는 생각으로 오직 돈을 벌기 위해 몸 사리지 않고 일했다. 그러다 어느 날 책 속에서 10년 후를 지금 준비하라는 문장을 만나면서 달라졌다. 내가 가장 잘 할 수 있는 일이 무엇인가를 생각하게 되고 서른네 살에 검정고시에 도전하게 되었다. 그때부터 내 인생은 전혀 다른 방향으로 흘러가기 시작했다. 생각하지 못했던 일들을 만나고 그 상황을 해결해 가면서 절망 앞에서도 희망을 찾아 한 발씩 앞으로 나가는 나를 발견했다.

서른다섯이라는 젊은 나이에 경부암으로 자궁을 모두 적출하면서 내가 죽을 수도 있다고 생각하니 모든 것이 다르게 다가왔다. 내일의 행복을 위해 오늘의 행복을 저당 잡히지 말아야겠다는 생각을 하게 되고 내가 없으면 남편도, 아이도, 이 세상도 존재하지 않는다는 것을 알았다. 모든 사람의 소원은 건강과 행복일 것이다. 그런데 모든 사람이 건강하거나 행복하게 살지는 않는다. 돈이 많아도 사회적으로 성공했어도 행복하지 못한 사람도 있고 간절히 건강한 삶을 살기 원하지만 건강하지 않은 삶을 사는 사람도 있다.

　그렇다면 행복의 온도는 몇 도일까?

　사람은 가슴과 가슴이 만났을 때 사랑을 하게 되고 행복을 느끼는 것으로 보아 행복의 온도는 인간의 체온과 같은 36.5°가 아닐까 싶다. 나는 가슴으로 DNA가 다른 아이들을 만나면서 건강과 행복을 찾았다. 행복은 조건이 아니라 선택하는 것이고 느끼는 것이기 때문이다.

　이 책이 행복을 찾는 모든 사람에게 행복한 삶의 길잡이가 되었으면 하는 바람이다.

2018년 1월 즐거운 집 골방에서
조경희

　사람의 삶은 어디서 와서 어떻게, 어디로 가는지 쉽게 말할 수 없습니다. 신념에 따라서는 이러저러한 답을 가지고 있기도 하지만, 대개는 그것을 알지 못합니다.

　한 사람이 지금 왜 이 자리에 있게 되었는지는 본인도 잘 모르니 남인들 어떻게 다른 이를 잘 알 수 있겠습니까. 조경희 선생님도 본인이 지금 여기서 이런 일을 하며 이렇게 살 거라고 전에는 몰랐다고 합니다.

　조경희 선생님은 죽음을 맞이한 순간, 내 아이들처럼 '엄마 없이 살고 있는 다른 아이들'을 떠올리며 또 다른 사랑의 세계로 자기를 넓혀가게 됩니다. 죽음을 이겨낸 선생님은 현재 내 아이들뿐 아니라 '엄마와 살 수 없는 다른 아이들'과 함께 사는 그룹홈 엄마의 삶을 살고 계십니다. 죽음을 앞두고 자신과의 약속이었던 엄마 없는 아이들의 엄마가 되겠다는 약속을 지키며 사는 것입니다.

　조경희 선생님께서도 긴 시간을 아이들과 살면서 어찌 좋은 일만 있었겠습니까. 어렵고 힘든 일이 더 많았을 것입니다. 그런데 선생님은 몸의 아픔도 있었지만, 다른 사람들이 겪을 수 있는 역경, 다른 사람보다 더한 역경을 겪으면서 도리어 행복의 새로운 단서를 찾아 내셨습니다. 역경 속에서 좌절하지 않고, 포기하지 않고 어떻게 사는 것이 행복의 삶인지를 찾고 선택하였습니다. 남들이 보기에는 더 어려운 길로 들어가는 것 같아 안타까워하기도 하였지만, 스스로 선택한 어려운 삶이 도리어 참 행복한 인생이라는 것을 알게 된 것입니다.

거창하고 어려운 일도 많이 있겠지만, '엄마 없는 아이들에게 엄마가 되어 주겠다'는 자신만의 성찰과 선택이 외부의 고난과 고통 속에서도 스스로의 행복이 된 것입니다.

그룹홈에서 살아본 사람들은 압니다. 아침 일찍부터 저녁 늦게까지 쉴 틈이 없습니다. 밥하고, 학교 보내고, 청소하고, 빨래하고, 서류해야 하고... 경찰서나 학교에 불려가지나 않으면 그나마 괜찮을까요. 정말 차 한잔도 여유 있게 마실 수 없고 잠시도 짬이 없는 생활이 그룹홈의 엄마입니다. 그런 와중에도 조경희 선생님은 이렇게 글을 쓰고 엮어 책을 내셨습니다.

아마 세상의 누구도 글을 써서 책을 내보고 싶지 않은 사람은 없을 것입니다. 이야기로 쓰면 책 열 권은 넘는 게 인생살이니 하고 싶은 말이 얼마나 많이 있겠습니까. 다만 누가 그것을 해내느냐가 문제이고, 대개는 재능이 없거나 시간이 없어 못하게 되죠. 조경희 선생님께서는 없는 시간에도 그 재능을 잃어버리지 않고 좋은 글집을 내주셨습니다. 아마 다른 이들도 본인처럼 어렵더라도 포기하지 말고 행복을 누리고 기쁘게 살기를 바라는 마음이, 이런 쉽지 않은 작업을 끌어온 동기였을 것입니다.

아이들을 키우는 것도, 이 글을 써서 내놓는 것도 결국 사랑과 행복의 나눔이라고 생각됩니다.

부끄럽지만 재주 없는 글로 추천사랍시고 선생님의 좋은 글을 훼손하지 않았기만을 바라며, 좋은 글이 많이 나누어져 행복의 향기가 널리 퍼져나가기를 빕니다.

(사)한국아동청소년그룹홈협의회장
안정선

차   례

03 _____ 나는 그룹홈으로 희망을 만났다

01

불평한다고 달라지는 것은
아무것도 없다

01

불평한다고 달라지는 것은 아무것도 없다

살면서 기쁘고 감사하고 즐거운 일보다 힘들고 어렵고 짜증나는 일이 훨씬 더 많다.

우리는 내 생각과 조금 다르거나 내 뜻대로 되지 않을 때 불평을 쏟아 놓으며 남의 탓으로 돌린다. 주변을 둘러보면 먹을 것도 많고 마트나 장난감 가게에 가면 아이들이 가지고 놀 수 있는 것들이 너무나 많다. 그런데 아이들은 조금만 힘들거나 자기 맘에 들지 않으면 짜증난다는 말을 아무렇지도 않게 한다.

먹을 것도 놀잇감도 없던 60년대에 태어난 나에게 유일한 놀잇감은 학교 도서관에서 만나는 책들과 자연에서 취할 수 있는 돌이나 나무 막대기 또는 계절을 따라 내리는 비와 눈이었다.

학교에 갔다 오는 길에 도로 옆에 주저앉아 작은 돌들을 산더미처럼 쌓아 놓고 공기놀이를 했다. 어쩌다 지나가는 자동차가 비포장도로를 달리며 먼지를 일으키는 바람에 온통 먼지투성이가 되어도 짜증난다거나 신경질적인 반응을 보이지 않았다. 심지어 먹을 것이 없어 고구마로 밥을 대신하고 도시락을 싸오지 못해 수돗물로 배를 채워도 부모님을 원망하지 않았다. 그 시절에는 그랬다. 그런데 고등학교 진학을 앞두고 종갓집 장손인 남동생을 가르쳐야 하기 때문에 고등학교에 보내 줄 수 없다는 이야기를 들었을 때는 달랐다.

나에게 고등학교에 보내 줄 수 없다는 말은 내 꿈을 싹둑 자르는 것과 같다.
1960년대에는 초등학교에 못 가는 아이들도 있었고 초등학교만 졸업하고 중학교 문턱도 못 밟아 본 아이들이 많았다. 그런 아이들은 대부분 집안일을 돕거나 공장에 취직해서 돈을 벌어 동생을 학교에 보내는 일을 감당하면서도 불평하지 않았다. 오히려 명절 때가 되면 선물 보따리를 들고 집에 와서 언니 오빠가 없는 아이들의 부러움의 대상이 되기도 했다. 중학교를 졸업한 나는 그래도 나은 편이었다.

초등학교에 입학하기 위해 삼촌을 따라 처음으로 면 소재지에 있는 대마 초등학교에 갔다. 그날은 운동장에서 담배 공판이 열리고 있었는데 그 사람이 그 사람 같아 삼촌 뒤를 잘 따라간다는 것이 그만 다른 사람을 따라가고 말았다. 생전 처음 와 보는 초등학교라 어디로 가야 할지 몰라 두리번거리다 교문까지 다시 나와서 서성거렸다.

다행히 동네 언니가 나를 발견하여 교무실에 데려다 주어서 삼촌과 다시 만날 수 있었다. 한글도 모르는 내게 선생님은 이것저것 묻더니 하나부터 열까지 세어 보라고 했다. 나는 또랑또랑한 목소리로 손가락을 꼽아가며 열까지 세었다. 선생님은 정말 잘했다고 칭찬해 주셨는데 그때부터 수학을 좋아하고 무엇인가 새로운 것을 배우는 것에 즐거움을 느끼게 되었다.

이렇게 공부하는 것을 좋아하고 선생님이 꿈이었던 나에게 고등학교에 진학할 수 없다는 것은 절망 그 자체였다. 그렇다고 요즈음 아이들처럼 소리 지르고 화내며 학교에 보내 달라고 떼쓰지도 못했다. 그저 장대비가 쏟아지는 길을 우산도 쓰지 않고 걷거나 내 방에 틀어박혀 우는 것이 전부였다. 당시에는 어른들의 말에 말대답을 하거나 자기 생각을 분명하게 표현하면 버릇없는 아이로 어른들의 호통을 들었다. 그렇게 자란 아이들은 어른들의 말에 감히 이의를 제기할 생각조차 하지 못했다. 이의를 제기하거나 불평한다고 달라지는 것이 아무것도 없다는 것을 잘 알기 때문이다.

감사하며 사는 것이나 불평하며 사는 것이나 습관이다.

성경에 항상 감사하라는 말씀이 있다. 그래서 하루 중 감사한 일 10가지 적기를 하며 불만족스러운 일은 삭제하고 감사한 일을 되새겨보며 긍정 마인드로 전환하기 위해 노력한 적이 있다. 처음에는 감사한 일 찾기가 참 어려웠다. 하루도 지나지 않았는데 기억이 안 난다든지 도무지 감사할 일이 없는 날도 있었다. 그런 날에도 억지로 감사한 일을 찾아 적었다. 그렇게 몇 개월이 지나자 감사한 일 10개는 쉽게 적을 수 있게 되었다. 감사한 일 찾기가 습관으로 굳어져 어떤 사람을 만났을 때 그 사람의 장점을 먼저 보게 되고 어떤 상황에서든 긍정적인 면을 보게 되었다.

아침 6시 50분이면 아이들이 하나 둘 식탁으로 모인다. 더 자고 싶은데 밥 먹고 학교 가라고 깨우는 선생님의 성화에 억지로 일어나기는 했지만 지난밤 과자를 먹고 잠자리에 든 아이는 입안이 깔깔하고 입맛이 없다. 아이는 젓가락을 들고 식탁에 콕콕 찍으며 먹을 것이 없다고 불평한다. 평소에 미역국을 좋아하는데 오늘 아침에는 미역국이 먹고 싶지 않은 모양이다. 반찬도 김치는 기본이고 감자와 햄을 같이 볶은 것을 비롯하여 대여섯 가지 반찬 중에 아이가 좋아하는 반찬이 두세 가지 있지만 아이는 다 싫다고 하며 다른 반찬 없느냐고 한다.

나는 밥상 앞에 와서 불평할 거면 밥상 앞에 오지 말라고 한다. 불평하며 먹는 음식은 몸속에 들어가서 영양 성분이 되어 몸을 건강하게 하는 것이 아니라 독이 되어 몸을 해치기 때문에 차라리 안 먹는 것이 좋다고 말한다. 밥 먹기 싫을 때가 있는데 그때는 "엄마 저 오늘 아침 밥 안 먹을래요."라고 얘기하면 억지로 끌어다 밥 먹이지 않겠다고 한다. 그리고 오늘 그 밥이 없어 죽어 가는 아이들이 수도 없이 많으니까 네가 안 먹은 밥 그런 아이들에게 주면 눈물 흘리며 감사하고 먹을 것이라고 이야기해 준다. 그럼 아이는 행동을 멈추고 조용히 밥을 먹는다.

이곳에 오기까지 아이들은 긍정적인 경험보다는 부정적인 경험을 훨씬 더 많이 하고 온다. 전혀 돌봄을 받지 못하는 방임을 경험하거나 부모나 형제의 폭력을 경험한 경우 또는 부모가 심하게 싸우는 것을 자주 보면서 불안한 마음을 경험한 경우 등 다양하다. 그래도 그런 경우는 양호한 것이다. 지속적으로 성추행을 당하거나 성폭행을 당해 가족으로부터 분리되어 오는 경우도 있다. 그런 아이들의 마음을 보듬어 따뜻한 사랑을 경험하게 하고 그 사랑이 과거의 상처를 딛고 일어설 힘을 기를 수 있도록 지속적인 관심과 사랑을 표현해야 한다. 분노와 부정적인 생각으로 가득한 아이들의 생각을 긍정적인 생각으로 전환시키기까지 수개월에서 많게는 몇 년이 걸린다. 내가 키우는 아이들이 감사하며 사는 습관을 길들일 수만 있다면 수개월이 아닌 수년이 걸리더라도 나는 결코 포기하지 않을 것이다.

생각이 바뀌면 행동이 바뀌고 행동이 바뀌면 습관이 바뀌고 습관이 바뀌면 인생도 변한다

사과 열 개가 있다면 당신은 어떤 방법으로 사과 열 개를 먹을 것인가 묻고 싶다. 어렵고 힘들게 살았던 시절에는 좋은 것은 아끼고 좋지 않은 것, 맛없어 보이는 것부터 먹었다. 그러나 지금은 가장 맛있는 것부터 먹는다. 맛없어 보이는 것부터 먹는 사람은 열 개를 다 먹도록 맛없는 사과를 먹고, 가장 맛있어 보이는 것부터 먹기 시작한 사람은 열 개를 다 먹도록 가장 맛있어 보이는 사과를 먹게 된다는 것을 알기 때문이다.

"생각이 바뀌면 행동이 바뀌고 행동이 바뀌면 습관이 바뀌고 습관이 바뀌면 인생도 변한다." 라는 말이 있다. 모든 것은 우리의 생각으로부터 시작된다는 이야기다. 아무리 좋은 환경을 제공해도 불평하는 사람은 여전히 불평한다. 불평은 또 다른 불평을 부르고 불평이 많아지면 불행한 인생이 된다. 누구나 불행한 삶을 살기 원하는 사람은 없을 것이다. 그렇다면 불평하는 사람이 아닌 감사하는 사람을 보며 그들의 삶의 습관을 통해 행복한 삶의 비결을 배우는 것이 필요하지 않을까 싶다. 불평한다고 달라지는 것은 아무것도 없다.

02

3평 단칸방, 우리 집이 천국이다

'왔다천막사'를 시작할 때 우리에게 가진 돈은 100만 원이 전부였다.

안성 시내에서 조금 벗어난 외곽에 허름한 가게를 보증금 300만 원에 임대했다. 보증금 300만 원도 남편 친구가 200만 원을 빌려주어서 겨우 마련한 상황이라 거미줄이 주렁주렁 걸린 주막집을 청소하고 간판을 다는 것 외에 돈이 들어가는 일은 보류했다. 가게에 달린 3평방은 연탄보일러가 고장 났지만 당장 고칠 수가 없어 냉방에서 솜이불을 깔고 아이와 함께 셋이서 체온으로 추위를 견디며 잠을 잤다.

방에는 비키니 옷장과 결혼할 때 가져왔던 책장 겸 책상을 들여놓았다. 가게 개업을 축하하러 온 지인이 텔레비전도 없는 방을 보고

14인치 중고 흑백텔레비전을 주어서 유선을 연결했다. 뉴스를 볼 수 있게 되니 감았던 눈을 뜬 것처럼 세상 소식을 보고 들을 수 있다는 것이 얼마나 감사한지 눈물이 났다. 주방이 없어 가게에서 방으로 들어가는 통로에 곤로를 놓고 겨우 밥을 해 먹었는데 정부미 쌀로 지은 밥에 김치 하나만 있어도 꿀맛이었다. 설거지는 물론 빨래며 세수도 밖에 있는 수돗가에 가서 해결해야 했지만 그런 불편함은 잘 살기 위한 과정으로 여기며 애교로 봐주기로 했다.

방에는 벽에 가게를 내다볼 수 있는 작은 구멍을 내고 유리로 막아놓는 곳이 있었다. 방에 있다 인기척이 나면 그 구멍을 통해 누가 왔는지 확인하고 문을 열고 나가 손님을 맞았다. 내가 가게에서 일할 때면 아이는 수시로 그 구멍을 통해 엄마의 존재를 확인한 후 장난감을 가지고 놀았다. 밤마다 서로의 살이 맞닿아야 잘 수 있는 공간에서 엄마 아빠가 읽어 주는 동화책을 흥미롭게 보던 아이는 일찍 한글을 깨우쳐서 스스로 책을 읽게 되었다. 그때부터 아이는 장난감보다 책을 더 좋아하여 나를 행복하게 해주었다.

아이를 키우며 사회생활을 해야 하는 워킹 맘들은 일과 육아로 몸도 마음도 지치고 힘들다. 친정엄마나 시어머니가 아이를 맡아서 돌봐주기 어려운 경우 영아 전담 어린이집에 갓난아기를 맡기고 출근해야 한다. 아침에 출근 준비와 함께 어린이집에 보낼 아기 준비물을 챙겨 어린이집에 아기를 맡기고 부랴부랴 출근하고 나면 지친다. 모닝커피로 에너지를 충전하고 일에 집중하지만 순간순간 아이가 잘 노는지 보채고 울지는 않는지 걱정된다. 매스컴에서 어린이집 교사가 아이를 어찌어찌 했다는 보도라도 나오면 혹시 하는 마음에 더 신경이 쓰인다.

회식이 있는 날에는 남편에게 아이를 부탁할 수밖에 없다. 남편이 아이를 돌보고는 있지만 제대로 보고나 있는지 걱정되고 마음 편하게 회식을 즐기지 못한다. 주말이라고 마음 편하게 쉴 수도 없다. 일주일 동안 어린이집에 맡겼으니 주말에라도 아이와 함께 놀아 주어야 한다. 다양한 놀이 경험을 하도록 하고 싶어 근처 키즈 카페를 검색해 가장 깨끗하고 시설이 좋은 곳을 찾아간다. 많은 아이들이 모여서 놀다 보니 아이들끼리 싸우기도 하고 안전사고가 발생할 수도 있다는 생각에 잠시도 아이에게서 눈을 뗄 수가 없다. 그렇게 주말을 보내고 나면 녹초가 된다.

워킹 맘의 고민을 한방에 해결해 준 것이 3평 단칸방이다.

나도 일을 하며 두 아이를 키웠다. 출퇴근을 하는 것도 아니고 집과 가게가 떨어져 있는 것도 아니어서 너무 좋았다. 아이들은 언제든 엄마에게 달려올 수 있고 나 또한 수시로 아이들이 노는 것을 확인할 수 있었다. 아이가 칭얼대면 일을 중단하고 들어가 젖을 먹이고 기저귀를 갈아 준 다음 다시 업고 일을 했다. 그러다 아이가 잠들면 방에 들어가 재워 놓고 나와서 일을 한다고 눈치를 주거나 싫어하는 사람도 없다.

일을 하면서 잠시 쉬는 사이 빨래를 하거나 아이를 데리고 놀 수도 있어 워킹 맘들이 퇴근해서 동당거리며 하는 일을 나는 낮에 다 해결했다. 또한 일을 하지 않는 가게는 아이의 놀이터가 되었다. 좁은 방을 대신해 돗자리를 깔고 장난감과 책을 갖다 놓으면 영락없는 놀이방이었다. 아이를 데리고 일을 한다는 점에서 힘들고 어려운 것은 같았지만 아이를 곁에 두고 지켜보며 일을 할 수 있다는 면에서 가게에 달린 3평방은 우리 가족만의 천국이었다.

어느 해 봄 심방을 하는 날 점심을 하기로 했다. 주방도 없는 좁은 방에서 심방 다니는 목사님과 권사님 그리고 집사님 등 예닐곱 명을 대접해야 하는데 메뉴를 무엇으로 할까 하다가 돈가스로 하기로 했다. 요즈음처럼 시중에 돈가스가 만들어져 나와 있지 않아 정육점에서 고기를 사다 칼집을 넣고 두드려서 부드럽게 한 다음 밀가루를 묻히고 계란을 풀어 놓은 물에 담갔다 다시 빵가루를 묻혀 튀겼다. 그것도 곤로 불 하나로 밥하고 국 끓이고 돈가스 튀기는 일을 다 하려니 시간이 여간 많이 걸리지 않았다. 그래도 맛있는 점심을 대접하고 싶은 마음에 땀을 흘리며 준비해서 좁은 방에 상을 차렸다.

3평방에 성인 예닐곱 명이 둘러앉으니 무릎과 무릎이 맞닿고 움직일 수조차 없었다. 그런 상황에서도 목사님과 권사님들은 맛있는 점심을 준비해 주어서 감사하다는 기도를 하고 맛있게 드셨다. 나 또한 결혼 전에 서울의 반지하 단칸방에서 주일학교 교사들에게 점심을 대접하겠다고 초청한 집사님 댁에 가서 밥을 먹은 적이 있다. 이렇게 좁고 불편한데 누가 시키는 것도 아닌 식사 대접을 어떻게 즐겁게 할 수 있을까 싶었다. 그런데 막상 내가 그런 상황에 놓이고 보니 누군가를 섬기고 대접한다는 것은 공간의 넓고 좁은 것과는 상관이 없다는 것을 알게 되었다.

요즈음은 감사할 줄 모르는 아이들이 많다.

즐거운 집 아이들도 마찬가지다. 연건평 80평 규모의 벽돌로 직접 지은 전원 주택으로 사방에 넓은 창이 있어 전망대처럼 사계절을 몸으로 느낄 수 있는 집에서 산다. 아이들을 위해 방문이며 거실 천정은 물론 씽크대도 통 원목으로 만들어 달았다. 가능하면 인스턴트 식품을 먹이지 않고 아이들이 좋아하는 음식을 직접 요리해서 먹인다. 그럼에도 불구하고 이런 저런 불평을 한다. 그럴 때 나는 아이들에게 옛날 이야기를 들려준다. 그리고 작은 것에 감사할 줄 알아야 한다고 가르친다.

일 년에 한두 번 전라남도 영광의 친정집에 갔다 올 때 평택, 안성 IC를 돌아 안성으로 들어서면 우리 집에 온 것처럼 편안함이 느껴졌다. 그리고 며칠 비워 두었던 집에 돌아와 방문을 열고 들어서는 순간 가방을 내던지고 두 팔을 벌려 "우리 집이 천국이다"를 외쳤다. 깔끔하게 청소가 되어 있지 않아도 방 구석구석에 정리되지 않은 책과 옷들이 굴러다녀도 간섭할 사람도 없고 지금 당장 치우지 않아도 되는 곳, 언제라도 내 마음대로 몇 개 안 되는 가구를 이리저리 옮겨

방 구조를 바꾸고 꾸밀 수 있는 우리만의 공간이 있다는 것만으로도 너무 좋았다.

가게에 달린 3평 단칸방은 다른 사람이 보기에 보잘것없고 누추하지만 나에게는 함께하는 가족이 있고 힘들고 지친 몸을 기대어 편안하게 쉴 수 있는 더 없이 좋은 공간이었다. 나는 그곳에서 책을 읽으며 미래를 꿈꾸고 아이들을 키웠다. 육아와 일을 병행하며 더 나은 미래를 위해 공부를 시작했던 곳도 3평 단칸방이다. 지금도 허리를 굽히고 들어가면 벽이 누렇게 바래고 여기저기 찢어진 흔적이 있는 옛날 집에 가면 정감이 간다. 가끔은 그런 방에서 엄마 손맛을 느끼게 하는 음식을 파는 식당에 가서 밥을 먹는다. 그리고 3평 단칸방에서 천국을 누리며 새로운 꿈을 꾸던 그 옛날을 추억한다.

03

살기 위한 선택, '왔다천막사'

　1984년 4월에 결혼하고 퇴직금을 털어 한우 다섯 마리와 돼지 20마리로 축산업을 시작했다. 이후 일 년 동안 주말부부로 살며 내 월급으로 사료값을 충당하고 남편은 품팔이를 하거나 공장에서 파트타임으로 일하며 큰 농장주로서의 꿈을 키웠다. 그러나 세상은 우리에게 순탄한 길을 내어 주지 않았다. 주말부부 생활을 정리하고 안성으로 내려왔는데 축산 파동으로 사료값을 감당하지 못해 살아 있는 돼지를 갖다 버리는 농장이 발생할 정도로 어려움이 많았다. 우리도 눈덩이처럼 불어나는 사료값을 감당하지 못해 눈물 흘리며 헐값에 모두 정리하고 나니 사료값을 비롯하여 농협 빚만 남았다. 배운 것도, 가진 것도 없는데 어떻게 먹고 살아야 하나 하는 생각에 잠이 오지 않았다.

그 와중에 아이가 잉태되었다. 남편은 조금 더 경제적으로 안정되면 아이를 낳는 것이 좋지 않겠느냐고 했지만 하나님을 믿는 사람으로서 아이를 유산시킨다는 것은 있을 수 없는 일이라 낳기로 했다. 아이를 잉태하기 전까지 나는 아이들을 좋아하지 않았다. 다섯 명의 동생들을 보며 아이는 고집부리고 떼쓰고 말 안 듣고 귀찮은 존재로 기억되었기 때문이다.

그런데 내 아이는 달랐다.

태 안에서부터 생명의 신비함을 느끼게 했고 태어나서는 우리에게 희망이고 에너지의 원천이며 기쁨이 되었다. 현실을 바라보면 암담하고 절벽 같은데 아이를 바라보면 일곱 색깔 무지개의 기쁨이 있었다. 초롱초롱한 눈망울과 하루가 다르게 반응하는 성장 과정이 신비롭고 놀라워 현실의 어려움을 순간순간 잊게 했다.

아이까지 태어나니 돈 쓸 일이 많아졌다. 남편은 가락동 시장에서 리어커를 끌면 돈을 많이 벌 수 있다고 작업복을 챙겨가지고 가서는 며칠씩 있다 오기도 하고 돼지 농장에 가서 일을 하기도 했다. 그런 사실을 알게 된 언니가 천막 가게를 해보라고 권했다. 천막은 계절이 없이 재고가 없어 적어도 망하지는 않는다는 것이다. 결혼 전 언니네 집에 얹혀살며 일하는 것을 보기는 했지만 직접 해보지는 않는데 먹고 살기 위해서는 선택의 여지가 없었다. 일단 언니네 집에 가서 3개월 동안 천막 만드는 기술을 배우기로 하고 살던 월세방을 정리한 후 짐은 큰형님 댁 문간방에 쌓아 놓았다. 언니네 집에서 6개월된 아들을 데리고 세 식구가 신세를 진다는 것이 여간 부담스럽지 않았다. 그래도 기술을 배워 천막 가게를 하면 먹고 사는 데 지장이 없다는 언니 말에 한 가닥 희망을 걸고 참고 또 참으며 기술을 배웠다.

천막일은 천을 잘라 옷을 만드는 것과 같다.

파이프로 만든 골조를 자로 재어 거기에 맞게 천막을 잘라 꿰매거나 붙여 모양을 만들고 바람에 날아가지 않도록 고리를 만들어 붙여 준 다음 골조에 씌워 단단히 묶어 주는 작업이다. 천막 천은 방수가 되는 것과 방수가 되지 않는 것이 있는데 방수가 되는 천막은 간이 창고를 짓거나 화물차 뒤에 짐을 싣기 위해 파이프로 골조를 세우고 그 위에 천막을 씌우는 차 호로로 사용하고 방수가 되지 않는 천막은 주로 잠깐 야적한 물건을 덮거나 수확한 곡식을 널어 말리는 용도로 많이 사용되었다.

천막을 골조에 맞춰 자를 때 학교에서 배운 수학 공식이 요긴하게 사용되었다. 수학박사라는 별명이 붙을 만큼 수학 공부하는 것을 좋아하고 잘했던 것이 큰 도움이 되었다. 원둘레를 아는 데 지름을 계산해야 천막을 둥그렇게 재단을 할 수 있다거나 직각 삼각형의 빗변을 계산해 내야 길이를 알고 거기에 맞추어 천막을 자르고 꿰매거나 붙일 수 있는 상황이 종종 발생했다. 그때마다 어김없이 나의 수학 실력은 발휘되고 잘하는 것을 일할 때 사용할 수 있는 것이 뿌듯했다.

3개월 예정으로 갔다가 아이가 기침이 심하고 열이 떨어지지 않아 겨우 한 달 만에 나와 아이는 돌아왔다. 6개월 된 아이를 데리고 천막일을 한다는 것이 결코 쉽지 않았다. 그렇다고 천막 가게 하는 것을 포기할 수도 없었다. 남편은 한 달 정도 더 천막일을 배운 후 안성 시내에서 벗어난 보개우체국 옆에 오랫동안 비어 있던 대폿집을 하던 자리에서 가게를 하기로 했다. 보증금 300만 원 전세였는데 가진 돈은 100만 원뿐이었지만 '어떻게 되겠지' 하는 마음으로 100만 원을 몽땅 계약금으로 걸고 계약했다.

대폿집을 하던 아줌마 남편이 오토바이 사고로 죽자 아줌마가 안성을 떠나고 임대로 들어올 사람이 없어 비어 있는지 오래되었다고 했다. 보일러는 고장 난 지 오래고 주렁주렁 걸린 거미줄은 주인 없는 집임을 말해 주고 있었다. 화장실은 커다란 통 가운데를 가로지르는 막대기 두 개에 조심스럽게 발을 올려놓고 볼일을 봐야 하는 재래식 화장실인데다 화장실 문은 영화에 나오는 귀신이 사는 집 문같이 여기저기 구멍이 뚫리고 먼지가 켜켜로 쌓여 있었다.

그곳에서 천막 가게를 하겠다고 했을 때 주변 사람들은 거기서 무슨 장사가 되겠느냐고 모두 말렸다. 선택의 여지가 없었던 남편은 주변의 만류에도 불구하고 '왔다천막사'라고 가게 이름을 정하고 간판을 달았다. 그리고 언니가 방수가 되지 않는 탑지라는 천막 다섯 필과 사용하던 공업용 미싱을 빌려주어 가게 한쪽에 들여놓았다. 개업식은 생략하고 가게 문을 열었다.

처음부터 장사가 잘 될 리 없었다.

낮에는 아기를 업고 비틀거리며 자전거를 타고 명함을 돌리고 새벽에는 가게 한쪽 귀퉁이에 베틀을 들여놓고 안성으로 내려와 부업으로 하던 기모노라는 비단을 짰다. 남편은 막일을 하기도 하고 천막일이 들어오면 정성껏 천막을 만들어 주고 차 호로는 자투리 천을 덧대어 구멍 뚫은 부분이 빨리 찢어지지 않도록 보강했다. 방수 천막을 붙이는 기계가 없어 만들어야 하는 천막 크기만큼 언니네 가게에서 붙여 택배로 보내 달라고 하거나 '평택천막사'에 가서 붙여 오기도 했다. 자로 재고 머리로 생각하고 또 생각해서 실수하지 않고 천막을 만들려고 노력했지만 기술이 부족하여 실수로 잘못 자르는 일이 종종 발생했고 그러면 무거운 천막을 오토바이에 싣고 평택까지 가서 다시 붙여 와야 했다.

누가 봐도 장사가 될 것 같지 않은 자리에 초라하기 이를 데 없는 천막 가게였지만 함께하는 가족이 있고 비를 피할 수 있는 집과 젊음이 있기에 고추장 하나에 정부미로 지은 밥을 먹어도 진수성찬 부럽지 않은 꿀맛이었다. 밤마다 서로의 살이 닿아야 누울 수 있는 공간에서 아이에게 책을 읽어 주고 옛날이야기를 들려 주며 희망을 키우고 작은 행복을 하나 둘 쌓아 갔다. 그 결과 한 번 온 손님은 다른 손님을 데리고 와서 단골이 늘어나고 수입도 안정되어 5년이 지나자 조금씩 저축도 하게 되고 10년이 지나면서 내 집 마련의 꿈을 이룰 수 있게 되었다.

천막일은 무거운 천막을 이리 뒤집고 저리 뒤집으며 작업을 해야 하기 때문에 힘이 들고 거칠다. 특히 현장에 가서 파이프로 만든 골조 위에 천막을 씌우는 작업은 힘도 들지만 위험하기도 하다. 3D 업종 중의 하나라고 할 수 있는 것이다. 그렇다고 아무나 할 수 있는 일은 아니다. 천막 만드는 기술을 한두 달 배워서 기술자로 일하기도 어렵고 공업용 미싱을 사용해 천막을 꿰매는 것도 하루아침에 할 수 있는 일은 아니다. 또한 주파기라는 천막을 접착하는 기계는 순간 전력을 많이 사용해 전자파가 많이 발생한다.

이런 모든 것을 알고 천막일을 시작한 것은 아니다. 공업용 미싱을 사용하는 방법도 모르고 주파기라는 기계를 조작하는 방법은 더더욱 몰랐다. 그러나 사람이 궁하면 통한다고 먹고 살기 위해 다른 선택의 여지가 없다 보니 사용할 줄 모르는 공업용 미싱의 페달을 겁도 없이 밟았다. 힘들고 어려워도 얼굴 찌푸리지 않고 밝게 웃으며 친절하고 성실하게 손님을 왕으로 모셨다. 천막일은 나이 먹어서 할 일은 아니다. 힘도 들고 전자파도 많이 발생하며 현장 일은 위험하기 때문이다. 그러다 보니 젊은 사람들 중에 천막일을 배우려고 하는 사람이 없어 천막 기술자들의 몸값이 비싸다. 일자리가 부족하고 실업률이 사상 최대치를 기록한다고 하지만 천막 가게에서는 사람 구하기가 힘들다. 1988년 봄부터 1999년 봄까지 10여 년간 우리 가족과 함께한 '왔다천막사'는 우리 가정의 경제를 일으켜 세운 고마운 가게다. 지금도 천막일은 밥 먹고 사는 데 지장이 없는 철밥통이다.

04

서른세 살에 검정고시에 도전하다

큰아이를 출산하고 5~6년이 지나 한 아이를 입양해 키우기로 하고 입양 기관을 찾았다. 입양 기관에서는 어떤 직업인지 학교는 어디까지 나왔는지 경제 능력이 어느 정도인지 물었다. 부부가 고등학교 졸업 이상이어야 하고 1990년 당시 월 200만 원 이상의 소득이 있어야 하며 아이를 입양할 때 그동안 발생한 비용으로 대략 150만 원을 입양 기관에 지급해야 한다고 했다. 그뿐 아니라 내 친자녀가 있으면 입양이 조금 더 까다롭다고 했다.

그래도 한 아이를 더 낳는 것보다 어려운 아이를 입양해 키우는 것이 좋을 것 같아 여기저기 알아보았으나 비슷한 조건을 이야기했다. 남편이 중학교 졸업 학력에 '왔다천막사'에서 일하며 얻는 순수한

월 소득이 200만 원이 안 되어 우리는 아이를 입양할 자격조차 없었다. 할 수 없이 아이를 낳기로 하고 준비 기간을 거쳐 둘째 아이를 출산했다. 임신 기간 내내 전자파가 많이 발생하는 주파기라는 기계를 사용해 천막을 접착하거나 미싱으로 천막 꿰매는 일을 했다. 전자파가 태아에게 안 좋은 영향을 미칠 것 같았지만 먹고 살기 위해 어쩔 수 없이 은박지로 앞치마를 만들어 입고 일을 했다. 진통이 와서 병원에 가는 날도 천막을 접착하고 쪼그려 앉아 망치로 천막에 아이네트(구멍 뚫는 작업) 치는 작업을 했다.

그렇게 일을 하고 많이 움직였는데도 아이는 배 속에서 4.3kg으로 크게 자라 자연 분만하는 데 어려움이 많았다. 일 년 중 가장 더운 삼복더위, 그것도 초복 날 둘째 아이를 분만했는데 산모가 선풍기 바람을 쐬면 뼈에 바람이 들어간다고 선풍기조차 못 틀게 하고 따끈따끈한 미역국을 먹게 했다. 축하해 주러 온 사람들도 잠시 들어왔다 더워서 못 있겠다고 금방 나갔다. 아이를 분만하러 가는 날까지 사람을 만나고 일을 했던 나에게 산후조리는 창살 없는 감옥이었다. 먹고 자고 먹고 자고 해야 할 아이는 수시로 깨어 울고 보채는데 밖으로 돌아다닐 수도, 내 이야기를 들어 줄 사람도 없었다.

나는 서서히 산후 우울증이라는 어둠의 터널로 미끄러져 내려갔다.

친정이나 시댁에 산후조리를 해줄 사람이 없어 친분이 있는 교회 권사님 댁에서 산후조리를 하고 있었다. 권사님은 당신 며느리와 같이 2주 정도 산후조리를 할 수 있도록 도와줄 테니 마음 편하게 있으라고 했었다. 그런데 출산 후 사흘이 지나면서 우울감이 나를 엄습해 도저히 견딜 수가 없어 남편에게 집으로 가겠다고 했다. 집에는 아이를 씻겨 줄 사람도, 밥을 해줄 사람도 없는데 그래도 우리 집이 편하고 좋을 것 같았다. 남편은 산후 우울증에 걸릴 것 같아 미칠 것 같다는 내 말에 어쩔 수 없이 아이와 나를 집으로 데려갔다.

집이라고 해야 천막 가게에 붙어 있는 세 평짜리 방으로 주방도 따로 없다. 그런 곳에 건축용 스티로폼을 켜켜로 쌓아 놓고 아이와 나는 스티로폼 위에서 자고 큰아이와 남편은 밑에서 새우잠을 잤다. 도와줄 사람이 없으니 아이를 직접 씻기고 우리 가족이 먹을 밥을 해야 했지만 마음은 편했다. 산후조리를 제대로 안 하면 나중에 고생한다고 만류했지만 달리 방법이 없었다. 그리고 우울감에서 벗어나기 위해 붙잡은 것이 책이다. 평소 읽고 싶어도 바빠서 읽지 못했던 책들을 읽으며 스스로를 추스르기 위해 몸부림치던 어느 날 '10년 후를 지금 준비하라'는 문장을 만났다.

10년 후의 내 모습을 생각하니 까만색이고 죽음이었다. 나는 물 한 양동이를 들지 못하고 힘을 요하는 일을 하면 금방 에너지가 소진되어 주저앉았다. 어머니는 한창 잘 먹고 쑥쑥 커야 할 네 살 때 장마가 들어 보리가 썩는 바람에 썩은 보리밥을 먹고 자라서 그렇다고 했다. 그런 내가 40kg이 넘는 방수 천막을 재단해서 이리저리 옮기고 뒤집으며 작업을 한다는 것은 무리가 아닐 수 없었다. 이렇게 나에게 힘이 부치는 일을 계속하면 견디지 못하고 죽을 것 같았다.

그렇다면 내가 재미있게 잘 할 수 있는 일이 무엇일까?

공부라는 결론이 나왔다. 도전하지 않으면 죽을 것 같은 절박함이 너무나 높게만 느껴지던 고졸검정고시라는 장벽을 뛰어넘을 용기를 갖게 했다. 학원을 다니며 공부할 만큼 경제적인 여유가 없고 시간을 낼 수도 없어서 인터넷으로 몇십만 원을 주고 고등학교 졸업자격 시험을 준비하는 교재를 구입했다.

고등학교 졸업자격 검정고시는 총 9과목으로(현재는 6과목이다) 국어, 영어, 수학, 사회, 과학, 국사, 선택1, 선택2가 있었는데 선택1은 도덕을 선택2는 가정을 선택했다. 중학교를 졸업하고 15년이 넘었으니 기억나는 것이 아무것도 없었다. 학교 다닐 때 수학박사라는 별명이 붙을 만큼 수학 공부하는 것이 좋았었는데 인수분해 공식 하나 생각나지 않았다. 과연 할 수 있을까 두렵기도 하고 내 자신이 불쌍하기도 해서 펑펑 울었다. 여기서 주저앉으면 나에게 또다시 기회는 오지 않을 거라는 생각으로 마음을 다잡고 중학교 1학년 수학과 영어 자습서부터 사다가 영어와 수학 공부하는 데 6개월을 투자했다.

수학은 문제를 보고 기억 저편으로 사라진 수학 공식이나 풀이 방법을 되살리기 위해 풀이 과정을 보며 풀었다. 그리고 풀이 과정을 가리고 다시 한 번 풀어보다 기억나지 않으면 살짝 열어 풀이 과정을 보며 반복했다. 그래도 모르는 것이 있으면 편지로 궁금한 것을 질문하고 또

답을 받아서 풀이 과정을 확인했다. 컴퓨터나 휴대폰 사용이 일반화되어 있지 않은 아날로그 세대라 그런 방법이 전혀 불편하지 않았다.

둘째 아이를 출산하고 다음 해 공부를 시작했는데 둘째 아이가 극도로 예민해서 어려움이 많았다. 작은아이는 껌딱지라고 할 만큼 나를 떨어지지 않아서 화장실까지 업고 가야 했으며 작은 소리에도 깨어나 보채고 울었다. 전자파가 많이 발생하는 주파기라는 기계를 사용해서 그런 것은 아닐까 싶은 죄책감으로 아이의 까다로움을 감당했다. 아이가 잘 때 같이 자고 새벽 2시에 일어나 조용히 책장을 넘기며 공부했다. 극도로 예민한 아이를 위해 작은 스탠드를 구입해 불빛이 새어나가지 않도록 가려 겨우 책만 비치도록 하였다. 어디를 가든지 가방 속에 책을 가지고 다니며 은행에서 기다리는 5분, 버스를 기다리는 10분 등 자투리 시간을 활용했다.

하루 2~3시간의 수면은 장소와 상관없이 머리를 기대면 졸음이 쏟아지게 했다. 그래도 밤이 되면 또다시 책을 펴고 공부를 했다. 주변의 모든 사람들이 이제 먹고 살 만한데 힘들게 공부는 해서 뭐하느냐, 쓸데없는 고생하지 말고 돈이나 벌어 편하게 살 생각하라고 만류했다. 단 한 사람, 한 번도 만나지 못하고 편지로만 서로를 격려하며 응원하던 고인석이라는 친구만이 "넌 할 수 있어 잘 해낼 거야. 열심히 해봐. 넌 정말 대단한 아이야"라고 응원해 주었다. 내 스스로도 일년 동안 독학으로 공부해서 합격할 거라는 자신은 없었다.

최선을 다하고 결과는 하늘에 맡겼다.

6개월 동안 영어와 수학의 기초를 다지고 6개월은 암기 과목과 함께 문제풀이 중심으로 공부했다. 아홉 과목 평균이 60점 이상이어야 하고 한 과목도 40점 미만이 없어야 한다. 지금은 40점 미만이 있어도 평균 60점이 넘으면 되지만 그때는 과락이라는 제도가 있어 40점 미만은 과락으로 처리되어 다시 도전해야 했다.

1994년 4월 시험보기 3일 전 뻥 뚫리는 것같이 수학에 대한 자신감이 생겨 합격할 수도 있겠구나 싶었지만 시험 날은 두렵고 떨렸다. 점심은 컵라면으로 해결하고 조용히 다음 시간을 준비했다. 아는 사람이 한 사람도 없다는 것이 오히려 도움이 되었다. 드디어 발표하는 날, 잔뜩 긴장해서 수화기를 들고 ARS를 통해 합격 여부를 확인했다. "합격입니다"라는 멘트가 나오는 순간 나는 울고 있었다. '해냈구나 드디어 해냈어 내가 해낸 거야.' 과목별 점수를 확인해 보니 수학 95점에 평균 78.8이라는 생각보다 높은 점수가 확인되었다. 내 실력이 아닌 하늘의 도움이라는 생각이 들었다.

많은 아이들이 조금만 어렵겠다 싶으면 '못한다. 어렵다, 할 수 없다.'고 말하고 해보려고조차 하지 않는다. 그러면 나는 아이들에게 해봤느냐고 묻는다. 음식은 먹어 봐야 맛을 알고 일은 해봐야 내가 할 수 있는지 없는지 알 수 있는 거니까 해보지도 않고 못한다고 말하지 않도록 가르친다. 못한다고 단정하는데 어떻게 그 일을 잘 할 수 있겠는가. 못한다, 어렵다, 할 수 없다고 생각하는 순간 모든 세포들은 못하고 어렵고 할 수 없는 쪽으로 움직일 것이다. 모든 사람이 불가능하다고 할지라도 가능성을 믿고 '한다'고 선언한 후 도전하면 내 몸의 세포뿐만 아니라 주변의 모든 상황들이 할 수 있는 방향으로 움직이게 된다. 그것이 우주의 원리요 하늘의 섭리라는 것을 경험을 통해 알게 되었다.

05

책 보따리 싸들고 암 수술하러 가다

때로는 바람에 스치듯 지나가는 느낌이 맞을 때가 있다. 불길한 느낌은 더욱 그렇다.

1995년 여름 교회에서 유치부 교사로 봉사하고 있던 나는 네살배기 작은아이를 데리고 여름성경학교에 참석했다. 안성의 한 기도원에서 2박 3일로 진행되었는데 평소와는 다른 프로그램들이 하루 종일 이어졌다. 그런데 하필이면 그때 생리가 시작되었다. 혹시 몰라 생리대를 준비해 가지고 가기는 했지만 삼복더위에 불편하기도 하고 혹시 냄새가 나지 않을까 여간 신경이 쓰이지 않았다.

아뿔싸 생리량이 평소보다 훨씬 많고 냄새도 좋지 않았다. 중형 생리대로는 감당이 안 되어 결국 옷 밖으로 배어 나왔고 나는 부랴부랴 옷을 갈아입는 소동을 벌였다. 생리량도 많고 색깔도 좋지 않을 뿐만 아니라 냄새 또한 역하게 느껴지는 것이 뭔가 이상하다는 불길한 느낌이 들었다.

성경학교가 끝나고 얼마 후 안성시에서 〈모자보건센터〉를 개원하고 자궁암 검사를 무료로 해준다는 지역방송을 보고 일하다 말고 보건소로 달려갔다. 급하게 나가다 치맛단이 우두둑 터졌지만 꿰매 입고 갈 시간이 없어 옷핀으로 대충 치맛단을 접어 끼우고 갔다. 그리고 아무 일도 없었다는 듯 일상으로 돌아왔다.

며칠 후 결과가 안 좋으니까 보건소로 다시 한 번 나오라는 연락이 왔다. 대수롭지 않게 여기고 지금은 너무 바빠서 며칠 있다 가겠다고 했다. 그때는 생리도 끝나고 몸에 어떤 이상도 느껴지지 않았기 때문이다. 전화를 한 모자보건소 간호사는 "지금 일이 문제예요? 결과가 안 좋다고 나오라는데 왜 못 알아들어요. 내일 당장 나오세요." 하며 화를 냈다.

다음 날 보건소로 갔더니 간호사는 검사 결과지를 내밀며 결과가 안 좋으니까 〈안성의료원〉에 가서 조직 검사를 해보라고 했다. 뭔가 잘못되었구나 싶어 곧바로 〈안성의료원〉으로 가서 보건소에서 가져간 결과지를 보여 주고 조직 검사를 했다. 그리고 일주일 후 장대비가 무섭게 쏟아지던 날 검사 결과를 보러 다시 〈안성의료원〉을 찾았다. 의사 선생님은 조직 검사 결과지만을 들여다보며 "악성입니다. 빨리 큰 병원에 가서 수술해야 할 것 같습니다."고 하더니 나를 쳐다보았다. 나는 얼음이 되었다. 아는 병원도 없고 무엇을 어떻게 해야 할지 아무 생각도 나지 않았다.

"아는 병원이 없는데 어디로 가요?"

어디로 가야 할지 알지 못하고 멍하니 서 있는 나에게 의사 선생님은 잠간 기다리라고 하더니 종이에 무엇인가를 한참 적었다. 그리고 밀봉해서 주며 〈서울대학병원〉 이효표 교수님 특진 신청해서 예약하고 치료받으라고 했다. 병원을 나서는데 앞이 보이지 않을 만큼 세차게 장대비가 내렸다. 멍하니 한참을 서 있다 집으로 가자는 남편의 말에 정신이 들어 차에 올랐다. 집으로 데려다주겠다는 것을 집에 가서 혼자 있으면 더 많이 울 것 같아 가게로 갔다.

퀴블러-로스가 분석한 죽음에 대한 인간의 다섯 가지 반응을 보면 첫째 부정, 둘째 분노, 셋째 타협, 넷째 우울, 다섯째 순응의 단계를 거치게 된다. 대부분의 사람들이 시한부 진단을 받거나 또는 암이나 불치병 진단을 받으면 위와 같은 과정을 거치게 된다는 것이다. 내가 왜 암에 걸려야 하는가라고 부정하다가 착하게 살고 베풀며 살았는데 그런 내가 이런 질병에 걸린 것에 대하여 분노하게 된다. 어느 정도의 시간이 지나면 어떻게 받아들일 것인가 고민하며 타협의 과정을 거치고 부인할 수 없는 사실 앞에 우울감을 느끼게 된다. 그리고 현실을 인정하며 수술을 하고 항암 치료를 거쳐 건강을 되찾기 위하여 노력한다.

나도 예외는 아니었다. 결혼하고는 먹고 살기 위하여 발버둥치며 살다 보니 아플 겨를 없이 숨가쁘게 살았다. 일 년에 몇 번 감기에 걸리는 것 외에는 철인 인간이 된 것처럼 아이들을 키우며 일을 했는데 그런 내가 암에 걸렸다는 사실을 인정할 수가 없었다. 그 과정이 지나니 분노가 찾아왔다. 어렵고 힘들었지만 선하게 살았고 나보다 더 어려운 사람들에게 베풀며 살았는데 하나님은 왜 나에게 이런 질병을 걸리게 하셨는가에 대하여 분노하며 울었다. 그리고 타협의 단계로 들어가게 되었는데 그때 내 마음속에서 '너 쉬고 싶다고 하지 않았니? 그래서 쉬게 해주려고 하는데 뭐가 문제지?' 하는 음성이 들렸다.

돌아보니 그 무렵 나는 이제 좀 쉬고 싶다는 말을 입버릇처럼 하고 다녔다. 이제 먹고 살 만큼 경제적으로 여유가 생겼고 두려워서 엄두를 내지 못했던 고등학교 졸업 검정고시에 합격했다. 그리고 먼 나라 이야기로 여겨지던 대학생활을 한 학기 마친 상태였다. 육아와 일과 공부를 병행한다는 것은 너무나 힘들어 쉬면서 공부만 할 수 있다면 정말 좋겠다는 생각을 했던 것이다. 거기에 생각이 미치자 내 태도는 완전히 달라졌다. '그래 하나님이 나에게 쉴 수 있는 기회를 주는 거야'

그렇다면 이 시간을 휴가로 생각하고 즐겨야 하지 않을까?

다음날 가벼운 마음으로 〈서울대학병원〉을 찾아갔다. 안성에서 고속버스를 타고 〈강남터미널〉에서 내려 3호선 지하철을 타고 충무로에서 4호선으로 갈아탄 다음 혜화역에서 내려 3번 출구로 나가 조금 걸어가니 그곳에 〈서울대학병원〉이 있었다. 이효표 교수님 특진으로 예약을 하고 일주일 뒤 교수님을 만날 수 있었다.

교수님을 만나 〈안성 의료원〉에서 조직 검사를 했던 의사가 준 편지를 내밀었다. 교수님은 꼼꼼하게 편지를 읽으시더니 진찰을 하셨다. 그리고 "수술 날짜 잡고 수술에 필요한 검사를 하고 가세요." 했다. 보통은 지방에서 올라오면 다시 검사를 한 후 수술을 한다는데 나에게는 예외가 적용되었다. 나중에 알고 보니 〈안성 의료원〉에서 조직 검사를 했던 의사가 〈서울대학교〉 의과대학원생이었고 이효표 교수님의 수제자였다. 군대 가는 대신 의사가 부족한 지방의 국립의료기관에서 몇 년 동안 일하는 것으로 군복무를 대신하고 있었던 것이다.

10월 중순으로 수술 날짜가 정해지고 그 사이에 추석과 큰아이 운동회가 있었다. 나는 아무 일도 없다는 듯 작은아이와 함께 큰아이 운동회에 가서 "청군 이겨라" "백군 이겨라" 응원하고 추석 때는 시댁에 가서 며느리로서의 역할을 다했다. 병원에 입원해 있는 동안 중간고사 준비를 하기 위해 마이 마이라는 작은 카세트도 구입하고 편지가 쓰고 싶을 것 같아 봉함엽서도 준비했다. 큰아이 선생님께는 며칠 집을 비우게 되는데 아이를 한 번 더 챙겨 달라는 부탁도 잊지 않았다. 마누라 없이 아이들과 함께 밥을 챙겨 먹어야 하는 남편과 아이들을 위해 김치도 넉넉히 담그고 밑반찬도 준비했다. 그 과정에서 '불의의 사고를 당하는 사람들은 아무 준비도 없이 세상을 떠나거나 병원에 입원하게 되는데 모든 것을 준비해서 입원할 수 있어 참 다행이다.'는 생각을 하게 되었다.

다음 날 이른 아침 암 수술을 하기 위해 병원으로 향하는 내 가방은 보통 사람들의 그것과 달랐다. 간단한 세면도구 외에 중간고사를 준비하기 위한 책과 마이 마이를 비롯한 강의 테이프와 봉함엽서 그리고 평소 읽고 싶었던 책들로 꽉 채워져 있었다. 수술을 위해 금식을 하고 장 안에 있는 음식물들을 빼내기 위해 어떤 기름 같은 것을 한 컵 마셨다. 10여 분의 시간이 지났을까 설사가 나오기 시작해서 화장실로 달려갔는데 장을 칼로 도려내는 듯한 통증으로 굵은 땀방울을 비 오듯 흘리며 배를 움켜쥐고 앉아 있었다. 얼마만큼의 시간이 흘렀을까 속이 진정되어 침대로 돌아왔다.

　밤은 깊어가고 1인실에 혼자 있으려니 뚜벅뚜벅 걷는 소리가 점점 다가오는 것이 으스스하게 느껴지고 영화 속의 한 장면 속에 있는 것 같았다. 드디어 문이 열리고 담당 의사와 간호사들이 들어왔다. 엎드려 그날에 있었던 일과 느낌에 대하여 적고 있는 나를 보고 깜짝 놀라며 지금 무엇 하고 있는 거냐고 물었다. 일기를 쓰고 있다고 했더니 내일 아침 7시에 수술 들어가는데 두렵지 않으냐 일기를 쓸 만큼 마음이 평안한 거냐고 물었다. 그래도 잠을 충분히 자는 것이 좋으니 일찍 잠자리에 들면 좋겠다고 하고 나갔다.

수술은 다섯 시간 만에 잘 끝났다.

　문제는 마취가 풀리면서 찾아온 통증이다. 당시에는 무통 주사가 일반화되어 있지 않고 웬만하면 견디는 것이 회복이 빠르다고 인식되어 무통 주사를 맞지 않았다. 하루에도 몇 번씩 진통제를 맞아도 칼로 배를 도려내는 것 같은 통증은 주삿바늘 다 빼내고 떼굴떼굴 구르고 싶을 만큼 고통스러웠다. 끝날 것 같지 않은 통증이 서서히 사라지고 삼일째 되는 날 새벽 가스가 나오고 아침부터 미음을 시작으로 음식을 먹기 시작하자 링거 주사기는 제거되었다. 그리고 운동을 해야 장 유착을 막을 수 있다고 식사 시간이 지나면 간호사들이 병실을 돌며 환자들을 모두 밖으로 내보냈다. 어쩔 수 없이 보조 기구에 몸을 의지하고 병실 복도를 돌고 또 돌았다.

복도에는 나처럼 절반은 보조 기구에 몸을 의지하고 걷는 사람, 조금은 여유 있게 보조 기구를 살짝 잡고 걷는 사람, 보조 기구의 도움 없이 걷는 사람들로 붐볐다. 걷다가 눈이 마주치면 목례로 인사 나누고 조금 더 지나면 회복이 어떤지 물으며 서로의 아픔을 나누었다. 서울대학 병원은 문병 시간이 정해져 있고 그 시간 외에는 지방에서 올라와도 문병을 할 수 없다. 문병 시간 외에는 간병인만 이름표를 달고 자유롭게 병실에 드나들 수 있고 어린아이는 문병 시간에도 병실에 올라갈 수가 없다. 아이가 있는 환자는 아이를 만나기 위해 아래층으로 내려와서 아이를 만나고 올라가야 했다.

책 보따리 싸들고 휴가 떠나듯 수술하러 간 나에게는 더없이 좋은 환경이었다. 허락된 시간이니 일 걱정은 물론 집안일이며 아이들 챙기는 것까지 모든 것으로부터 자유로웠다. 참으로 오랜만에 오롯이 나 자신만을 위한 시간을 보낼 수 있는 것에 대하여 감사했다. 가장 먼저 날마다 남편에게 지금처럼 살지는 않겠다는 내용의 편지를 썼다. 그리고 중간고사를 잘 보기 위해 강의 테이프를 들으며 공부에 열중했다. 그러다 가끔은 병원 주차장까지 내려와서 벤치에 앉아 병원을 오고가는 사람들을 지켜보았다. 사람들은 무엇인가에 쫓기듯 종종 걸음을 걸으며 쉼 없이 오고 갔다. 나 또한 그렇게 살았다. 성공을 향해 줄행랑치듯 앞만 보고 내달렸다. 암이라는 병으로 인해 어쩔 수 없이 일상의 모든 것들을 내려놓고 혼자가 된 후에야 알았다. 가끔은 쉼을 통해 자신을 돌아보고 삶의 방향과 속도를 조절해야 한다는 사실을….

06

세상은 나를 도와줄 의무가 없다

큰아이가 막 돌이 지났을 무렵이다. 고열이 나서 부랴부랴 병원으로 달려갔다. 병원에서는 그다지 심각하게 생각하지 않고 약을 처방해 주며 미지근한 물로 씻겨 주는 것도 도움이 된다고 했다. 지금처럼 실내에 화장실이 갖추어진 집에서 사는 것도 아니고 실외에 수도만 덜렁 있던 때라 물을 데워 수건에 적신 다음 아이의 몸을 닦아 주었다.

약을 먹이고 서너 시간이 지나도 열이 내리지 않고 아이는 기운이 없어 보이고 누워만 있었다. 저녁때 집에 들어온 남편은 아이가 이렇게 열이 높은데 병원에 가지 않고 집에서 뭐하는 거냐고 화를 냈다. 병원에 다녀왔다고 해도 그런데 왜 열이 내리지 않느냐며 다시 병원에 가보라고 했다. 병원 진료 시간은 이미 지났고 집에 있으면 계속 잔소리를 들을 것 같아 아이를 업고 밖으로 나왔다.

하늘에는 별이 총총 떠 있는데 갈 곳이 없었다. 무작정 시내를 향해 터벅터벅 걷기 시작했다. 아이는 등에 엎드려 잠이 들었는지 가만히 있었다. 한참을 걷다 보니 저 멀리 우리 가족이 다니는 교회 십자가가 보였다. 나는 교회를 향해 걸었다. 다행히 교회 예배당 문이 열려 있었다. 살며시 밀고 들어가 아이를 의자 위에 내려놓았다. 아이는 정신이 드는지 의자에서 내려왔다. 그리고는 앞쪽 강대상을 향해 걸어가기 시작했다. 환한 달빛이 창문을 넘어 들어와 아장아장 걷는 아이의 뒤를 따라갔다. 나도 불안해 뒤따라 함께 걸었다.

그렇게 한참을 있다 아이를 업고 일어서는데 아이의 몸에서 열기가 느껴지지 않았다. 내가 아플 때보다 자식이 아플 때 더 힘들다. 차라리 내가 아프고 말지 어린아이가 아파서 밥도 못 먹고 끙끙 앓는 것을 옆에서 지켜보는 것이 훨씬 더 고통스럽다. 아무에게도 도움을 받을 수 없고 이 세상에 오직 나 혼자라고 느끼는 순간 외로움과 슬픔이 엄습해 온다. 그때 기도할 수 있다는 것이 얼마나 감사한지 모른다.

세상에는 일상생활을 제대로 할 수 없는 중증 장애인이나 현대 의학으로 치료가 불가능한 난치병 환우들이 있다. 그들의 고통은 감히 미루어 짐작할 수도 없다. 〈해피빈〉을 비롯한 여러 복지재단에서도 모금을 통해 그들을 돕고 국가적으로 그들을 지원할 수 있는 법을 만들고 다방면으로 도움을 주려고 노력한다. 그것은 어디까지나 도의적 차원에서의 도움이지 도와줄 의무는 없다.

예상치 않은 사고를 만났을 때도 마찬가지다. 2012년, 전라남도의 한 모텔에서 여자 고등학생을 집단 성폭행한 사건이 발생했다. 언론 보도에 따르면 한동안 충격에서 벗어나지 못하던 피해자는 지난해 가족에게 피해 사실을 밝히고, 경찰 민원 콜센터 등에 사건 대응 방법을 문의했다. 하지만 콜센터를 통해 연결받은 전라남도 지역 경찰서는 '피해자 본인이 관할 경찰서를 방문해 조사받아야 한다.'는 원론적인 답변만 내놓았다.

신고 접수는 이뤄지지 않았다. 서울의 한 경찰서에서도 '증거가 없다'는 등의 이유로 접수를 하지 못한 피해자는 결국 직접 서울 도봉경찰서를 찾아갔다. 도봉경찰서에서 집단 성폭행 사건을 처리한 적이 있다는 소식을 들었기 때문이다. 다행히 도봉경찰서에서는 신고를 접수하고 수사에 착수하여, 최근 피의자 7명을 모두 검거했다.

이 소식이 언론 보도를 통해 전해지자, 경찰을 비판하는 목소리가 이어지고 있다. 범죄 혐의를 인지하고도 수사에 착수하지 않는 등 직무를 태만했으며, 피해자에게 2차 상담을 유도하거나 해바라기 센터(성폭력피해자 통합지원센터)를 방문하도록 안내하지 않았다는 것이다. 똑같은 사건을 두고 어떤 경찰서는 신고조차 접수하지 않았고, 또 다른 경찰서에서는 수사를 진행했다.

성경 요한복음 8장 3절에서 7절에 다음과 같은 내용이 나온다.

서기관들과 바리새인들이 음행 중에 잡힌 여자를 예수께 끌고 왔다. 여자는 간음하다 현장에서 잡혀 끌려온 것이다. 모세는 율법에 이런 여자를 돌로 치라고 했는데 선생님은 어떻게 말하겠느냐고 물었다. 예수는 "너희 중에 죄 없는 자가 먼저 돌로 치라"고 했다. 그러자 아무도 그 여자에게 돌을 던지지 못하고 슬금슬금 돌아갔다. 우리 또한 마찬가지다. 나에게 손해가 되거나 관련이 없으면 관여하지 않으려고 한다. 괜히 관여했다가 머리 아파질까 두려워 미리 몸을 사리는 것이다. 누가 신고 접수를 하지 않은 경찰서를 향해 돌을 던질 수 있을까.

이 세상은 공정하거나 정의가 바로서지 못하는 일이 너무나 많다.

내가 소속되어 있는 〈아동·청소년그룹홈〉만 해도 그렇다. 그룹홈 운영자와 종사자들은 오랫동안 차별과 억압 속에서 오로지 아이들의 바른 성장만을 위해 참고 견디어 왔다. 박근혜 전 대통령이 탄핵되고 새 정부가 들어서면서 작은 희망을 가지고 새로운 정부를 맞이했다. '기회는 평등하고, 과정은 공정하며, 결과는 정의로울 것이다'는 새 정부의 약속을 믿고 많은 우려와 반대에도 불구하고 이사장을 비롯한 임원들은 새 정부를 세우기 위해 최선의 노력을 다했다.

국회에서 두려운 마음으로 지지 선언을 하고, 기자 회견과 협약 등 할 수 있는 모든 자리에 참여했다. 그리고 문제가 되지 않을까 걱정하면서도 아이들과 종사자들을 위해 많은 선거 유세에 참여하며 희망을 키웠다. 바람대로 새 정부가 들어섰고, 적폐인 차별과 억압이

청산될 것으로 희망과 기대를 모았다. 그런데 돌아온 결과는 인건비 동결에 운영비 3만 4천 원 인상이다. 총액으로 10억 6백만 원 인상으로 8% 인상되었다고 하지만, 이는 신규 종사자 충원 비용일 뿐이다. 그동안 우리가 요구했던 최소한의 호봉제와는 전혀 관련이 없을 뿐 아니라 이전 정부에서 해오던 3%씩의 인상마저 반영하지 않았다.

그동안 지도부에서는 2017년을 행동하는 해로 정하고, 인권위 진정과 기자 회견, 법원 소송, 광화문광장 시위와 참여, 국회 1인 시위, 국회 앞 궐기대회 등을 진행했다. 그런데 이제 조금 더 큰 결심을 하고 행동으로 옮기려고 한다. 8월 28일(월) 확대 운영위원회를 통해 논의를 하고, 이사회의 결의를 거쳐 국회 앞에서 기자회견을 열고 국회 앞과 광화문에서 1인 시위를 했다. 또한 광화문에서는 무기한 텐트 농성을 하고 9월 25일에는 국회 앞에서 전국 종사자들 420명이 모여 궐기대회를 진행하였다.

이런 모든 노력이 얼마나 효과를 발휘할지는 미지수이다. 예전에 고아원이라고 부르던 〈아동양육시설〉에서 종사하는 사회복지사와 공동생활가정이라고 하는 그룹홈에서 일하는 사회복지사의 처우는 하늘과 땅 차이다. 그룹홈 종사자는 호봉제도 아니고 정부에서 정해주는 최저 임금을 받으며 퇴직금도 따로 지급되지 않는다. 시설장이 후원금을 모금해 마련하거나 사비로 퇴직금을 마련하지 않으면 방법이 없다.

그룹홈을 운영하는 운영자는 한 아이라도 바르게 성장해서 사회에 나가 선한 영향력을 끼치며 살아가기를 바라는 마음으로 사재를 털어 공간을 마련하고 아이들을 돌본다. 하지만 종사자는 아니다. 대학에서 사회복지사 자격증을 취득하고 생계를 위해 취업을 한 것이다.

일각에서는 사회복지사들이 어디에 근무하든 동일 임금을 적용받을 수 있도록 노력하고 있으나 기득권자들의 반발도 만만치 않다.

기회는 평등하고, 과정은 공정하며, 결과는 정의로울 거라는 새 정부의 약속은 참으로 화려했다. 말로는 무엇을 못할까. 세상은 그룹홈 종사자들을 도와줄 의무가 없다. 그러나 도의라는 것은 있다. 모든 사람이 더불어 행복하게 사는 세상을 만들어 가기 위해 차별과 억압은 없어야 한다. 지도부는 그런 세상과 맞서며 최선을 다해 건강하고 기쁘게 살고 좋은 어른으로 우리 아이들을 사랑하고 지켜내자고 호소하며 오늘도 피켓을 들고 거리로 나선다.

07

삶을 가로막는 것은
시련이 아니라 나 자신이다

내가 기억하는 아버지는 다른 사람과 싸울 줄도 모르고 거짓말하거나 남을 속일 줄도 모르는 분이었다. 언제나 손해 보고 동생들에게 사업 비용 마련해 주느라 정작 공부하고 싶다고 매달리는 당신 자식들을 외면하실 수밖에 없었던 마음이 여리고 약한 모습으로 기억된다. 길을 가다 다른 사람이 싸우는 것을 보면 가까이 다가가 말리지 못하고 멀리 돌아서 목적지를 향해 종종 걸음을 쳤다.

그토록 마음 여린 아버지가 유독 나에게만큼은 "너는 새벽에 소들이 여물 먹을 때 태어났으니 먹을 복은 있어서 잘 살 거야." 라든지 "너는 몸이 약해서 펜으로 먹고 살아야 한다." 고 늘 말씀하셨다. 살갑게 자식들의 말을 들어주거나 필요한 것들을 마련해 주지 못했지만 마음속 깊은 곳에서는 그 누구보다 자식들이 잘되기를 바라는 여느 아버지와 같은 아버지였나 보다. 매년 새해가 되면 토정비결 책을 사다 보시며 너는 올해 길이 열리겠다거나 이것을 조심해야 한다고 하시며 한 해를 잘 살아내기 바라셨다. 그 아버지가 몸서리치게 밉고 원망스러웠던 적이 있다.

고등학교 3학년이 되면 대한민국 국민임을 증명하는 주민등록증을 발급받게 된다. 나에게도 주민등록증 발급받을 나이가 되었으니 동사무소에 가서 주민등록증 발급 신청을 하라는 연락이 왔다. 안내장을 동봉해 왔는데 조경희가 아닌 조민영으로 주민등록증을 발급받으라는 것이었다. 지금까지 조경희로 살았고 자격증도 모두 조경희로 취득을 했는데 주민등록증을 조명숙으로 발급 받으라니 이해할 수가 없었다.

이게 어떻게 된 것인지 알아보니 옛날에는 아이들이 태어나서 죽는 경우가 많아 출생 신고를 1~2년 후에 하기도 했는데 우리 집도 첫 아들을 낳아 일 년 만에 잃고 딸을 낳아서 출생 신고를 하지 않았다. 그런데 2년 후 다시 딸이 태어나자 두 아이를 함께 출생 신고하면서 연년생으로 신고를 했는데 문제는 집에서는 언니를 조민영으로 부르고 동생을 조경희로 부르는데 신고는 반대로 언니를 조경희로 동생을 조민영으로 한 것이다.

모든 것이 수기로 이루어지던 1960년대라 초등학교 입학할 때 언니가 학교에 가면서 호적상 동생인 조민영이라는 이름으로 입학하고 내가 입학하면서 호적상 언니의 이름인 조경희로 입학하는데 큰 문제가 없었다. 집에서 그렇게 부르고 주변에서도 그렇게 알고 있으니 당연히 그렇게 입학한 것이다. 초등학교를 졸업하고 중학교에 입학하기 위해 주민등록초본을 발급받으러 면사무소에 갔을 때 첫째냐고 물었다. 아니고 둘째라고 했더니 조경희가 첫째라고 했다. 나는 둘째인데 왜 자꾸 첫째라고 하는지 이해할 수가 없었고 담당 주사님은 분명히 둘째인데 첫째라고 우기는지 알 수가 없었을 것이다. 담당 주사님은 고개를 갸웃거리면서도 더 이상 묻지 않고 초본을 발급해 주었다.

문제는 호적상의 첫째인 조경희의 주민등록 발급 안내장이 나왔을 때 발생했다.

아버지는 조민영으로 살고 있는 언니에게 동생인 조경희의 주민등록증을 발급받도록 한 것이다. 1959년 돼지띠에 태어난 언니가 공장에 다니는데 주민등록증이 없어 어려움이 많으니까 빨리 발급받도록 하는 것이 당연하다고 생각했나 보다. 언니 또한 주민등록증이 하루라도 빨리 나왔으면 하는 바람이 있던 때라 자기 이름이 아닌 동생 이름이면 어떠랴 싶어 조경희라는 이름으로 주민등록증을 발급받았고 2년 동안 조경희로 살았다. 언니는 중학교를 졸업했고 자격증도 없으니 상관없지만 나는 고등학교에 다니고 있었고 조경희라는 이름으로 여러 가지 자격증도 취득했는데 그 모든 것들이 휴지 조각이 된다고 생각하니 하늘이 노랗고 죽고 싶었다.

그래서 신호등도 무시하고 길을 건너며 차가 와서 탁 쳐서 죽으면 좋겠다는 생각을 했다. 죽고 사는 것은 내 뜻대로 되는 것이 아니어서 끼익 하고 택시가 멈추고 "정신 어디다 팔고 다니는 거야. 너 죽고 싶어?"로 시작된 욕하는 말을 들으면서도 멍하니 쳐다보고는 비틀거리며 거리를 헤매고 다녔다.

그리고 얼마 후 〈신길6동 동사무소〉 사환으로 취직하게 되었다. 동사무소 청소도 하고 서류를 구청에 접수시키거나 퇴거 신고한 서류를 우체국에 가서 발송하는 등 직원들의 일을 도왔다. 그 무렵 주민등록증을 발급받으라는 아버지의 두 번째 연락을 받고 동사무소 호적 담당 주사님께 상의를 드렸다. 주사님은 선뜻 언니가 가지고 있는 조경희의 주민등록증을 분실 신고 하고 언니가 다시 조민영이라는 이름으로 신규 발급 받고 나더러 조경희란 이름으로 주민등록증을 발급받으라고 했다. 언니도 미안했던지 주소를 작은아버지 집으로 옮기고 분실 신고를 한 후 원래 자기 이름인 조민영으로 주민등록증을 발급받았다.

주사님은 평생 살면서 형사 사건에만 연루되지 않으면 괜찮을 거라고 말씀하셨다. 도무지 어떻게 해야 할지 모르는 고등학교 3학년 여학생의 상황이 안타까워 아무런 대가도 받지 않고 해결해 주었다. 학교를 졸업하고 압력솥 만드는 작은 회사에서 경리로 일하게 되어 동사무소를 그만두었다. 법에 저촉되는 위험을 감수하면서까지 그렇게 해주신 주사님께 감사하다는 인사조차 제대로 드리지 못했다. 그리고 그 은혜를 잊었다.

살다 보면 내가 의도하지 않은 불가항력적인 상황들을 만나게 된다.

그런 상황을 만났을 때 어떤 사람은 시련에 매몰되어 버리고 어떤 사람은 시련을 디딤돌로 삼아 일어서서 자기와 같은 사람들에게 희망을 전하는 메신저로 살아간다. 나를 가로막는 것은 시련이 아니라 나 자신임을 알게 하는 좋은 예가 있다. 팔다리가 없이 태어났지만 결혼을 하고 세계 방방곡곡을 다니며 희망을 전하는 『닉 부이치치의 플라잉』의 저자가 바로 그런 사람이다.

닉 부이치치는 2013년 우리나라를 방문하여 방송에도 나왔기 때문에 많은 사람들에게 잘 알려진 인물이다. 그는 태어날 때부터 팔다리가 없이 태어났다. 어린 시절에 그는 평생 직업을 가질 수도 없으며, 대학을 갈 수도 없을 것이라고 생각했다. 당연히 결혼은 꿈도 꾸지 않았다. 그러나 지금 그는 그 모든 것을 다 이루었고, 아들까지 둔 아빠이다.

처음부터 지금처럼 선한 영향력을 끼치며 살아갈 수 있으리라고 생각하지 않았다. 8세 이후 세 번이나 자살을 시도하며 절망의 늪에서 허우적거렸다. 그러나 신실한 목회자인 아버지 보리스와 어머니 두시카의 전폭적인 지원과 사랑을 받으며 조금씩 변해 갔다. 부모의 교육 철학으로 정상인이 다니는 중고등학교를 다니며 학생회장을 지냈고, 호주 로건 그리피스 대학에서 회계와 경영을 전공했다. 그는 스케이트보드를 타고, 서핑을 하고, 드럼을 연주하고, 골프공을 치고, 컴퓨터를 한다.

2013년 강남 지하상가에 있는 반디앤루니스라는 서점 앞에서 저자 사인회를 한다고 해서 아이들을 데리고 갔다. 시작 시각보다 30분 일찍 도착했는데 벌써 줄이 길게 늘어서 있었다. 사인을 못 받을 수도 있다는 진행 요원의 말에 조바심이 났지만 참고 기다렸다. 다행히 사인을 받고 함께 사진을 찍을 수 있었다. 네 살 된 아이는 무섭다고 옆에 가지도 못하는데 여섯 살 된 아이는 뭉툭한 팔을 만졌다. 진행 요원이 만지면 안 된다고 제지하는데 닉 부이치치는 돌아보며 아이를 보고 씩 웃어주었다.

나에게 찾아온 시련을 제거할 수는 없다. 그러나 그 시련을 대하는 나의 태도를 바꿀 수는 있지 않을까. 내가 다른 사람을 변화시킬 수는 없지만 나 자신을 통제하고 변화시킬 수는 있기 때문이다. 나에게 그리고 닉 부이치치에게 상황이 달라진 것은 아무것도 없다. 나는 여전히 호적상으로 언니보다 나이가 많고 닉 부이치치 또한 여전히 팔다리가 없는 상태이다. 그러나 나도 닉 부이치치도 행복하게 살고 있다. 그것은 상황이 달라진 것이 아니라 상황을 대하는 태도가 달라졌기 때문이다.

07

나도 조금은 열정적으로 멋있게 살아야겠다

암으로 수술하고 우울증이 심하게 왔을 때 지인이 밤에 나를 위로한다고 불러냈다. 남편과 작은아이를 데리고 따라간 곳은 태어나서 처음 가 보는 단란주점이었다. 어두컴컴한 곳에 놓여 있는 탁자에는 사람들이 옹기종기 둘러앉아 술을 마시고 있었다. 앞쪽에는 약간 높게 무대가 있고 그 무대에는 술이 어느 정도 취한 사람들이 음악에 맞추어 흐느적거리듯 춤을 추고 있었다.

술을 마실 줄 모르는 나는 주스를 홀짝거리며 춤추는 사람들을 바라보았다. 아무 생각 없이 무아지경에서 음악에 몸을 맡긴 채 자유롭게 춤추는 것을 보며 저렇게 하면 일시적으로 스트레스 해소는 되겠다는 생각이 들었다. 지인은 나에게 앞에 나가 춤을 추자고 했다. 어려서부터 기독교 신앙 안에서 성장한 나는 한 번도 술을 마셔 본 적도 없고 술집에서 춤을 추어본 적도 없다고 거절했다. 다른 사람들처럼 무아지경에 빠져 춤을 출 수도 없고 그렇다고 춤추는 것을 좋아하는 것도 아니어서 다른 사람들에게 민폐를 끼치고 싶지 않았던 것이다.

조금 있으니까 이창명이라는 개그맨이 왔다는 사회자의 소개가 있자 사람들이 술렁대기 시작했다. 이창명이 개그맨으로 데뷔하고 얼마 되지 않았던 때라 많은 사람들에게 알려지지는 않았지만 아는 사람들은 아는 것 같았다. 이창명은 "여기 다 성인들이 모였으니까"로 시작해서 19금쯤 되는 농담을 쏟아냈다. 나는 도저히 그 자리에 앉아 있을 수가 없어 자리를 털고 일어났다. 지인과 남편도 어쩔 수 없이 따라 나왔다.

그냥 집으로 가기에는 섭섭하니까 노래방을 가자고 했다. 그때까지 나는 노래방에 가서 노래를 불러 본 적이 없었다. 처음으로 들어간 노래방은 방방마다 칸막이가 되어 있고 내가 부르고 싶은 노래의 번호를 누르면 반주와 함께 노래 가사가 화면에 떴다. 가물거리는 기억을 더듬어 '작은 연못' '나 하나의 사랑' '이루어질 수 없는 사랑' '하얀 조가비' 등 고등학교에 다니며 즐겨 불렀던 노래들을 찾아 불렀다. 눈물이 났다.

결혼 전과 결혼 후의 나는 너무나 다르게 살았다.

결혼 전에는 정장을 즐겨 입고 기타를 치며 노래를 부르거나 책을 읽고 좋아하는 구절이나 시를 노트에 옮겨 적기를 즐겼다. 그리고 누군가에게 편지를 쓸 때 옮겨 놓은 시나 문장을 활용해 그럴듯한 편지를 써서 보내면 받는 사람은 행복해하며 답장을 보내왔다.

그런데 결혼 후의 삶은 오직 돈 벌어서 잘 살기 위한 몸부림 그 자체였다. 결혼하는 날부터 치마는 내가 입을 옷이 아니라는 듯 한쪽으로 밀어 놓고 청바지나 추리닝 바지를 입고 다녔다. 불을 때서 밥을 해야 하는 시댁에 함께 살게 된 것을 시작으로 집안일을 하거나 밖에서 일을 할 때 치마는 거추장스럽고 불편했기 때문이다. 여리고 약한 나는 없고 또순이 같이 강하고 억척스러운 나만이 존재했다.

'오직 돈을 벌어 잘 살기 위해 내가 아닌 또 다른 나로 살아왔구나.' 라는 생각을 하니 한없이 눈물이 났다. 한참을 소리 없이 울며 노래를 듣고 또 부르며 예전의 나를 회복해야겠다는 생각을 했다. 그리고 또다시 20여 년의 세월이 흘렀다. 돌아보면 결혼 전의 내 모습을 회복하여 살지 못했다. 여전히 청바지를 즐겨 입고 엄마요 아내로 동분서주하며 나보다는 가족을 먼저 챙겼다.

아이들은 다 커서 자기 나름의 세상을 살아가고 있는데 내 곁에는 여전히 또 다른 아이들이 내 관심과 사랑을 기다리고 있다. 주변에서는 이제 내 삶을 즐기며 살라고 하는데 나는 지금까지도 엄마의 자리에 있다. 새벽부터 등교하는 아이들을 위해 아침을 준비하고 준비물을 챙긴다. 평일에는 주야간으로 근무하는 선생님들이 계시니까 다 맡겨도 좋으련만 그렇게 하지 못하는 것은 엄마라는 이름 때문이기도 하다.

이제는 조경희라는 이름으로 살아야겠다.

작년에 처음으로 막내를 떼어 놓고 여행을 갔다. 〈삼성〉이 후원하고 〈사회복지사협회〉가 주관한 '비타민캠프'는 연령대별로 전국에서 30여 명의 사회복지사들을 선발하여 진행되었다. 사회복지사들의 번 아웃을 막고 재충전의 기회를 제공하기 위해 삼성물산 아카데미에서 진행되었는데 의자부터가 특별했다. 푹신하여 절반쯤 누운 자세로 강의를 듣고 행복할 때와 행복하지 않을 때를 적어 붙여보기도 하며 모처럼 나만을 위한 시간을 보냈다.

밤에는 조별로 〈에버랜드〉에서 공중 부양하기, 얼굴 몰아주기 등 미션을 수행하며 50대 관리자급 사회복지사들이 직함을 내려놓고 마음껏 웃고 떠들며 즐거운 시간을 보냈다. 일하는 현장에서 힘들고 지쳐 있던 마음을 웃음과 함께 날려버리고 새롭게 시작하자고 서로를 위로하며 격려했다. 그리고 술잔과 음료수 잔을 들어 "나이야 가라"를 외치며 건강하고 행복하게 살기를 바라는 마음으로 건배를 했다. 다음 날에는 〈호암미술관〉을 찾아 잃었던 감성을 되찾고 화분에 꽃을 심으며 이 후에는 나 자신을 화분의 꽃처럼 관심을 가지고 사랑하고 가꾸며 살아가리라 다짐했다.

노래방에서 그리고 '비타민캠프'에서 내 자신의 모습을 되찾고 내가 하고 싶었던 일을 하며 나를 사랑하고 가꾸며 살겠다고 다짐했지만 현실은 녹녹지 않다. 날마다 예상하지 못했던 일이 발생하기도 하고 계획했던 것과 상관없이 급하게 처리해야 하는 일들에 손이 간다. 어떤 일을 할 때 급하고 중요한 일을 먼저 한다는 원칙으로 일을 하다 보니 나 자신을 위한 일은 언제나 후순위로 밀려난다.

　그래서 생각한 것이 주부 퇴근 시간을 정하는 것이다. 밤 9시가 넘어서도 언제나 아내요 엄마로 남편과 아이들이 요구하는 것들을 해주다 보면 읽고 싶은 책을 읽을 수도 없고 듣고 싶은 음악을 들을 수도 없다. 그래서 밤 9시를 주부 퇴근 시간으로 정하고 이후에 필요한 것들은 스스로 알아서 하도록 했다. 그리고 나는 나만의 공간으로 들어가 접근 금지령을 내리고 책을 읽거나 오랜만에 친구와 수다를 떨었다.

　처음에는 수시로 방문을 노크하여 야식을 해먹으려고 하는데 양념이 어디 있느냐고 묻거나 화장실에 화장지가 떨어졌다는 등 일상적인 일들로 나만의 시간을 침범하고 들어왔다. 그리고 모두가 잠든 시각 주방에 나가 보면 여전히 레인지 위에는 여기저기 음식물이 흘려 있고 개수대 안에는 설거지거리가 가득했다. 다음 날 야식을 해먹으면 설거지까지 해야 하는 것 아니냐고 잔소리를 했다. 한 번 두 번 같은 일이 반복되면서 남편과 아이들은 의기투합해 영화를 보고 야식을 만들어 먹으며 저녁 시간을 보냈다.

내 나이 벌써 쉰일곱이다.

지금이야말로 나 자신을 위해 조금은 열정적으로 멋있게 살아야 할 나이가 아닌가 싶다. 더 나이 먹으면 여행을 다니고 싶어도 몸이 따라주지 않아 다니기 어려울 것이다. 친목회같이 여러 사람이 모여 함께하는 여행이 아닌 혼자 헤쳐 나가야 하는 인생을 반추해 보며 앞으로의 삶을 계획하는 여행을 하고 싶다.

그리고 지금까지는 옷을 갖추어 입고 화장을 한 후 외출하는 경우가 드물었다. 다른 사람을 의식하지 않고 바쁘게 살다 보니 옷을 갖추어 입고 화장하지 않고 외출해도 별 불편함이 없었다. 결혼하던 날 남편은 젊었을 때는 화장을 하지 않아도 예쁘니까 안 하는 것이 좋고 나이를 먹으면 화장을 하는 것이 더 좋은 것 같다고 했다. 맞는 말이다. 나이를 먹으니까 얼굴에 잡티도 많아지고 화장을 하는 것이 훨씬 좋아 보이는데 익숙하지가 않다.

지금부터라도 화장하는 연습을 해야겠다. 한 달에 한 번은 옷을 갖추어 입고 화장을 한 후 멋진 레스토랑에서 사랑하는 사람들과 맛있는 것을 먹는 행복을 누리며 살아야겠다. 또한 언제부터인가 아코디언을 배우고 싶다는 생각을 하고 개인 레슨 하는 분에게 문의를 했었다. 피아노를 체르니 30번까지 쳤고 기타를 쳤다고 하니까 악보를 볼 줄 알면 금방 연주할 수 있다고 했음에도 불구하고 실행하지 못했다. 더 시간이 지나 후회하지 않도록 이 또한 실행에 옮겨야 할 일 중의 하나다.

이 모든 것보다 가장 열정적으로 해야 할 일은 책을 읽고 글을 쓰는 일이다. 글 쓰는 일은 초등학교 3학년 때 일기를 쓰기 시작한 것으로부터 시작되었고 일기 쓰기는 내 일상이 되었다. 삶이 힘들고 지칠 때 일기는 언제나 내 곁에서 나와 함께 했다. '행복한 사람의 일기장은 비어 있다'는 말이 있다. 돌아보면 행복할 때보다는 힘들고 어려울 때 일기장에 내 마음을 쏟아내고 위로를 받았던 경우가 훨씬 많은 것을 보면 맞는 말 같다.

이제 평범한 삶 가운데서 만나는 어려움을 어떻게 극복하고 이겨냈는지 책으로 엮어 모든 사람들에게 희망과 용기를 주고 싶다. 아직 하고 싶은 일이 많고 해야 할 일이 많다는 것은 내가 젊다는 증거 아닐까. 백세 시대에 쉰일곱은 겨우 중반을 넘어선 나이다. 앞으로 하고 싶은 일을 열정적으로 하며 행복하게 살 날을 상상하며 행복에 취해 본다.

02

다시 일어설 수 있다면

01

이것이 인생이다

    1997년 11월 12일에 '이것이 인생이다'라는 프로에 내 이야기가 방영되었다. 『좋은 생각』이라는 잡지의 수기에 서른일곱이라는 짧은 생을 살다 간 친구의 안타까운 이야기를 쓴 것이 실렸는데 그것을 방송 작가가 보고 수소문을 해서 연락이 왔다. 그 이야기를 드라마로 엮어 방송하고 싶다는 것이었다. 그렇게라도 해서 짧은 생을 살다 간 친구의 존재가 세상에 알려진다면 좋겠다는 생각으로 방송 출연에 응했다.

    내용은 이랬다.

중학교 3학년 말, 고등학교에 보내 줄 수 없다는 부모님 말씀에 방황하고 있을 때 언니가 서울에 가서 고등학교에 보내 주겠다고 데리러 왔다. 언니는 옥수동에 있는 미싱 자수 공장에서 미싱 자수 기술자로 일하고 있었는데 공장 사장님이 동생을 데려오라고 했다는 것이다. 미싱 자수 공장에서 보조로 일하며 야간고등학교에 다닐 수 있도록 해주겠다는 말에 나는 망설일 것 없이 옷가지를 챙겨 언니와 함께 야간열차를 타고 서울로 왔다.

서울에 오자마자 다음 날부터 공장에서 언니들이 미싱으로 수놓은 것에 붙어 있는 실밥을 자르는 일을 하기 시작했다. 언니는 시간을 내어 퇴계로에 있는 〈연희여자상업고등학교〉에 데리고 가서 입학원서를 내고 종로에 가서 교복과 코트를 맞춰 주었다. 문교부(교육부의 이전 일컬음) 인가가 나지 않은 학교라 검정고시를 통과해야 대학에 갈 수 있는 학교라고 했지만 교복을 입고 학교에 다닐 수 있다는 것에 감사했다.

겨울이 지나고 3월이 되어 학교에 등교를 하게 되자 공장 사장님의 태도가 달라졌다. 다른 사람들에게 위화감을 주고 생산성을 떨어뜨린다는 이유를 들어 학교에 다니려면 공장을 그만두고 나가라고 했다. 딱히 갈 곳이 있는 것도 아니고 난감했다. 언니는 옥수동 산꼭대기에서 자취하며 공장에 다니는 친구에게 얘기해서 일단 그곳에서 살며 학교에 다니도록 해주었다. 거기까지는 좋았다. 문제는 몇 개월 지나지 않아 언니가 결혼하기 위해 집으로 내려간 것이다.

그때부터 열일곱 여학생은 홀로서기 위해 몸부림치며 세상과 맞서야 했다. 굽이치는 소용돌이 속에서도 공부하고 싶다는 열망과 기도할 수 있는 신앙이 있어 중심을 잃지 않고 느리지만 한 발씩 앞으로 나갈 수 있었다.

그 과정에서 신길6동 동사무소 사환으로 근무하며 학교에 다니게 되고 동사무소 사무장님 추천으로 구로공단 5거리에 있는 복지관에서 생활하게 되었다. 그곳에서 같은 방을 사용하던 아이가 펜팔을 하고 싶은데 편지를 쓸 줄 모르니 대필을 해 달라고 했다. 휴대폰이라는 단어조차 들어본 적이 없던 1980년대 초반에는 학생들 사이에 펜팔로 친구를 사귀는 것이 유행이었고 각종 잡지에는 펜팔을 원하는 사람들의 주소가 올라왔다.

여기는 서점이 없습니다.

우리는 『좋은 생각』 뒤쪽에 나와 있는 '여기는 서점이 없습니다. 좋은 생각을 보내주세요' 코너에 나와 있는 주소를 훑어보며 정말로 서점이 없을 것 같은 주소를 골랐다. 우리는 전라남도 신안군 흑산면 영산도에 사는 고인석이라는 사람을 선택해 후배의 이름으로 『좋은 생각』과 함께 편지를 보냈다. 일주일쯤 지나 고맙다는 답장이 왔다. 두 번째 편지를 대신 써서 보냈는데 후배는 도저히 편지쓰기를 못할 것 같다고 나한테 대신 하라고 했다.

나는 전후 사정을 이야기하고 죄송하다는 편지를 보내고 잊어

버렸다. 며칠이 지나 괜찮다는 내용과 함께 펜팔 친구로 지내고 싶다는 편지가 왔다. 영산도는 목포 여객선 터미널에서 쾌속선을 타고 2시간을 달려 흑산도에 도착한 후 다시 작은 배를 타고 10여 분을 가야 도착한다. 태풍이 오거나 파도가 높으면 며칠씩 배가 뜨지 못해 편지는 물론 생필품 공급도 안 되는 곳이라 편지를 받고 답장을 보내지 못하는 경우도 있다. 그러다 보니 빠르면 일주일 늦으면 한 달에 한 번 편지를 받을 수 있었는데 학교에 갔다 오면 습관처럼 우편함으로 눈이 갔다. 외롭고 고달픈 고학 시절 그 친구의 편지는 보약처럼 삶의 에너지를 주었던 것이다.

고등학교를 졸업하고 부천에서 압력솥을 만드는 회사에서 경리로 일하게 되었다. 그때에도 그 친구와의 편지는 계속되었는데 어느 날 뿔로 만든 내 도장과 조동진의 '울고 있나요' '나 하나만의 사랑' 등 직접 기타 치며 노래한 것을 녹음해서 보내왔다. 나는 날마다 테이프를 들으며 사진으로도 본 적이 없는 그 친구를 상상하며 행복한 날을 보냈다. 그러다 조금 더 그 친구에게 다가가고 싶다는 편지를 보냈다. 그리고 얼마 뒤 퇴근해서 집에 오니까 어떤 남자가 나를 기다리고 있었다. 그 남자는 고인석 친구라고 소개하고 어디 가서 얘기 좀 했으면 좋겠다고 해서 집 뒤쪽에 있는 공원 벤치로 갔다.

한참 말이 없던 남자는 자기 친구가 나로 인해 너무 힘들어 해서 도저히 보고만 있을 수 없어 찾아왔다는 것이다. 고인석 친구는 6학년 때 갑자기 다리에 힘이 없어 쓰러진 것을 시작으로 다리의 근육이 점

점 위축되어 가는 근육 위축증이라는 불치병을 앓고 있으며 휠체어를 타고 다닌다고 했다. 그러니까 더 이상 자기 친구를 괴롭히지 말고 연락하지 말아 달라는 말을 남기고 남자는 일어섰다. 그때부터 친구와의 연락은 끊겼다. 휴가를 내고 찾아가 볼까도 생각했지만 용기가 나지 않았다. 태어날 때 목에 탯줄을 감고 태어나서 물을 조심해야 한다는 아버님의 말씀이 떠올라 기차를 타고 목포까지 가서 2시간이나 배를 타고 가야 한다는 것이 두려워 실행에 옮기지 못한 것이다.

그리고 몇 년 후 나는 지금의 남편을 만나 결혼했다.

결혼 전 남편에게 고인석이라는 사람에 대하여 이야기했었다. 남편이 계속해서 연락하고 지내는 것이 좋지 않겠냐고 해서 혹시나 하는 마음으로 결혼했다는 이야기와 함께 근황을 묻는 편지를 보냈다. 그렇게 끊어진 줄 알았던 그 친구와의 연결고리는 다시 이어졌다. 그 친구는 여전히 밝고 긍정적인 에너지를 가지고 있었는데 가끔은 자신의 신체적 고통을 여과 없이 토해내기도 했다.

'근육 위축증'은 척수 신경이나 간뇌의 운동 세포가 서서히 파괴되어 이 세포의 지배를 받는 근육이 위축되어 힘을 쓰지 못하게 되는 병이다. '스티븐 호킹'이 앓고 있어 잘 알려진 루게릭병과 같은 병으로 근육이 서서히 죽어가는 난치병이다. 감기에 걸려도 잘 낫지 않고 심해지면 호흡 곤란으로 숨지기도 한다. 그는 자신의 생이 얼마 남지 않았다는 것을 직감했던 것일까.

"생활이 있고 삶이 있으며 사랑과 가족이 있다는 이것! 어떤 철학자는 이런 작은(실제론 크나크지만) 집합체인 구성원이 있는 작은 우주야말로 사람으로서 사람답게 살아가는 최상의 길이라 했소. 사람이면 누구나가 만들고 이룰 수 있는 이 평범함이야말로 인생의, 삶의, 사람의 행복한 요체가 아닐까 생각하오.

　－중략－

우리가 추구하고 그처럼 갈구하는 신앙이란 것이 무엇이겠소. 절대자처럼 되고자 하는 것아 아니라 신으로부터 보다 더 높고 가치 있는 지혜를 받아서 그것들을 우리네 삶 속에 반영하고 더 나아가서는 육체에서 영혼이라는 다른 차원의 가치를 깨닫자는 게 아니겠소. 그러나 요즈음은 자기가 신인 것처럼 행세하는 자들이 많다 보니 나 같은 작은 인생이 그들과 같아짐을 절제하기 위해 나는 문학이라는 복고적 고뇌의 길로 뛰어든 것이오. 그래서 친구의 충고처럼 끝까지 쉬지 않고 최선을 다해 보고자 무진 애를 써보고 있지만 머리에 박혀 있는 돼먹지 않은 찌꺼기들을 그나마 모두 옮겨 적어 보지 못한 채 눈을 감고 말 것 같은 조급함 때문에 요즈음은 도통 머리가 트이질 않아 미칠 것 같소.

마음 같아서는 술이나 진탕 마시고 맘 맞는 여성이랑 '꽉' 사랑이라도 해보고 싶은 심정이구려. 내 인생이 이제는 떠오르는 태양이 아닌 사그라지는 노을 가득한 태양이 되다 보니 답답할 뿐이오."

그 친구가 1993.11.10.일에 보내 온 편지 중 일부다.

그런 고통 가운데서도 내가 검정고시에 도전한다고 했을 때 그 친구는 "너는 잘 할 거야. 할 수 있어. 넌 대단한 아이야."라며 격려했다. 그런 친구가 내가 검정고시를 보던 그날 하늘나라로 갔다. 합격 사실을 확인하고 친구에게 이 기쁜 소식을 알려 주기 위해 전화했을 때 "우리 인석이 하늘나라 갔다네." 하며 대성통곡하시는 어머니의 울음이 친구의 대답을 대신했다.

이런 내용이 대담을 하는 중간 중간 드라마로 방영되면서 진행되었는데 그날따라 비가 내려 분위기를 한껏 고조시켰다. 녹화 현장에는 그 친구의 사진이 걸리고 어머니도 와 계셨다. 비록 사진이지만 처음으로 그 친구의 얼굴을 보았고 친구 어머니를 직접 뵈었다. 많이 수척해진 친구 어머니는 당신 아들을 만난 듯 반가워하며 손을 덥석 잡고 눈물을 보이셨다. 녹화가 진행되자 방청객들은 나보다 남편에게 더 관심을 보이며 천사표 남편이라고 칭찬했다. 녹화는 세 시간이 넘게 진행되었지만 중간 중간 연예인이 대역하여 드라마틱하게 엮은 내 이야기가 방송되어 지루한 줄도 몰랐다. 녹화가 끝나고 이름도 없는 농촌의 아낙네가 진행자와 함께 차를 마시며 녹화 내용에 대한 이야기를 나눌 수 있었던 것은 오랫동안 좋은 추억으로 남았다.

두 남자가 사랑한 여인

녹화할 때는 어떤 제목으로 방영되는지 몰랐다가 '두 남자가 사랑한 여인' 이라는 제목을 달고 방송되는 것을 보면서 깜짝 놀랐다. 처음부터 그런 제목으로 방영될 거라고 했다면 아마도 촬영에 응하지 않았을 것이다. 아니나 다를까 방송이 나간 후 전화가 빗발쳤다. 주변 사람들은 물론이고 연락도 하지 않고 지내던 친구도 전화해서 '로맨스다 나도 그런 사랑 한 번 해보고 싶다'고 했다. 그러나 집안 어른들은 달랐다. 작은아버지는 전화해서 "너에게 그런 과거가 있는 줄 몰랐다. 그것도 자랑이라고 방송에까지 나가느냐. 집안 망신이다."고 하시며 역정을 내셨다. 안성 시내를 나가도 "〈이것이 인생이다〉에 나왔던 사람이다."라고 수군거리는 소리를 들어야 했다.

방송이 나가고 혹 내 마음속 깊은 곳에서 그 친구를 그리워하며 살지는 않는가라는 자문을 하며 그 친구가 보내온 편지를 모두 태웠다. (위에 인용한 편지는 방송 녹화를 하던 날 우먼센스 기자가 와서 취재를 하고 편지 내용 그대로를 실어 놓은 것이 있어 옮길 수 있었다.) 편지를 태운다고 그 친구와의 추억까지 지워지는 것은 아니었다.

그는 신춘문예에 입선하고 남편과 나의 삶을 모티브로 소설을 구상 중이었다. 기초 자료를 모두 보내 주고 어떤 소설로 태어날까 기대하고 있었는데 소설을 완성시키지 못하고 다른 세상으로 갔다. 친구 어머니는 울면서 두 리어카 분량의 원고지를 태웠다고 했다.

지금 글을 쓰는 것도 그 친구가 "네 삶이 수필이야. 조금씩이라도 네 삶을 글로 써 봐." 하며 글쓰기를 권했고 그 친구가 못다한 작가로서의 꿈을 이루기 위해 일기를 쓰듯 조금씩 글쓰기를 해 온 덕분이다. 방송이 나가고 20년이라는 세월이 흘렀지만 내 마음속에는 여전히 그 친구가 보내 준 긍정적 에너지가 살아 있다. 단 한 사람이라도 조건 없이 나를 지지해 주고 격려해 주는 친구가 있다는 것은 때로 삶을 지탱하는 힘이 된다.

02

길은 잃어도 희망은 잃지 마라

**내가 무의미하게 보내는 오늘 하루가 어떤 사람에게는 간절히 살기
원하는 하루다.**

모든 사람에게 동일하게 주어지는 하루 24시간을 어떤 사람은 소
중한 보물을 다루듯 시간대별 혹은 분 단위로 계획을 세우고 알차
게 살아가는 사람이 있다. 반면 하루가 너무나 지루하여 전화기를
붙들고 한두 시간씩 수다를 떨며 내 시간뿐 아니라 상대방의 시간
까지 죽이며 하루가 너무 길다고 말하는 사람도 있다.

희망이 없기 때문이다. 희망이 없으면 의욕이 없고 뭐든지 귀찮게
느껴진다. 특히 불혹의 나이를 넘어서면 아이들은 모두 성장해서 자
기 길을 가고 남편은 사회생활에서 관리자급으로 자기만의 영역이

넓어진다. 날마다 회식이다 친구 부모님 장례식장에 갔다 늦게 온다는 등 이런 저런 이유로 귀가 시간이 늦어진다. 아이들과 남편 뒷바라지로 정신없이 살다 갑자기 주어진 시간을 들고 무엇을 어떻게 해야 할지 몰라 쩔쩔맨다. 그러다 지금까지 나는 뭘 했나 싶고 너무나 초라하게 느껴지는 순간 우울증이라는 함정이 서서히 다가온다.

언젠가 남양주에 있는 〈소리소〉라는 레스토랑에서 〈한국아동청소년그룹홈협의회〉 경기지부 임원회가 있다고 하여 차를 가지고 갔다. 〈경기공동모금회〉에서 차량 공모할 때 제안을 해서 채택되어 받은 모닝이라는 소형차다. 차량 겉면에는 현대제철에서 기증했다는 표시와 함께 〈공동모금회〉 로그, 그리고 〈즐거운집그룹홈〉이라는 표기가 있다. 공적인 일로 출타할 때는 기관차를 이용하기 때문에 그날도 모닝을 앞세우고 사전에 컴퓨터 검색을 통해 어떻게 가는지 알아본 길을 따라갔다.

일죽 IC에서 중부고속도로를 타고 가다 마장 분기점에서 제2중부고속도로로 갈아 탄 다음 하남 분기점에서 또다시 서울 외곽 고속도로로 옮겨 탔다. 2.24km를 간 다음 진관 IC에서 경춘 북로를 따라 1.19km를 달려 먹골 IC까지는 순조롭게 달렸다. 거기까지는 좋았다. 먹골 IC 사거리에서 오남, 진건, 진접 쪽으로 우회전을 해야 하는데 아차 하는 순간 지나쳤다. 조금 가다 유턴할 수 있는 곳에서 돌아와 다시 들어가면 될 거라는 생각으로 유턴하는 곳을 찾으며 앞으로 갔다. 얼마를 가다 유턴해서 그 자리에 왔는데 오남, 진건,

진접 쪽으로 들어갈 수가 없었다. 다시 경춘 북로로 올라가게 되었고 한참을 달려 의정부에 가서 다시 돌아와야 했다.

내비게이션이 없어 중간에 여러 번 길을 잘 아는 지역에 사는 임원에게 전화를 해서 물었지만 한 시간여를 헤매다 겨우 약속 장소를 찾을 수 있었다. 돌아오자마자 휴대폰에 아틀란이라는 내비게이션 애플을 설치하고 어디를 갈 때는 반드시 내비게이션 안내를 따라갔다. 그것도 자주 변하는 교통 정보가 제대로 반영되지 않아 헤매는 경우가 있다고 하여 지금은 네이버 내비게이션을 이용한다. 애플을 따로 깔지 않아도 되고 실시간 업그레이드가 되어 가끔 이용하기에는 편리하게 느껴진다.

길을 잃어도 이렇게 불편한데 하물며 한 번 살다 가는 삶에 있어서 꿈과 희망이 없다는 것은 참으로 불행한 일이다. 희망이 없으면 삶의 의욕이 없이 그저 살아 있으니 사는 것이고 하루가 너무 지루하게 느껴진다. 요즈음 아이들 중에는 이런 아이들이 많다. 꿈이 없고 뭘 해야 할지 모른다. 직업 체험이나 꿈 찾기 프로그램 등을 통해 아이들이 자기만의 꿈과 희망을 찾아 날갯짓을 할 수 있도록 돕지만 여전히 중고등학교 과정은 대학 진학에 초점이 맞추어져 있다.

아이들이 대학에 진학할 때 인기 학과는 대학을 졸업할 때쯤 비인기 학과로 전락한다.

그 정도로 요즈음 시대는 급변하고 있다. 4차 산업혁명으로 인공

지능을 탑재한 로보트가 사람을 대신하는 시대에 우리는 무엇을 준비해야 하는가에 대한 연구가 이곳저곳에서 이루어지고 있다. 이미 아마존 쇼핑몰에서는 사람을 대신하여 로보트가 상품을 분류하고 옮기는 작업을 하고 있다. 가장 먼저 택배 기사와 은행 창구 직원이 사라질 것으로 예측하고 이미 그런 일이 진행되고 있다.

돌이켜 보면 생소한 일도 아니다. 내가 어렸을 때는 전화교환원이 있었다. 전화를 걸면 안내양이 전화를 받아 연결해 주는 일을 하는데 친구가 전화국에서 전화교환원으로 일하는 것을 보고 나에게 딱 맞는 직업이라는 생각이 들었다. 사람들과의 관계에서 스트레스를 많이 받았던 나는 자리에 앉아 걸려 오는 전화를 받아 연결만 해 주면 되는 일은 아주 잘할 것 같았다. 당장 학원에 등록하고 전화교환원 2급 국가자격증을 땄다. 그리고 〈백병원〉을 비롯하여 몇 군데 이력서를 넣었다가 떨어져서 현장에서 근무해 보지는 못했다.

그런데 국가자격증을 취득해야 취업할 수 있었던 일이 지금은 사라진지 오래다. 그뿐 아니라 버스 안내양이나 엘리베이터 걸 같은 직업은 사라진 지 오래고 은행 창구 직원이나 지하철 매표소 직원도 현저하게 줄어들고 있다. 이렇게 급변하는 시대에 우리는 희망조차 가질 수 없는 걸까? 넘어져도 솟아날 구멍은 있다고 새로 생기는 직업도 있고 지금 있는 직업 중에 4차 산업혁명 이후에도 살아남을 직업도 있다. 문제는 내가 어떤 직업을 가지고 어떻게 살아갈 것인가이다.

희망은 행복한 성공을 향해 가는 내비게이션과 같다.

〈한국 책쓰기·성공학 코칭협회(이하 한책협)〉 김태광 대표는 『이젠 책 쓰기가 답이다』라는 책을 통해 '책 쓰기만이 답이다.'라고 말한다. 그는 35세에 100권의 책을 펴내고 그중에 초·중·고등학교 16권의 교과서에 그가 쓴 글이 수록되었다. 뿐만 아니라 2017년에는 책 쓰기 코칭 부문 '한국 미래경영 대상'과 '공감브랜드 혁신경영 대상'을 받았으며 지금까지 그의 코칭을 통해 500여 명의 작가가 배출되었다. 그들은 작가, 강연가, 코치, 컨설턴트 등 사회 각 분야에서 김태광 대표를 통해 찾게 된 자기만의 희망을 품고 승승장구하고 있다.

몇 년 전 지인을 통해 〈한책협〉에서 코칭을 받으면 한 달 만에 책을 쓸 수 있다는 이야기를 들었다. 당시 나는 현대수필로 등단한 수필작가였으며 주변에서 수필가들이 몇 년 동안 공들여 쓴 원고를 자비로 출판하는 것을 보아 왔다. 원고지 20여 장의 수필 하나를 완성하는 데도 며칠을 생각하고 고민하며 수정하고 또 수정해야 한다. 그렇게 쓴 원고도 교수님께 첨삭을 받으면 여기저기 빨간 글씨가 수두룩하게 수정할 부분이 생기는 것이 보통이다. 그런데 습작 기간 없이 원고지 800여 장의 책을 한 달 만에 쓴다는 것은 불가능하다고 생각했다.

그런데 김 태광 대표는 『이젠 책 쓰기가 답이다』 『3일 만에 책 쓰기 수업』 등을 통해 콘셉트가 가장 중요하다고 말한다. 콘셉트에 따라 책 제목을 정하고 장과 꼭지 제목을 정한 후에 글을 쓰기 시작하면 한 달이면 800여 장의 원고를 완성할 수 있다는 것이다.

오늘도 많은 사람들이 〈한책협〉을 통해 희망을 찾아간다. 꼭 책 쓰기가 아니더라도 4차 산업혁명이라고 말하는 21세기를 살아가기 위해 나는 어떤 준비를 해야 하는가 심각하게 고민해 봐야 할 때임이 틀림없다. 모든 사람이 자기만의 희망을 찾아 하루하루를 행복하게 살아가기를 간절히 바라는 마음이다.

03

내 인생에서 지우고 싶은 시간

〈(주)하이리빙〉, 강남구 대치동에 위치한 회사로 네트워크 마케팅의 장점만을 살려 더 많은 소비자에게 고품질의 상품을 합리적인 가격으로 제공하는 것을 목표로 하고 있는 회사다. 이를 바탕으로 성공을 추구하는 모든 회원들에게 최선의 기회를 열어 주는 것을 기업 이념으로 삼고 있다. 여기까지 들으면 정말 기회가 될 수 있을까라는 생각이 들고 한 번쯤 사업 설명을 들어보고 싶다는 생각을 하게 된다.

남편도 마찬가지였다. 친구로부터 사업 이야기를 듣고 서울에 가서 다른 사람들이 하는 것도 보고 또 높은 직급의 사람이 하는 사업 설명도 들었다. 그리고 나에게도 같이 해보자고 요구했다. 남편의 요구에 어쩔 수 없이 사업 설명을 듣고 팸플릿을 살펴보았다. 일상생활에서 자주 사용하는 세제부터 화장품은 물론 건강보조식품까지 다양한 상품들이 있고 그 상품을 구입할 때마다 포인트가 주어지며 일정 포인트가 되면 직급이 올라가고 수입이 많아진다고 했다. 네트워크 마케팅이라고 하지만 내가 보기에는 다단계로 느껴졌다.

남편에게 그 사업을 통해 돈을 벌고 성공하기는 어려울 것 같다고 했더니 해보지도 않고 어렵다고 말한다며 화를 냈다. 당시 어린이집에 출근하고 있었는데 한 달 동안 고민하며 생각하다 가정의 평화를 위해 〈하이리빙〉 사업을 해보기로 했다. 대신 이 사업을 하려면 집안일과 아이들은 신경 쓰기 어려울 것 같은데 그래도 되겠느냐고 물었다. 성공한다면 그 정도는 감수해야 하지 않겠느냐는 남편의 말에 사업을 시작했다.

무엇이든 하겠다고 결정하면 적극적으로 열심히 하는 성격이라 그날부터 강남으로 사업 설명을 들으러 다니며 여러 사람의 사업 설명을 반복해서 듣고 또 들은 후 내가 다른 사람에게 사업 설명을 할 수 있도록 익혔다. 그리고 주변 사람들을 접촉하기 시작했다. 다행히도 사업 설명을 듣고 회원으로 가입한 후 물건을 구입하는 사람들이 많았다. 그중에는 나처럼 사업으로 하겠다고 서울로 사업 설명을 들으러 가는 사람들도 있었다.

사업 설명과 함께 성공학 도서들을 읽도록 했는데『I can do it』『아카바의 선물』『카네기의 인간관계 지도론』『당신의 인생을 변화시키는 데

1분이면 된다』등의 책을 읽으며 성공을 향한 열정을 다잡았다. 그리고 대전에서 사업하는 가장 잘나가는 오너를 찾아가 나를 팔로워로 받아줄 것을 요구했다. 오너는 기꺼이 받아 주고 우리 집에 와서 사람들을 모아 놓고 사업 설명도 해주었다. 기사가 운전하는 에쿠스를 타고 다녔는데 꿈의 시각화를 해야 한다고 미리내에 있는 전원 주택단지를 찾아 사진을 찍고 그런 주택에서 살고 싶다는 희망을 가지고 사업을 하라고 했다.

오너의 집에는 각종 영양제가 식탁 위에 즐비하게 놓여 있고 온열 매트가 깔려 있었다.

김진옥 오너는 누구나 영양제를 먹어 볼 수 있고 온열 매트에 앉아 볼 수 있도록 개방했다. 사람들은 너도 나도 영양제를 먹고 자기도 팔로워들에게 그렇게 할 수 있는 날을 기대하며 더 열심히 하게 만들었다. 나 또한 자극을 받아 열심히 사람들을 만나고 내가 아는 사람을 통해 모르는 사람을 소개받으며 문어발처럼 사람들을 모았다. 그리고 그 사람들이 구매하는 금액에 따라 내 직급이 올라가기 때문에 사람들을 많이 모으고 그 사람들이 물건을 많이 구매하기를 바랐다.

직급이 한 단계 올라가면서 대전에 있는 대학 강당에서 수천 명이 모이는 행사가 있었는데 그곳에서 1분 스피치를 할 수 있었다. 더 높은 직급으로 올라간 사람들은 평생 한 번 결혼할 때나 입어 보는 멋진 드레스를 입고 손을 흔들며 퍼레이드를 펼치고 시상식을 했다. 사람들은 그 모습을 보며 나에게도 저렇게 멋진 드레스를 입고 손을 흔들며 퍼레이드를 할 날이 오기를 소망하며 직급 상승을 위해 밤낮으로 뛰어다녔다. 나 또한 서울로 대전으로 사람을 만나러 여기저기 다니고 사업 설명이나 세미나에 참석하기 위해 밤 늦게까지 돌아다녔다.

당연히 집은 엉망이 되고 아이들은 불안해했다. 한 번은 비가 억수로 쏟아지고 바람이 세차게 불어 달리는 차가 날아갈 것 같은데 대전의 오너 집에서 모임이 있어 팔로워가 운전하는 봉고차 한 대에 안성에서 사업하는 사람들을 태우고 대전까지 갔다. 모임은 밤 11시가 넘어서 끝났고 집에는 아이들만 있는 상황이어서 빨리 집에 가기 위해 서둘렀다. 강 위에 놓인 다리를 지나는데 풍향계는 요동을 치고 차가 뒤집어질 것 같은 불안감에 손잡이를 꼭 잡고 속도를 늦추었다. 그때 작은아이에게 전화가 왔다. "엄마 무서워 빨리 와" 집에는 중학교 1학년 아들과 초등학교 1학년 딸만 있었는데 오빠는 잠들었고 자기는 잠이 안 와서 안 자는 데 너무 무섭다고 했다.

나는 달리는 차창 밖의 풍경을 보며 생중계를 시작했다.

아이를 진정시키기 위해 비가 어떻게 내리는지, 바람은 얼마나 부는지, 지금은 어디를 지나가고 있는지 등 쉼 없이 이야기를 하며 안성까지 왔다. 집에 도착하자 아이는 내 품에 안겨 펑펑 울었다. 나는 '이렇게까지 하면서 성공을 향해 달려가야 하는가.'라는 생각을 했다.

지금도 〈하이리빙〉 사업은 계속되고 있고 수많은 사람들이 사업을 시작하고 또 그만둘 것이다. 이영란. 임덕빈 프런티어 자이언트는 네이버 블로그를 통해 자본이 없어도 바로 시작할 수 있는 일, 국산품을 애용하는 것으로 애국할 수 있다는 명분이 있는 일, 100세 시대에 앞으로의 노후가 보장되는 일이기 때문에 〈하이리빙〉 사업을 선택했다고 말한다. 그리고 내성적인 성격이 외향적이고 적극적인 성격으로 변했으며 대인 공포증이 사라지고 새로운 목표가 생겼다고 한다. 남은 인생에 대한 두려움과 미래에 대한 불안이 사라졌다고 말한다.

앞으로도 계속 〈하이리빙〉을 사랑할 수밖에 없다고 말할 수 있을지는 지켜볼 일이다. 왜냐하면 그때 함께 〈하이리빙〉 사업을 시작했던 사람들은 모두 〈하이리빙〉을 떠났기 때문이다. 그렇게 성공하기가 쉽고 그 성공이 유지된다면 떠날 이유가 없다. 사람들로 네트워크를 형성하고 그 네트워크가 와해되지 않고 유지되기 위해서는 끊임없이 새로운 사람을 접촉하고 팔로워들이 지속적으로 물품을 구입하도록 해야 하는데 결코 쉬운 일이 아니다.

한국에 〈하이리빙〉이 있다면 미국에서 시작되어 우리나라에도 들어와 있는 〈암웨이〉가 있다. 두 회사 다 생필품 중심으로 판매하고 기왕에 사용하는 것 돈도 벌면서 사용할 수 있다면 이보다 좋은 사업이 어디 있느냐고 말한다. 그 외에도 크고 작은 다단계로 물품을 판매하는 회사가 많고 쉽게 돈을 벌 수 있다는 유혹에 대학생들이 넘어가 빚쟁이로 전락하는 경우도 있다.

어떤 사람에게는 〈하이리빙〉 사업이 긍정적인 영향을 미칠 수도 있겠지만 적어도 나에게는 아니다. 〈하이리빙〉을 했던 8개월 동안 집안은 엉망이 되었고 아이들은 상처를 받았다. 상담심리학을 전공한 큰아이가 상담 세미나에 갔는데 눈을 감고 가족에 대하여 생각해보고 가장 먼저 떠오르는 장면을 이야기하는 시간이 있었다. 그때 자기는 가족을 떠올리는데 빈 방이 보였다고 하며 울먹였다. 나는 그 자리에서 큰아이를 안고 미안하다고 사과했다. 나름대로 관심을 가지고 사랑한다고 생각했는데 큰아이에게 가족은 없었다. 작은아이도 마찬가지다 불안 증세가 수시로 나타나 상담 치료를 받았다. 물론 전적으로 〈하이리빙〉을 했던 시간들 때문이라고 말할 수는 없지만 적지 않은 영향을 미쳤다고 할 수는 있다.

〈하이리빙〉이라는 다단계 사업을 했던 8개월의 시간을 지울 수만 있다면 깨끗이 지우고 싶다. 지금 이 시간에도 다단계 사업을 통해 성공할 거라는 믿음을 가지고 열심히 사업을 소개하고 다니는 사람이 있다면 다시 한 번 냉정하게 현실을 보고 생각해 보라고 말하고 싶다.

04

무의식은 답을 알고 있다

무의식은 의식, 전의식과 함께 인간의 정신 구조 가운데 한 부분이다.
프로이드는 겉으로 드러나지 않고 확인하기 어려운 무의식을 아
주 중요하게 이야기했다. 무의식은 의식에 비해 그 내용이 정확하
게 파악되기 힘들고 인간이 인식하지 못하지만 실제로 원하거나 추
구하는 내용을 담고 있기 때문이다. 프로이트는 이러한 무의식의
흐름과 의식에 미치는 영향을 거부하거나 억압해서는 안 된다고 주
장했다.

사람이 더 이상 떠올리고 싶지 않거나 지우고 싶은 트라우마나 콤
플렉스와 같은 것을 의식 영역에서 무의식 영역으로 한 번 밀어내
면 내가 꺼내고 싶을 때 마음대로 다시 가져올 수 없다. 그렇다고

트라우마나 콤플렉스, 또는 기억하고 싶지 않은 일들이 무의식에서 완전히 삭제되는 것은 아니다.

무의식을 두 가지로 나눌 수 있는데 하나는 의식적인 노력을 반복하였기 때문에 몸에 익어서 의식하지 않고도 자동적으로 하게 되는 행동이나 갖게 되는 감정 또는 사상 등이 있다. 이미 습관이 된 잠자기, 밥 먹기, 씻기, 옷 입기, 늘 하는 출퇴근 등 다년간 혹은 수십 년간 몸에 배어 특별히 뇌가 힘든 의식 활동을 하지 않아도 되는 일들이 그것이다. 딴생각을 하면서도 할 수 있고 하루를 큰 스트레스 없이 무의식의 지배를 받아 편안하게 보낼 수도 있다. 이것은 평상시와 비슷한 생각과 감정으로 하루를 보냈다는 것을 의미한다.

또 하나는 부정적인 측면으로 의식적으로 기억하고 싶지 않아 무의식으로 밀어낸 상처나 콤플렉스가 그것이다. 쉽게 의식으로 가져올 수 없는 것으로 치료를 위해 최면을 걸어 무의식에 있는 것들을 수면 위로 끌어올려 심리 치료나 행동 치료에 활용하기도 한다. 텔레비전에서 손가락으로 "딱" 하고 소리를 내는 순간 최면에 걸리고 상담자의 질문에 따라 대답하는 것을 본 적이 있다. '어떻게 저럴 수가 있지 거짓말 아닌가.'라는 생각을 했었다.

그런데 실제로 역량 강화 교육 현장에서 강사를 따라 하는 것만으로 고소 공포증이 완화되었다고 말하는 사람을 보았다. 앞에서 지켜보는 가운데 강사를 따라 하기만 했는데 무서워서 창문 옆으로 가지도 못했던 사람이 스스로 걸어 창문 옆에 갔다. 강의 도중 정말 그런가 보여 주기 위해 자원하여 앞으로 나온 두 사람을 대상으로 10여 분 동안 눈을 감고 강사가 지시하는 대로 따라 하도록 했다. 그리고 자신감을 가지고 선언하도록 한 다음 실제로 행동해 보도록 했을 때 앞으로 나온 두 사람은 스스로 창가로 걸어가더니 눈물을 흘렸다. 고소 공포증으로 수십 년을 고통스럽게 살아왔다는 것이다.

나는 무의식을 지배하는 사람인가? 무의식에 지배당하는 사람인가?

『무의식을 지배하는 사람 무의식에 지배당하는 사람』의 저자 구스도 후토시는 20대에 인생이 꼬여버렸다. 회사 일은 안 풀리고 사랑에 실패하고 인간관계도 점점 불편해지다 보니 어느새 자발적 실업자, 은둔형 외톨이가 되었다. 그런 생활에서 벗어나기 위해 자기개발서와 인문서, 심리서 등을 깊이 파고들었지만 아무리 지식을 습득해도 상황은 달라지지 않았다. 내가 가진 힘으로는 아무것도 바뀌지 않는다는 사실을 깨닫고, 무의식에 기대기 시작하면서 인생의 큰 전환점을 맞았다. 이성적 사고보다 직관이 더 나은 결과를 가져온다는 것을 체험한 그는 무의식 활용법을 개발, 실천함으로써 불행한 삶에서 완전히 빠져나왔다.

이처럼 무의식은 부정적인 부분만을 담고 있는 것이 아니라 우리의 잠재 능력도 무의식에 저장되어 있다. 내가 어떻게 무의식을 지배하고 활용하는가에 따라 상상하지 못한 결과를 가져오기도 한다. 요즈음 하루가 멀다 하고 쏟아져 나오는 자기 개발 관련된 책들이 다양한 각도에서 무의식에 있는 능력을 의식으로 끌어와 현실화하는 것에 대하여 이야기한다.

나도 내가 모르는 능력이 내 안에 있음을 경험한 적이 있다. 2016년 1월 〈한국아동청소년그룹홈연합회〉 경기지부 총회에서 지부장으로 경기도 안성의 〈맑은물그룹홈〉 심유양 시설장이 선출되었다. 지부장으로 선출된 심유양 시설장은 나를 총무로 지정해 함께 도와달라고 했다. 정년이 얼마 남지 않았으니 남은 기간 봉사하라고 지부장으로 추천된 사람의 요청인지라 거부할 수 없어 함께하기로 했다. 지부장은 요란하지 않게 아이들을 위해 일했다. 그중 하나가 경기도에서 처음으로 '우리 모두 파이팅'이라는 주제로 여름캠프를 한 것이다.

2016년 5월에 〈안성맞춤랜드〉 안에 캠핑장이 새롭게 마련되고 오픈해서 캠핑장과 바우덕이 공연장을 활용한 캠프를 하면 좋겠다는 제안을 했다. 그리고 캠프 계획을 수립하고 예산 확보에 들어갔다. 지부장은 인간관계를 총동원하여 예산 확보에 나서고 나는 세부적인 계획과 추진을 맡았다. 나는 이런 행사를 기획해 본 적도 없고 다른 사람 앞에서 어떤 일을 추진해 본 경험이 없다. 그런데 막상 일을 맡아서 진행하다 보니 나 자신도 놀랄 만큼 신선한 아이디어와 추진력 그리고 카리스마가 내 안에 있다는 것을 알았다.

경기도라는 넓은 지역에서 300여 명의 각기 다른 연령대의 아이들과 선생님들이 함께하는 행사는 간식하나 나누는 것도 모두가 납득할 만한 원칙에 의해 이루어져야 했다. 또한 한정된 예산으로 행사를 추진하기 위해서는 지역 자원을 최대한 활용하는 방법밖에 없었는데 젊었을 때 정치 활동을 했던 지부장의 인맥이 큰 도움이 되었다. 그에 반해 나는 아이들과 함께 항상 집 주변을 맴돌며 살아온 터라 아는 사람이 없다고 생각했다. 그런데 놀랍게도 현수막이면 현수막, 공연이면 공연 등 관련된 전문가들과 신뢰 관계를 형성하고 있었다.

그리고 프로그램을 기획하고 진행하는 데 창의력 제로라고 생각했던 내가 어떻게 더운 날씨를 감안한 '거북이마라톤'을 비롯하여 식전 행사로 검무를 넣어 아이들의 시선을 모아 놓을 수 있었는지 놀랍다. 캠프는 더운 날씨에 무리 없이 진행할 수 있는 프로그램으로 계획되고 성공적으로 추진되어 올해는 경기도청 아동복지 담당자가 자발적으로 〈경기도 청소년수련원〉에서 여름캠프를 할 수 있도록 예산을 지원해 주었다. 작년에 처음 시도한 여름캠프의 영향이 컸다고 본다.

우리는 새해가 되면 올해는 어떤 일을 하고 어떻게 살겠다는 결심을 한다. 그런데 그리 오래가지는 못한다. 더 이상 홈쇼핑을 하지 않겠다고 다짐하고 올해는 불평하지 말고 감사하며 살겠다고 결심한다. 그런데 며칠이 못 가서 홈쇼핑 방송을 보고 있고 작은 일에 투덜대는 자신을 발견한다. 그리고 의지가 부족한 탓이라고 생각한다. 인간은 합리적으로 판단하고 행동하는 존재라고 배웠기 때문에 의지만 있으면 스스로를 통제할 수 있다고 믿는다. 그런데 의지 가지고 안 되는 일이 너무나 많다. 나이를 먹으면서 자꾸만 뱃살이 찐다. 뱃살을 빼겠다고 다짐하고 믹스커피를 끊고 탄수화물을 줄이며 조금 싱겁게 먹어 보지만 일주일이 지나고 열흘이 지나도 여전히 뱃살은 출렁거린다. 그리고는 유혹에 못 이겨 믹스커피를 마시며 '적당한 뱃살은 허리가 굽어지는 것을 막아 준다고 하는데 이 정도면 준수한 거야'라고 스스로를 위로한다.

일찍이 정신분석학의 대가 프로이트는, 인간은 이성적 존재가 아니라 무의식에 휘둘리는 비합리적인 존재라고 했다.『무의식을 지배하는 사람 무의식에 지배당하는 사람』의 저자 구스도 후토시 또한, 무의식이 우리의 몸과 마음을 움직이고 있는 데도 많은 현대인들이 그것을 간과한 채 자신의 의지로만 삶을 바꾸려고 노력한다. 그렇기 때문에 인생이 괴롭고 불안하며 짜증이 나는 거라고 지적하며 삶에 대한 불안과 걱정에 시달리는 사람, 자신감을 잃은 사람에게 무의식 속에 숨어 있는 다양한 가능성을 깨닫게 해준다. 그리고 실생활에서 누구나 쉽게 따라 할 수 있는 무의식 활용법을 제시한다.

우리의 삶을 좌우하는 것은 무의식이다. 무의식을 잘 활용한다면 누구나 행복한 성공을 이루는 삶을 살 수 있다. 무의식은 답을 알고 있기 때문이다.

05

행복의 시작은 나로부터 비롯된다

엄마는 내 입에 들어가는 것보다 자식이 맛있게 먹는 것을 보면 더 행복하다.

나는 못 먹고 못 입어도 자식만큼은 잘 먹이고 입히고 가르치기 바라고 그 가운데서 행복을 느끼는 것이 엄마의 마음이다. 나 또한 그랬다. 외출복 하나 없이 추리닝 바지를 입고 다녀도 내 자식을 잘 먹이고 잘 입힐 수 있다면 아무렇지도 않았다. 그런데 자궁경부암 으로 수술한 후 마취가 풀렸을 때 차라리 죽는 것이 나을 것같이 고통스럽게 느껴지던 통증으로부터 내가 먼저라는 것을 알았다. 자궁 적출을 하기 위하여 아랫배를 가로로 40cm 정도 절개하고 자궁을 모두 적출했는데 마취가 풀리자 도저히 감당하기 힘든 통증이 찾아

왔다. 주삿바늘 모두 빼 던지고 바닥에 데굴데굴 구르고 싶은데 배 위에는 묵직한 모래 자루를 올려놓은 것 같아서 움직이기조차 힘들었다.

통증이 너무 심해 계속해서 진통제를 맞아도 그때뿐 또다시 통증은 찾아왔다. 나중에는 머리도 아프고 통증에서 해방되고 싶다는 생각뿐 아무것도 할 수 없었다. 그때 남편에게서 전화가 왔다. 전화를 받을 기분도 상황도 아닌데 자꾸 전화벨이 울려 받았더니 대뜸 왜 이렇게 늦게 받느냐고 화를 냈다. 그 순간 '남편도 지금의 내 고통은 모르고 대신할 수도 없구나.'라는 생각이 들었다. 마누라가 수술실에 들어가는 것 보고 아이들 때문에 집에 갔지만 어떻게 되었는지 몹시 궁금했을 것이다. 그런데 전화를 받지 않으니 마음이 불안해져서 그랬을 수도 있겠구나 싶기는 하지만 그래도 내 상태부터 물었어야 하지 않을까 싶다.

내가 없으면 자식도 남편도 이 세상도 없다. 내가 있어야 이 모든 것들이 존재하고 또 의미가 있는 것이다. 그룹홈에 선생님들이 입사할 때 가장 먼저 요구하는 것이 있다. 그것은 선생님이 행복해야 아이들이 행복하다는 것이다. 아이들을 긍휼히 여기는 마음으로 올인하다 자기가 원하는 방향으로 움직여 주지 않거나 생각하는 결과가 오지 않을 때 에너지가 소진되어 다운되는 경우가 많다. 아이들의 어떠함으로 상처받지 않는 방법을 찾고 선생님이 먼저 행복하도록 노력하기를 요구한다.

감정이 상하고 기분이 나빠 있을 때는 아이들을 보고 밝게 웃어줄 수도 없고 아이들이 하는 이야기를 편안한 마음으로 끝까지 들어줄 수도 없다. 피곤하고 지쳐 있을 때도 마찬가지다. 그런 상황에서는 차라리 아이들에게 도움을 청하는 것이 났다. 나는 피곤하고 지칠 때 아이들에게 솔직히 말하고 도움을 요청한다. "지금 엄마 기분이 몹시 안 좋거든. 너희들 잘못하고 심하게 떠들면 화내고 혼내줄 것 같아. 그러니까 자기 할 일 하고 조용히 해 줄래?" 라고 말한 다음 커피 한잔 들고 잠시 쉬면서 숨 고르기를 한다.

그런 말을 하지 않았을 때 아이들은 내 기분과 상관없이 웃고 떠들며 자기들의 이야기를 쏟아낸다. 끊임없이 조잘대는 아이들을 향해 버럭 화를 낼 가능성이 높아지는 상황이다. 그런 상황을 방지하기 위해 아이들에게 엄마의 기분과 몸 상태가 어떠한지 알려 주고 도움을 청하면 아이들도 이해하고 알아서 행동한다.

내 상황이나 기분과 상관없이 항상 밝게 웃으며 손님을 대하고 일상적으로 일을 해야 하는 근로자를 우리는 감정노동자라고 말한다. 우리가 너무나 잘 아는 개그맨이 그 대표적인 예다. 시청자들을 웃게 만들어야 하는 그들은 심지어 녹화 직전 부모님이 돌아가셨다는 소식을 접하고도 태연하게 녹화를 마치고 집에 내려갔다는 개그맨도 있을 정도다. 그 외에도 승무원이나 간호사 혹은 백화점 점원 같은 근로자뿐만 아니라 아이들을 가르치는 선생님이나 사회복지 현장에서 일하는 사회복지사들 역시 감정노동자다.

감정노동자들은 스스로가 스트레스를 안 받는 방법을 찾고 또 스트레스를 받았을 때 풀 수 있는 자기만의 방법이 서너 가지는 있어야 한다. 가령 스트레스 푸는 방법이 아무 생각 없이 가볍게 뛰는 거라면 비가 오는 날에는 그 방법으로 스트레스를 풀 수가 없기 때문이다. 나는 기분 전환을 위해 호미를 들고 텃밭으로 나가 풀을 뽑으며 생각을 정리하거나 커피를 들고 평소 읽고 싶었던 책 속으로 빠져든다. 그렇지 않으면 아빠다리를 하고 앉아 눈을 감고 가만히 생각이 이끄는 대로 따라가며 숨 고르기를 한다. 그렇게 하고 나면 마음이 정화되고 기분이 전환된다.

나는 혹시 쇼윈도 인생을 살고 있지 않은가?

우리에게 '행복전도사'로 잘 알려진 작가이자 방송인 최윤희 씨가 2010년 10월 7일 오후 8시30분경 경기도 고양시 일산동구 장항동의 한 모텔에서 남편 김모 씨와 함께 숨진 채 발견됐다. 최윤희 씨는 주부로 지내다 광고회사 카피라이터로 입사해 국장까지 승진하는 보기 드문 이력의 소유자이다. 『밥은 굶어도 희망은 굶지 마라』 『멋진 노후를 예약하라』 등 희망과 행복을 주제로 20여 권의 저서가 있으며 프리랜서로 〈KBS 즐거운 세상〉 〈행복 만들기〉 등 방송 프로그램에 고정 출연하며 주부로서 자신의 경험담을 웃음으로 풀어내 '행복전도사'라는 별명을 얻었다.

그런 그녀가 63세라는 젊은 나이에 그것도 스스로 목숨을 끊은 것이다.

경찰이 유족을 통해 그녀의 친필로 확인한 유서에는 '2년 동안 입원과 퇴원을 반복하며 많이 지쳤다. 더 이상 입원해서 링거를 주렁주렁 매달고 살고 싶지 않다.'며 심장과 폐질환 등 투병 생활에 지친 내용이 담겨 있었다. 또 '700가지 통증에 시달려 본 분이라면 마음을 이해할 것. 저는 통증이 너무 심해서 견딜 수 없고 남편은 그런 저를 혼자 보낼 수는 없고… 그래서 동반 떠남을 하게 됐다'며 부부가 함께 목숨을 끊은 이유도 적혀 있었다.

많은 사람들은 그녀의 죽음을 '행복전도사'의 '불행한 죽음'이라고 말한다. 멋진 노후를 예약하라고 열변을 토하던 그녀가 육신의 질병과 통증으로 한 순간에 무너져 내린 것이다. 어쩌면 자신의 행복하게 웃는 모습만을 보여 주고 싶었는지도 모른다. 실제로는 행복한 결혼생활을 하고 있지 못하지만 주변의 시선을 의식하여 마치 잉꼬부부인 것처럼 행동하는 부부를 쇼윈도 부부라고 하거나 디스플레이 부부라고 한다. 소비자의 시선을 끌어 구매욕을 높이려는 목적으로 화려하고 깔끔하게 상품을 진열해 놓은 백화점이나 상점의 쇼윈도처럼 실제로는 원만한 결혼생활을 하고 있지 못하지만 마치 행복한 결혼생활을 하는 것처럼 가장하는 부부들을 이르는 말이다. 이들은 사회적 지위와 체면 때문에 주변의 시선을 의식하여 공개적인 곳에서는 행복한 부부인 것처럼 행세할 뿐 개인적인 대화나 부부관계, 서로에 대한 존중과 애정이 전혀 없다.

남편을 만나 결혼할 때 나는 썩어지는 밀알이 되겠다고 생각했다.

내가 썩어지는 밀알이 되어 참고 기다려 주면 남편이 좋은 열매를 맺는 훌륭한 사람이 되는 것으로 믿었다. 대부분의 그리스도인들이 그렇게 알고 있고 나 또한 그렇게 믿었던 것이다. 그런데 한 알의 밀알이 땅에 떨어져 썩으면 그 썩어진 밀알에서 싹이 나고 잎이 나서 열매가 열린다는 사실을 20여 년의 세월을 참고 견디며 살고 난 후에야 알았다. 그것은 내가 다른 누군가를 위해 참고 견디며 사는 것 같지만 실제로는 모든 것이 나를 위한 삶이라는 것을……

우리는 페르소나라는 가면을 쓰고 살아간다. 그리고 그렇게 사는 것에 너무나 익숙해 있다. 방송인이자 작가였던 최윤희 씨 역시 밥은 굶어도 희망은 굶지 마라거나 멋진 노후를 예약하라고 책과 방송을 통해 이야기하면서 스스로는 희망을 굶고 멋진 노후를 예약하지 못했다. 행복의 시작은 나로부터 비롯된다는 사실을 깨닫지 못한 결과다. 이 세상의 모든 것은 내가 있어야 존재한다. 행복 또한 시작은 나로부터 비롯된다는 사실을 잊지 말아야 할 일이다.

06

99%의 노력만으로는 힘들다

작은 부자는 부지런함에서 나오고 큰 부자는 하늘이 만든다는 말이 있다.
부지런하고 성실하게 살면 적어도 작은 부자로는 살 수 있다는 이
야기다. 결혼하고 퇴직금으로 시작한 축산업이 파동으로 무너지면
서 남의 빈집에서 쌀 한 톨 없이 다시 시작해야 했다. 남에게 아쉬
운 소리 안 하고 살기 원했던 나는 하늘이 내는 부자는 몰라도 작은
부자는 가능하다는 생각으로 처음부터 다시 시작하기로 했다.

동네 할머니가 저러다 새댁 병나겠다고 남편을 설득해 바람도 쐬
고 사람도 만나라고 나를 생명보험회사에 데리고 갔다. 보험 상품
을 판매하려면 공부를 하고 시험을 봐서 코드를 받아야 하는데 슬
슬 재미삼아 다녀보라는 것이었다. 보험 판매를 하라고 강요하는

것도 아니고 보험에 대하여 공부하고 날마다 비누나 치약 같은 생필품을 주어서 하루도 빠지지 않고 나갔다. 그리고 첫 달에 75,000원을 받았다. 그중에 25,000원을 떼어 적금을 들었다. 그때부터 나의 돈 모으기 프로젝트는 실행되었다. 옷 사고 택시 타는 돈을 가장 아까워하며 가까운 거리는 걸어 다니고 언니가 입던 옷을 얻어다 입으며 열심히 일하고 악착같이 모았다. 그 덕분에 결혼 후 10년 만에 13평 임대아파트에 입주할 수 있게 되었다.

지금은 그런 노력으로도 돈을 모으기가 쉽지 않다. 일단 은행 금리가 너무 낮다. 상대적으로 금리가 높다는 저축은행도 2%대로 예전에 비하면 낮아도 너무 낮다. 금리보다 물가 상승률이 높아 은행에 적금을 부어서 내 집을 마련하기는 어렵다는 이야기다. 그러다 보니 쉽게 돈을 벌 수 있는 곳으로 사람들이 몰린다.

한때는 복부인이 세상을 시끄럽게 하더니 언제부터인가 펀드가 사람들의 이목을 끌었다. 아파트 투기로 돈을 벌던 시절은 지났다고 하지만 지금도 신규아파트 모델하우스에는 실수요자보다 투자를 목적으로 하는 사람들이 몰려 실수요자가 피해를 입는다. 정부에서는 투자를 목적으로 하는 사람들을 규제하기 위해 8.2부동산 대책을 내놓았다. 실수요 보호와 다주택자의 추가적인 주택 구매를 막기 위해 다주택자에게는 양도세를 많이 내게 하고 대출 규제를 엄격히 하겠다는 내용이다.

정부에서 아무리 부동산 대책을 내놓는다 해도 부동산에 투자해 돈을 벌기 원하는 사람들의 도전은 계속된다. 금융 기관에서는 8.2 부동산 대책에 어떻게 집을 살 수 있는지 방법을 찾아 고객 상담을 하고 부동산 업자들은 업자들대로 대책을 마련한다. 어떻게 하면 부동산 투자로 돈을 벌 수 있는가에 대한 책들이 속속 출판되고 곳곳에서 부동산 투자 관련 강좌가 열린다. 이것은 땀 흘려 열심히 일하고 알뜰하게 모아서는 작은 부자로 살 수 없다는 이야기다.

나 또한 의도적으로 부동산 투자를 한 것은 아니지만 부동산을 통해 돈을 벌었다. 시골에서 농사짓고 소, 돼지 키우며 살던 남편이 13평 임대아파트에서 산다는 것은 참으로 답답한 일이었다. 낡고 허름한 집이라도 방문을 열고 나가면 마당이 있고 흙을 밟을 수 있는 생활에 익숙해 있던 남편은 주말마다 밖으로 나갔다. 그때마다 아이들과 내가 동행하기를 원했다. 일주일 동안 가게에서 일하고 주일날은 교회도 가고 집안 청소도 하며 쉬고 싶은데 쉴 수가 없었다. 결국 시골에 땅을 사서 집을 짓고 이사를 하기로 했다.

수중에 2천3백만 원을 가지고 이곳저곳 땅을 보러 다녔다. 나는 이곳도 괜찮은 것 같고 저곳도 좋은 것 같은데 남편은 맘에 들지 않는다고 한다. 땅을 볼 줄 아는 안목이 없는 나는 남편이 하는 대로 따라다닐 수밖에 없었다. 그러던 어느 날 시내에서 버스로 15분 정도 가고 버스에서 내려 10여 분은 걸어가야 하는 곳의 땅이 맘에 든다고 했다. 부메랑처럼 생겨 제대로 활용하기 어려운 320평의 땅을 시세보다 조금 비싸게 산다는 것이었다.

남편이 마음에 들어 사겠다고 하자 땅을 소개한 사람은 구전을 포함해 6천 6백만 원을 요구했다. 그해에 농가 주택을 지으면 농지 전용 비용이 면제된다는 부동산 업자의 말을 듣고 남편의 마음이 급해졌다. 연말은 다가오고 빨리 땅을 사서 농가 주택 신청을 하고 싶은데 돈이 없었다. 나는 혹시 하는 마음으로 언니에게 전화를 해서 상황을 설명하고 무이자로 몇 개월만 4천만 원을 빌려 줄 수 있는지 물었다. 언니는 두 번 묻지 않고 알았다고 하고는 다음 날 통장으로 돈을 보내왔다. 그렇게 해서 왕복 2차선 도로 옆에 붙은 땅을 사서 집을 짓게 되었다.

여기까지는 우리의 노력으로 한 일이다.

그런데 집을 짓고 살게 된 지 1년쯤 지나 집 앞 배 과수원 자리에 〈안법고등학교〉가 이전해 온다는 소문이 돌았다. 마침 큰아이가 중학교에 다니고 있었는데 〈안법고등학교〉가 집 앞으로 오면 정말 좋겠다는 생각을 했다. 시간이 지나면서 무성하던 소문은 잠잠해지고 아무런 변화도 일어나지 않았다. 그리고 다시 1년이 흘렀을 때 이번에는 아파트가 들어온다는 소문이 났다. 〈안법고등학교〉가 시내에 있는 학교를 팔고 이전하려고 했는데 팔리지 않아 포기하고 아파트가 들어오기로 했다는 것이다.

소문이 나는가 싶더니 어느 날부터 배나무가 잘려나가고 토목공사가 시작되었다. 18개동 1719세대의 아파트가 착공되면서 주변은 공사 차량들로 북적대고 근처에 사는 사람들은 땅값 상승을 기대하며 술렁였다. 산등성이를 따라 이어진 배 과수원이 모두 정리되고 토목 공사가 진행되면서 어디로 정문이 날 것인가에 관심이 쏠렸다. 그런데 놀랍게도 우리 집 앞이 정문이 되었다.

사람들은 어떻게 대단지 아파트 정문 앞에 땅을 사고 집을 짓게 되었는지 궁금해했다. 우리도 몰랐지만 부동산 업자나 공무원들도 몰랐다. 당시에는 계획조차 없었던 일이 2년 사이에 이루어진 것이다. 몇 년 후 우리는 집을 헐고 상가를 지은 다음 2년 후 8억에 팔고 지금 살고 있는 전원 주택과 어린이집을 지었다. 땀 흘려 일하고 월급을 꼬박꼬박 저축해서 그만한 돈을 모으기는 쉽지 않다. 하늘의 도움이라고밖에는 달리 설명할 방법이 없다.

돈뿐만 아니라 공부하는 것도 마찬가지다. 아이들을 가르치다 보면 선생님 말씀대로 숙제도 잘하고 열심히 공부도 하는데 성적은 보통인 아이가 있다. 시험 때가 되면 밥 먹고 화장실 가는 시간까지 아까워하며 책상에 붙어 앉아 문제집과 씨름하는데 성적이 오르지 않으니 안타깝기만 하다. 성적은 엉덩이를 의자에 붙이고 앉아 있는 시간에 비례한다는 말도 있었는데 꼭 그렇지만은 않은 것 같다. 긴 시간 공부하지 않아도 좋은 성적을 내는 아이들은 얼마든지 있기 때문이다.

성적으로 아이들을 평가하는 현실에서 어떻게 하면 같은 시간을 공부하고도 좋은 성적을 낼 수 있을까에 대한 다양한 방법이 제시

되고 있다. 엄마들은 어떤 방법이 내 아이에게 맞을까를 고민하며 이곳저곳을 기웃거린다. 그래도 성적이 오르지 않으면 엄마는 "다른 아이는 그 방법으로 성적이 오른다는데 너는 왜 안 되는 거니?"라고 야단을 치게 된다. 아이도 좋은 성적을 받고 싶지만 열심히 노력해도 성적이 오르지 않으니 답답할 뿐이다.

파레토 법칙은 2대 8의 법칙을 통해 상위 20%가 부의 80%를 차지하고 20%의 사람들이 80%의 사람들을 지배한다고 말한다. 누구나 그 상위 20%에 속하여 부를 차지하고 다른 사람을 지배하며 살기 원한다. 그런데 상위 20%는 노력만 가지고 되는 일은 아닌 것 같다. 큰 부자는 하늘이 낸다는 말처럼 99%가 인간의 노력에 의해 이루어진다면 나머지 1%는 인간이 감히 범접할 수 없는 하늘의 몫이다. 99%까지 열심히 노력하고 나머지 1%는 하늘의 뜻에 맡기는 삶이야말로 겸손하게 상위 20%로 가는 삶이 아닐까 싶다.

07

0.1%의 가능성에 희망을 걸었다

최소한 750대 1의 추첨에 당첨되다.

(그룹홈)에서 생활하는 아이들에게 제공되는 여러 가지 혜택들이 있는데 그중에 바우처 제도가 있다. 가장 많이 알려진 것으로는 '스포츠 바우처'와 '문화 바우처'가 있고 그 외에도 심리 서비스 지원 사업, 언어 발달 지원 사업, 청소년 산모 임신 출산 의료비 지원 사업 등이 있다. 이 밖에도 장애인 활동 지원 사업이나 노인 돌봄 서비스등 바우처 카드를 이용한 사업이 다양하다. 산림 복지 서비스 이용권도 바우처 카드로 제공되는 서비스 중의 하나다.

2016년에 신설된 산림 복지 서비스 이용권(바우처)은 산림청의 녹색 자금을 1인당 10만 원의 이용권(바우처) 카드를 발급하여 산림 복지 서비스를 이용할 수 있도록 지원한다. 2016년에는 9,100명이 혜택을 받았는데 올해는 15억 원을 투입하여 1만 5,000명이 혜택을 받는다. 산림 복지 서비스 이용권 신청은 누리집(www.forestcard.or.kr) 이나 〈산림 복지 진흥원〉 홈페이지에서 신청서를 다운받아 작성한 후 대전시 서구 둔산 북로 121번지 2층 209호 산림 복지 진흥원 산림 복지 인재 육성팀으로 우편 발송하면 된다.

이용할 수 있는 곳은 국립휴양림 23곳과 사립 시설 3곳(청평, 설매재 자연휴양림, 천리포수목원)과 〈국립 산림 치유원〉, 〈국립 횡성 숲 체험(산림교육센터, 치유의 숲)〉, 〈국립 장성 숲 체험〉, 〈구립 칠곡수 숲 체험〉 등 31곳이 있다. 산림 복지 서비스 이용권을 발급받아 산림 복지 시설 내에 있는 숙박 시설에서 잠도 자고 숲 체험도 하면 좋겠다는 생각이 들어 일곱 명의 아이들 모두 신청서를 제출했다. 다행히 일곱 명 모두 10만 원이 들어 있는 산림 복지 서비스 이용권 카드를 발급받았다.

문제는 4살부터 고등학교 1학년까지 연령대가 다양한 아이들과 함께 갈 만한 곳을 찾기가 어렵다는 것이다. 인터넷을 뒤적이며 갈 곳을 찾다가 안성에서 가까운 용인에 올해부터 산림 복지 서비스 이용권을 사용할 수 있는 〈용인 자연 휴양림〉이 있음을 발견했다. 안성에서 1시간 거리이고 한옥 체험도 할 수 있으며 원목 의자와 2단 책장을 만들어 올 수 있는 곳으로 아이들과 함께 다녀오기에 딱 좋은 곳이었다.

8월 22일에 갔다가 23일에 돌아오기로 하고 7월 초에 예약을 하려고 홈페이지를 열고 들어갔더니 추첨제에 응모해서 당첨이 되어야 이용할 수 있도록 되어 있었다. 그래도 교직원 회의에서 가기로 결정한 일이라 8월 22일에 한 채밖에 없는 한옥 체험을 하겠다고 추첨제에 응모했다. 응모하기 버튼을 누르는 순간 응모자가 749명이라는 숫자가 눈에 들어왔다. 아차 싶었다. 응모하기 버튼을 누르기 전에 그 숫자를 보았다면 아마도 망설이거나 포기했을지도 모른다.

　나까지 포함하면 750명이 응모했는데 이후에도 몇 명이 더 응모 신청할지 모르는 일이다. 그 많은 사람들 중에서 추첨을 통해 당첨이 된다는 것은 행운을 거머쥐는 것이고 불가능에 가까운 일이지만 혹시 하는 마음으로 발표하는 날을 기다렸다. 7월 10일 오전 드디어 당첨자를 발표하는 날이다. 점심때가 지나 컴퓨터를 열고 확인하려고 생각했는데 열시가 조금 넘은 시각 띠리릭 문자가 왔다. 확인해 보니 숙박비를 입금해야 예약이 완료된다는 내용이었다.

　믿기지 않아 전화를 걸어 확인했다. 그리고 홈페이지에 들어가 보니 경찰 입회하에 담당자가 컴퓨터로 추첨을 한다고 되어 있고 그날은 용인 동부 경찰서 모현파출소 순경이 교통사고 처리로 불참하여 용인도시공사 휴양 시설 부장의 입회하에 추첨이 진행되었다는 공지가 사진과 함께 올라와 있었다. 온몸에 소름이 돋았다. 그리고 너무나 기뻤다. 이런 일은 누구에게나 일어날 수 있다. 내가 아니더라도 누군가 한 사람은 당첨되는 행운을 거머쥐었을 테니까 말이다.

기적은 어느 곳에서나 일어날 수 있다.

2007년 1,800여 세대가 사는 아파트 정문 앞 상가 2층에 월세로 들어와 있던 교회가 갑자기 이전을 하면서 임차인이 들어오지 않아 어려움을 겪게 되었다. 남편이 평생 가지고 있을 것으로 생각하고 직접 공사를 관리 감독하며 지은 건물이라 애착이 가는 건물이기도 했다. 한 달 두 달 시간이 지나면서 2층 월세가 들어오지 않는 상황에서 이자와 생활비를 감당하기가 힘들어졌다. 어쩔 수 없이 건물을 팔고 전원 주택과 어린이집을 지을 계획을 세웠다.

당시에는 안성이 토지 거래 허가 구역으로 묶여 거래가 뚝 끊긴 상황이었는데 우리는 건물을 팔지 않으면 안 되는 상황으로 내몰렸다. 어떻게 이 난관을 뚫고 지나갈 수 있을까 고민하며 기도하는데 8억에 팔릴 것이라는 생각이 들었다. 그래서 내 손에 8억을 쥐어주면 팔겠다고 부동산에 매물로 내놓았다. 매매 자체가 어렵다고 이야기하는데 시가 그대로 8억을 받겠다고 했으니 정신 나간 여자라고 쑥덕거렸을지도 모른다.

그런데 기적은 일어났다. 강남에서 부부가 교사로 재직하다 정년 퇴직한 사람이 섣불리 사업에 손댔다가 원금까지 날리는 동료 교사들을 보며 상가를 사서 월세를 받는 쪽에 투자하겠다고 나선 것이다. 부부는 우리 집 앞 아파트에 동생이 살고 있어 가끔 한 번씩 내려오는데 그날도 동생 집에 내려왔다 부동산을 하는 제부를 통해 이야기를 들었다는 것이다.

제부가 가격을 조정하려고 기다려 보라고 하는데 그러면 다른 사람에게 넘어갈 것 같아 직접 찾아왔다고 했다. 제부는 자기가 알아서 할 테니까 8억에 계약서를 쓰자고 서둘러 곧바로 법무사에 가서 계약서를 쓰고 1억을 계약금으로 받았다.

가끔 어려운 문제 앞에서 앞으로 나가기를 두려워하며 도움을 요청하는 경우가 있다. 그때마다 성경에 나오는 요단강을 건너는 사건에 대한 이야기를 해준다. 이스라엘 백성들이 요단강을 건너려고 진영을 떠날 때 제사장들은 법궤를 메고 백성들의 선두에 섰다. 그들이 요단강에 도착했을 때는 마침 추수 때가 되어 강물이 강둑까지 넘쳐흐르고 있었다. 그러나 궤를 맨 제사장들이 강물에 발을 들여놓는 순간 갑자기 위에서 흐르던 물이 멈춰 멀리 사르단 근처에 있는 아담성까지 둑을 이루었고 사해로 흘러가던 물은 완전히 끊어져 강바닥이 말라 버렸다. 그래서 이스라엘 백성들은 바로 여리고 쪽으로 건너갈 수 있었다는 이야기다. 이렇게 이스라엘 백성들이 요단강을 건너갔다는 이야기를 해주며 일단 시도해 보기를 권한다.

〈용인 자연 휴양림〉의 한옥 체험 추첨 신청을 하기 전 신청한 사람들의 숫자를 보고 신청조차 하지 않았다면 당첨될 일은 없었을 것이다. 아파트 앞 상가 매매도 마찬가지다. 토지 거래 허가 구역으로 묶이고 매매가 없다는 현실을 보고 두려워서 가격을 다운했다면 급매물로 인식되어 부동산 업자와의 줄다리기가 계속되면서 매매가 힘들어졌을지도 모른다.

사람들은 무슨 일을 할 때 어렵다거나 불가능해 보이면 해보지도 않고 포기해 버린다. 아이들도 마찬가지다. 조금만 어렵게 느껴지면 하려고 하지도 않고 못한다거나 할 수 없다고 말한다. 그때마다 "해봤니?"라고 묻는다. 그리고 해보지도 않고 못한다고 말하지 말고 해보고 말하라고 가르친다. 음식은 먹어 봐야 맛을 알고 일은 해봐야 결과를 알 수 있다.

0.1%의 가능성도 가능성이다.

시도하지 않으면 실패도 없지만 성공 또한 없다. 우리의 적은 문제나 상황이 아닌 내 안에서 솟아나는 두려움이다. 제사장들이 법궤를 메고 요단강에 발을 들여놓듯 희망을 어깨에 메고 0.1%의 가능성을 믿으며 한 발 앞으로 나갈 때 희망으로 가는 문은 열린다.

08

따로국밥의 사랑 이야기

1983년 7월 30일 명동

〈쌍용빌딩 스카이라운지〉에서 '농촌 총각 도시처녀 짝짓기' 모임이 있었다. 당시 결혼을 못하고 혼자 사는 농촌 총각들이 많아지면서 농촌 총각과 도시 여성 근로자를 맺어 주기 위해 한국가정문제연구원에서 1982년부터 매년 몇 번씩 모임을 주선하였다. 편지 쓰기를 좋아했던 나는 도시 생활에 염증을 느껴 농촌 총각과 편지를 주고받으며 향수를 달래 볼까 하는 생각으로 모임 장소에 나갔다.

농촌 총각들은 깔끔하게 양복을 차려입고 맞선 장소에 나온 듯 긴장한 얼굴로 눈을 반짝이며 자기 짝꿍이 될 아가씨를 찾고 있었다. 모임이 진행되면서 내 생각이 잘못되었음을 알고 후회했으나 모임에서 벗어날 방법이 없어 가만히 앉아 있었다. 나와 비슷한 또 한 사람, 흰색 티셔츠에 갈색 바지를 입고 무엇인가 메모를 하며 행사 진행 상황을 보고 있는 남자가 있었다. 우리는 모임에서 조금 비켜나 이야기를 하게 되었다. 그 남자는 〈농촌 진흥청〉에서 그 모임의 특성을 알아오라는 명을 받고 온 가나안 농군학교 교육생이라 했다.

가수 노사연이 부른 '만남'이라는 노래의 가사처럼 우연이 아니었던 걸까. 모임이 끝나갈 무렵 그는 주소를 교환하여 그날 밤 편지를 쓰자고 제안했다. 주소를 적어 주고 또 받아오기는 했지만 설마 했는데 그는 정말로 그날 밤늦게 집에 도착해서 편지를 썼고 이틀 후 나는 그의 편지를 받았다. 가진 것도 배운 것도 없는 한 남자, 누군가 조금만 도와주면 성공할 것 같은 당당함과 올바른 가치관이 나를 끌어당겼다.

몇 개월 후 다시 그를 만났을 때 결핵을 앓고 있기 때문에 평생 독신으로 살 생각이라는 그를 결혼은 해도 후회하고 안 해도 후회한다는데 그래도 하고 후회하는 것이 낫지 않겠느냐고 설득했다. 그리고 내가 다니는 교회에 함께 가서 듣게 된 말씀이 고린도전서 13장 '사랑은 오래 참고 사랑은 온유하며'로 이어지는 말씀이었다. 이 후 8개월의 열애 끝에 썩어지는 밀알이 되어 그를 돕겠다는 결단을 하게 되었다. 썩어지는 밀알이 된다는 것이 얼마나 힘들고 어려운 일인지 모르고 결정한 일이었다. 한 알의 밀알이 땅에 떨어져 썩어지면 옆에 있는 밀알에 싹이 나고 잎이 나서 열매를 맺는 것이 아니라 썩어진 밀알에서 새로운 싹이 나고 자라 열매를 맺는다는 사실을 그 때는 몰랐다.

중졸 남편, 석사 아내

그는 체육 특기생으로 중학교까지 다녔다고 했다. 고등학교 졸업 장이 있으면 취직하는 데 도움이 될 것 같아 방송통신고등학교에 입학은 했으나 제대로 다니지 못했다고 했다. 반면 나는 석사 학위 를 가지고 있다. 처음부터 석사 학위를 가지고 남편을 만난 것은 아 니다. 아이 둘 낳고 내가 가장 재미있게 잘 할 수 있는 일이 무엇일 까 생각하는 데 공부라는 결론이 나왔다. 그래서 공부를 해야겠다 는 내 마음은 숨기고 "당신 더 늦기 전에 공부해서 고등학교 졸업장 을 받는 것이 어때요?" 라고 물었다. "나는 가장이고 가족을 먹여 살리기 위해 일을 해야 하니까 공부하고 싶으면 당신이나 해" 하는 것이 아닌가. 정말 그래도 되겠느냐고 몇 번을 물어도 하고 싶은 일 하는데 뭐가 문제냐고 오히려 이상하다는 듯 쳐다보았다. 그래서 아이 둘을 키우고 천막일을 하며 독학으로 공부를 했고 고등학교 졸업자격 검정고시 합격을 거쳐 〈방송통신대학교〉 유아교육과를 4 년 만에 졸업했다.

그때 교회 목사님은 내게 남편과 학력 차가 나면 남자가 열등감 때문에 별일 아닌 것 가지고 화를 내고 힘들게 하니까 평소에 옷도 갖추어 입고 화장도 하고 애교도 부려서 좋은 관계를 유지하는 것이 필요하다고 했다. 그런데 세련되게 옷을 입을 줄도 모르고 화장하는 것을 좋아하지 않으며 애교는 빵점인 내가 노력한다고 해서 될 일은 아닌 것 같았다. 의견 충돌로 갈등이 생길 때면 혹시 내가 더 배웠다는 것 때문에 열등감을 가지고 정도 이상의 화를 내는 것은 아닐까 생각해 보았지만 그렇지 않았다.

그래도 학력 차가 더 이상 벌어지면 나 스스로가 남편을 무시하는 일이 발생하지 않을까 염려되어 더 이상 공부는 하지 않겠다고 생각했다. 그런데 아이를 위탁해 키우는 봉사를 8년 정도 하다 기왕에 아이를 키우는 것, 전문적으로 키워보기로 하고 방법을 찾다 보니 사회복지사 자격증이 필요했다. 어떤 경로를 통해 사회복지사 자격증을 취득할까 찾아보다가 일주일에 한 번 밤에 학교에 가는 〈한경대학교 대학원〉에 아동가족복지학과가 있었다. 사이버로 자격증을 취득하는 것이 기간도 짧고 돈도 적게 들기는 하지만 장기적으로 보면 대학원이 좋을 것 같고 집에서 가까워 다니는 데 불편함이 없어 대학원을 선택했다. 그래서 중졸 남편, 석사 아내가 된 것이다.

그는 고등학교를 다니는 대신 4H 운동의 지(명석한 머리) 덕(충성스런 마음) 노(부지런한 손) 체(건강한 몸)의 기본 이념을 몸으로 실천해 온 사람이다. 그래서 가진 것 없어도 다른 사람의 어려움을 그냥 지나치지 못해 도와주고 누구라도 밥 먹을 때가 되어 오면 밥을 먹여 보냈다. 심지어 암으로 수술하고 퇴원했을 때 지인이 빨리 회복하라고 토종꿀을 가져왔는데 이것 어머니 드리면 안 되냐고 해서 그렇게 하라고 했다. 안 된다고 해도 드릴 것을 알기 때문이다. 그런 일이 반복되면서 어차피 줄 것 즐겁게 주자는 생각을 하게 되었고 그렇게 나의 욕심덩어리는 조금씩 깨지기 시작했다.

또한 어려서 잔병치레를 많이 하고 자라 밥을 하거나 빨래를 해보지 않았다. 라면도 끓일 줄 모르고 국을 끓이면 한강이고 처음 담근 김장 김치는 써서 먹지도 못하고 버렸다. 그런 나의 실력은 아랑곳 하지 않고 남편은 수시로 예고도 없이 손님을 데려왔다. 10분 후에 몇 명이 온다고 밥상을 준비하라는 전화를 아무렇지도 않게 했다. 그렇다고 손님이 있는데 얼굴 붉히며 싸울 수도 없어 김치 하나를 놓더라도 뚝딱 밥상을 차려 놓았다. 그렇게 차린 밥상에서 손님은 맛나게 밥을 먹고 고맙다고 인사까지 하고 갔다. 집에 손님이 끊이지를 않다 보니 나의 음식 솜씨도 조금씩 늘어갔고 음식 하는 것을 즐기게 되었다.

하나님이 내가 힘들고 어려울 때 나의 이야기를 들어 주고 조언을 아끼지 않는 멘토라면 그는 나를 다듬는 조각가다. 개인주의적인 성향이 강하고 이기적이며 자기밖에 모르는 나의 모난 부분을 사정없이 잘라내어 자기가 원하는 모양으로 만들어 가려고 했지만 자기가 원하는 모양과는 다른 조각 작품이 되었다. 남편이 아니었다면 지금의 나는 없었을 것이다.

우리는 삶 속에서 학력 차를 전혀 느끼지 않는다.

좋아하는 것과 잘하는 것이 달라 잘하는 것으로 상대방을 돕는다. 그는 예민한 성격에 삶의 지혜가 있고 손재주가 좋다. 반면에 나는 수학을 잘했던 만큼 서류 작성이나 컴퓨터로 하는 작업, 그리고 음식 하는 것을 좋아한다. 내가 만든 음식을 아이들이나 손님들이 맛있게 먹을 때 기분이 좋다. 또한 이순을 바라보는 나이지만 컴퓨터로 작업하는 것을 어려워하지 않는다. 상업고등학교에서 영문 타자와 한글 타자를 배운 데다 임용고시를 준비하면서 전산 과목을 면제 받기 위해 자격증을 취득하고 업무를 위해 회계 직무 능력 향상 교육을 받은 덕분이다.

그와 나는 외부일 뿐만 아니라 가정 일도 분업화해서 처리한다. 그가 운영하는 〈블루베리 숲 농원〉에서 블루베리 수확을 할 때는 포장과 판매하는 일을 돕고 요청하는 문서를 작성해 준다. 그는 선생님들이 출근하지 않는 주말에 아이들과 함께 놀아 주거나 산책을 하고 집 안팎으로 고쳐야 할 곳이 있으면 솜씨 좋게 고쳐 놓는다. 다름을 인정하고 존중하기까지 오랜 시간이 걸렸지만 지금은 서로가 하는 일을 인정하고 존중하며 간섭하려고 하지 않는다.

황혼 이혼이 늘어나는 추세다. 아이들 다 키워 시집장가 보낸 후 억압받으며 살아온 지난날에 대한 후회가 앞으로 살날에 대한 자유를 갈망하게 된 것이다. 남자 나이 50이 넘으면 이사갈 때 떼어 놓고 갈까 봐 이삿짐을 실은 차에 가장 먼저 올라타서 젖은 낙엽처럼 딱 붙어 따라온다는 이야기가 있다. 서로의 구속으로부터 자유롭고 싶은 마음의 또 다른 표현이 아닐까 싶다.

부부는 따로국밥이다.

국과 밥이 만드는 재료도 다르고 맛도 다르듯 남편과 아내는 남자와 여자라는 성이 다르고 살아온 문화가 다르다 보니 생활 습관이나 가치관이 다르다. 또한 국과 밥을 놓는 위치가 다른 것처럼 좋아하는 것과 싫어하는 것이 다르고 같은 침대를 사용하지만 다른 꿈을 꾸며 사는 경우가 많다. 이렇게 서로 다른 부부가 상대방이 나와 같은 생각과 행동을 해주기를 바라며 싸운다고 해서 같아지지는 않는다. 그렇다면 서로 다름을 인정하는 것이 가정의 평화와 행복을 만드는 비결이 아닐까. 모든 부부가 서로의 다름을 인정하고 존중하며 행복하게 살기를 간절히 바라는 마음이다.

03

나는 그룹홈으로
희망을 만났다

01

너희는 형제가 왜 성이 달라?

네 살에 위탁해 키우던 민우가 4학년이 되었을 때 일이다.

어느 날 친구를 집에 데려오겠다고 해서 그렇게 하라고 했는데 현관문을 들어서는 친구는 덩치도 크고 건강해 보였다. 민우는 친구에게 여기는 내 방, 여기는 동생 방, 여기는 누나 방 하며 집안 곳곳을 소개하고 자기 방으로 함께 들어갔다. 친구는 호기심 어린 눈으로 여기저기를 둘러보며 억지로 끌려가듯 방으로 들어가서도 놀이에는 관심이 없고 집안의 가구며 책장 그리고 장난감의 종류에 호기심을 보였다.

점심시간이 다가와 민우에게 뭘 먹을 거냐고 물었다. 라면을 좋아하는 민우는

"당근 라면이죠." 하기에

"친구도 라면 괜찮니"라고 의사를 묻자 좋다고 하여 점심으로 라면을 끓였다. 친구는 식탁에 와서도 커다란 눈을 반짝이며 식탁에 둘러앉은 아이들을 한번 훑어보고는

"너희 아빠는 어디 계셔?"

"수원에"

"거기서 뭐 하시는데? 그럼 너는 왜 여기 와 있어"

"아빠가 나를 잘 돌볼 수 없어서 여기 온 거야"

"그런데 너희는 형제가 왜 성이 달라?"

민우는 "응 저기…" 하며 말을 잊지 못했다. 보다 못한 내가 식탁에 앉아 친구에게 물었다.

"지금은 여러 가지 형태의 가정이 있는데 엄마랑 아이만 사는 가정도 있고 아빠랑 아이만 사는 가정, 할머니와 아이만 사는 가정이 있어. 우리는 성이 다른 아이들이 모여 함께 사는 특별한 가정이야. 이제 궁금증이 풀렸니? 그런데 한 가지만 물어볼게. 우리 집에 민우랑 같이 놀기 위해서 왔니? 아니면 민우네 가정을 조사하기 위해서 왔니?"

"민우랑 놀려고 왔어요."

"그럼 민우랑 재미있게 놀다 갔으면 좋겠어. 민우 아빠가 뭘 하느냐에 따라 친구로 사귀고 안 사귀고 하고 가난한 집에 사는 아이하고는 친구 안 하고 잘 사는 집에 사는 아이만 친구하기 원한다면 우

리 집에 잘못 온 거야. 그냥 가도 괜찮아. 난 민우가 그런 친구를 사귀는 것 원하지 않으니까 어떻게 할 거니? 그냥 돌아갈 거니 아니면 민우랑 같이 놀다 갈 거니?"

"민우랑 놀다 갈게요"

이후 친구는 민우와 함께 마당에 나가 공도 차고 술래잡기도 하며 재미있게 놀다 돌아갔다.

즐거운 집에는 일곱 명의 남자 아이들이 함께 생활하고 있다.

그중에 네 명은 이씨 성이고 나머지는 신, 선, 홍씨 성으로 각기 다르다. 그러다 보니 같은 집에서 사는 형 동생 하는 관계가 성이 다르다는 것을 이상하게 생각하기도 한다. 네 명의 아이들이 전체 학생수가 100명 조금 넘는 초등학교에 같이 다니다 보니 형제 관계는 물론이고 그 집이 어떻게 사는 것까지 알게 된다. 사회 복지 시설에서 생활한다는 것이 알려지면 친구로 사귀지 말라는 학부모부터 같은 잘못을 해도 더 많이 야단을 치거나 벌을 세우는 선생님, 불쌍하게 생각하고 야단치는 것을 조심스러워하는 선생님까지 겪지 않아도 될 상황들을 만나고 또 극복해야 한다.

그래서 해마다 학기 초에 하는 학부모 회의와 학부모 상담을 빠지지 않고 간다. 새로 담임을 맡은 선생님께 일반 가정의 아이들과 동일하게 대해 줄 것을 요구한다. 특별히 불쌍하다는 생각으로 긍휼히 여기고 잘해 주려고 하다 보면 제대로 된 교육이 이루어지기 어렵고 다른 아이들과의 형평성도 맞지 않기 때문이다. 선입관을 갖지 말고 귀엽고 사랑스러운 한 아이로만 보아 줄 것을 부탁한다. 그러면 선생님은 "그렇지 않아도 어떻게 대해 줘야 하나 고민이 되었는데 어머니를 뵙고 나니 마음이 가벼워졌습니다. 특별히 더 많이 신경 쓰지 않아도 된다니 저도 마음이 놓입니다." 한다.

부임한 지 얼마 안 된 젊은 선생님들은 어떻게 해야 할지 몰라 고민하다 내 이야기를 듣고 고마워한다. 아이들에게도 너희들이 잘못한 것도 아니고 잘못된 것도 아니니까 당당하라고 말한다. 학교에서 친구들이 괴롭히거나 따돌리면 엄마가 학교에 쫓아가서 혼내 줄 테니까 숨기지 말고 말하라고 한다. 아이들은 당장 달려갈 기세로 말하는 엄마가 정말 그렇게 해줄 것 같아 안심한다.

상황에 따라 내가 먼저 우리 집은 어떤 아이들로 구성되어 있고 어떻게 사는지 이야기해 주는 경우도 있다. 우현이가 초등학교 2학년 때 생일을 맞아 반 친구들을 모두 초대했다. 모두라고 해봐야 열세 명인데 그 반 친구들은 돌아가며 자기 생일에 친구들을 초대해서 맛있는 것도 먹고 재미있게 놀기도 했다. 우현이도 다른 친구 생일에 초대받았다고 태워다 달라고 해서 여러 번 생일을 맞은 친구 집에 데려다 주었다. 생일이 다가오자 우현이가 자기 생일에 친구들을 초대하고 싶어 해서 그렇게 하기로 했다. 우현이의 생일날, 반 친구들을 모두 우리 집으로 초대해서 거실에 엄마표 떡볶이와 오뎅 그리고 케이크며 치킨 피자까지 한상 가득 차려놓았다. 하나둘 친구들이 도착하여 인사를 하고는 휴대폰에 머리를 맞대고 게임을 즐기는 아이, 집안 여기저기를 둘러보는 아이, 아이 동생들과 장난을 치는 아이들로 집안은 순식간에 아이들의 놀이터가 되었다.

나는 손뼉을 치며 "자 하던 일 멈추고 우현이 생일 축하하러 왔으니까 생일상 앞으로 앉아 보자. 그리고 생일 축하하기 전에 너희들이 궁금한 것을 알려 주려고 해. 우리 집에는 엄마 아빠 그리고 일곱 명의 아이들이 함께 사는데 나는 우현이를 낳은 엄마는 아니야. 물론 아빠도 아이를 낳은 아빠가 아니지. 우현이를 낳은 엄마 아빠는 다른 곳에 계셔. 그런데 우현이를 잘 돌보아 줄 수가 없어서 내가 돌보아 주는 거지. 우현이를 낳아 준 엄마 아빠, 그리고 우현이를 키워 주는 엄마 아빠 그래서 엄마도 둘이고 아빠도 둘이야.

너희들 중에도 아빠 엄마 너희 그렇게 함께 사는 친구도 있지만 할머니와 함께 사는 친구도 있고 아빠와만 사는 친구, 엄마와 둘이서 사는 친구도 있을 거야. 요즈음은 그렇게 여러 형태의 가족이 있는데 우리는 성이 다른 아이들이 모여 잘 돌보아 주는 엄마 아빠와 함께 사는 특별한 가족이야. 우현이는 돌보아 주는 엄마 아빠만 있는 것이 아니고 날마다 숙제나 공부를 도와주는 선생님도 계셔. 부럽지 않니? 그 외에도 궁금한 것이 있으면 언제든지 물어봐. 다 얘기해 줄 테니까. 궁금한 것 없니?"

"네 궁금한 것 없어요. 배고파요. 빨리 먹고 싶어요."

케이크에 촛불을 켜고 생일 축하 노래를 부른 후 우현이는 기분 좋게 촛불을 껐다

아이들은 금방 시끌벅적 와글와글 웃고 떠들며 맛있게 먹고 즐거워했다. 아이들은 감추려고 하면 더 궁금해하고 알려고 하는데 솔직하게 얘기하면 '아 그렇구나.' 하고는 더 이상 묻지 않고 친구로 지낸다.

강남의 어느 지역에서는 아파트 평수에 따라 친구를 사귀고 안 사귀고 하기도 하며 어떤 옷을 입고 어느 메이커 신발을 신으며 무슨 기종의 휴대폰을 가졌느냐에 따라 함께 노는 친구가 달라지기도 한다고 한다. 그것은 비단 아이들만의 문제가 아니다. 알게 모르게 부모들이 아이들 앞에서 가난하게 사는 사람들을 비하하는 말을 하거나 언론에서 어렵게 사는 사람들의 부정적인 부분을 강조하여 방송하다 보니 아이들의 의식 속에 가난한 사람들은 함께 어울리면 안 되는 것으로 인식된 것이 아닐까 싶다.

통계청 자료에 의하면 2016년에 281,635쌍이 결혼하고 107,328쌍이 이혼했다.

열 쌍이 결혼하면 네 쌍이 이혼하는 것이다. 아이가 없을 때 이혼하는 경우도 있지만 아이가 있는데 이혼하는 경우 예전에는 서로 아이를 맡아 키우려고 했는데 요즈음에는 서로 아이를 맡지 않으려고 한다. 자유가 없고 직장생활을 하기 어렵기 때문이다. 한 가정이

해체되면 아이는 엄마나 아빠하고 살든지 아니면 할머니하고 살게 되고 또 그 엄마나 아빠가 재혼하여 아기를 낳는 경우 성이 다른 아이와 형제로 살아가게 된다. 이렇듯 다양한 형태의 가족들이 가정이라는 한울타리 안에서 살아가고 있기 때문에 60~70년대처럼 아이가 친구를 데려왔을 때 친구의 가정에 대하여 소상하게 묻는 것은 예의가 아니다. 그냥 아이의 친구로만 관심을 기울여 주는 것이 한 아이에게 또 다른 상처를 주지 않는 최상이 방법이라는 생각이다.

02

즐거운 집 십계명

성경에는 십계명이 있다. 하나님이 시내 산에서 불로 돌에 새겨 모세에게 주어 이스라엘 백성에게 공포하고 지키도록 한 열 개의 계명이다. 크리스천들에게는 반드시 지켜야 할 계명으로 위로 하나님과의 관계에 관한 계명이 4개이고 아래로 사람들과의 관계에 관한 계명이 6개가 있다. 십자가의 세로 막대를 하나님과의 관계로, 가로 막대는 이웃과의 관계로 의미를 부여하기도 한다. 하나님과의 관계도 중요하지만 사람들과의 관계도 중요하다는 것을 말하는 것이다.

성경에 십계명이 있다면 〈즐거운 집〉에는 '즐거운 집 생활 규칙 십계명'이 있다.

처음 즐거운 집을 개원할 때부터 십계명이 있었던 것은 아니다. 2011년 2월, 4학년이 된 세진이라는 남자 아이가 입소하게 되었다. 4학년이라고 하기에는 너무나 왜소하고 약해 보이는 아이는 엄마의 따뜻한 사랑을 경험해 보지 못하고 이곳저곳으로 보내지며 성장했다고 한다.

아동보호전문기관에서 서류를 넘겨받아 아이와 함께 버스를 타고 오면서 우리 집을 소개했다. 생전 처음 보는 아줌마를 따라가는 것이 두렵기도 할 텐데 아이는 무표정한 얼굴로 창밖을 응시하고 있었다. 나는 모른 척 밝고 경쾌한 목소리로 "만나서 반가워. 내 이름은 조경희라고 해"라고 나를 소개하며 손을 내밀었다. 아이는 고개만 살짝 돌려 나를 힐끔 쳐다보았을 뿐 손을 내밀지는 않았다. 내밀었던 손을 거두어들이며 "악수하기 싫으면 안 해도 괜찮아. 우리 집에는 너와 비슷한 환경에서 생활하다 온 남자 아이들이 네 살부터 초등학교 3학년까지 다섯 명 있어. 네가 제일 큰 형이 되는 거지. 아이들은 나를 엄마라고 부르는데 너도 엄마라고 불러도 괜찮아. 너를 키워 주는 엄마니까, 그게 싫으면 선생님이라고 해도 되고, 원래 유치원 선생님이었거든."

아이는 집에 올 때까지 아무 말도 하지 않고 묵묵히 따라왔다. 그리고 3학년 민우와 같은 방을 사용하게 되었다.

3학년 민우는 네 살 때 가정 위탁으로 위탁해 키우던 아이로 우리 집의 터줏대감이다. 밝고 건강하며 다른 사람을 잘 도와주는 긍휼한 마음이 많은 아이라 좋은 관계가 형성될 거라고 생각했다. 내 생각은 완전히 빗나갔다. 일주일이 지나고 조금씩 생활이 안정되어 가면서 안에 쌓여 있던 분노가 조금씩 밖으로 나오기 시작한 것이다.

그것도 다른 사람이 아닌 함께 방을 사용하는 3학년 민우를 때리는 것으로 나타났다. 4학년 세진이보다 체격이 큰데 마음이 여린 것이 문제였다. 민우는 나와 살아온 세월이 많아 거침이 없고 형 말에 고분고분하지 않았다. 때로는 형을 말로 이기려고 했는데 그때마다 한 번씩 주먹이 날아갔다. 왜소한 체격과는 달리 주먹에 분노가 실려 3학년 민우를 아프게 했다. 몇 번이나 다른 사람을 때리면 안 된다고 했지만 순간적으로 분노가 폭발하고 그때마다 자연스럽게 주먹이 나갔다.

똑같은 일이 반복되면서 세심하게 신경을 썼지만 같은 방을 사용하다 보니 완전히 차단하기는 어려웠다. 특단의 조치로 방을 바꾸고 혼자 있을 때는 방문을 잠그도록 하였다. 그리고 즐거운 집 생활 규칙 십계명을 만들어 한 달에 한 번 가족회의를 할 때마다 함께 읽도록 했다. 그렇게 해서 '즐거운 집 십계명'이 탄생했다.

'즐거운 집 십계명'

1. 다른 사람의 방에 들어갈 때는 노크한 후 방지기의 허락을 받은 후 들어간다.

2. 다른 사람의 물건을 주인의 허락 없이 만지지 않는다.

3. 목숨이 위협받는 상황이 아니면 폭력을 사용하지 않는다. (물건을 던지거나 때리지 않는다)

4. 다른 사람을 무시하거나 놀리는 말을 하지 않는다.

5. 컴퓨터는 순서와 약속한 시간을 지켜 사용한다.(밤 8시 이후에는 게임을 하지 않는다.)

6. 외출할 때는 반드시 엄마에게 외출 목적과 행선지를 이야기하고 허락을 받은 후 실시한다.

7. 담배를 피우거나 술을 마시지 않는다.

8. 집안에서는 뛰거나 소란을 피우지 않는다.

9. 언제나 정직하고 성실하게 생활한다.

10. 자기가 사용하는 방은 자기가 정리 정돈한다.

한 달에 한 번 읽는 것으로는 부족할 것 같아 코팅해서 화장실 문 안쪽에 걸어 놓고 화장실 갈 때마다 보도록 하였다. 그와 함께 4학년 세진이에게는 자기의 말을 듣지 않는다고 때리면 안 되고 그것은 폭력이라고 계속해서 이야기했다. 시간이 지나자 아이들 사이에서 조금씩 변화가 생겼다.

다른 사람의 물건을 함부로 만지지 않는다거나 남의 방에 아무 때나 드나들지 않았다. 무엇보다도 요즈음 아이들 사이에서 자연스럽게 사용한다는 욕을 집에서는 듣지 않게 되었다.

5월 3일 학교에서 운동회가 열리는 날 아침, 세진이는 학교 갈 준비를 마치고 현관 앞에 서더니 "도시락 주세요." 했다. 처음에는 알아듣지 못하고 "무슨 도시락?" 하며 쳐다보았다. "도시락 가지고 가는 것 아니에요?" 하는 세진이를 보니 지금까지 운동회를 한다고 점심을 싸가지고 학교에 온 가족이 없었구나 싶어 안타까운 마음이 들었다. "오늘 내가 맛있는 점심 싸가지고 학교에 갈 거야. 걱정하지 말고 먼저 가" 했더니 세진이는 씩 웃고는 돌아서 나갔다. 그때까지 세진이는 나에게 엄마라거나 선생님이라고 부르지 않았다. 얼굴은 언제나 굳어 있고 단답형으로 의사 전달만 하는 정도였다. 4학년이니 알 것 다 알고 그동안 받은 상처가 클 것 같아 조급해하지 않고 기다려 주기로 했다.

운동회가 끝나고 며칠 후

현관문이 열리고 학교에서 돌아온 세진이는 큰 소리로 "엄마 다녀왔습니다." 했다. 내 귀를 의심했다. 4학년이면 자기를 낳지 않은 사람에게 엄마라고 부르기가 쉽지 않을 것이다. 더구나 엄마라고 불러 본 적이 없는 세진이의 경우 더 어렵지 않을까 싶은데 세진이는 너무나 자연스럽게 엄마라고 불렀다. "그래 잘 다녀왔니?" 하며 살짝 안아 주는 데 눈물이 핑 돌았다. 아이는 쑥스러운 듯 얼른 자기 방으로 들어갔다. 아이는 그때부터 자연스럽게 엄마라고 부르고 조금씩 마음을 열었다.

세진이가 온 지 벌써 6년째다. 세진이는 고등학교 1학년이 되었고 3년 후에는 이곳에서 나가 홀로서기를 해야 한다. 요즈음은 성인이 되면 혼자 돈 벌어서 먹고 살아가야 하는데 그렇게 하기 위해 지금 무엇을 어떻게 준비해야 하는지 자주 이야기한다. 그때마다 세진이의 얼굴을 보면 분노와 상처가 사라지고 싱글싱글 웃는 모습이 너무나 귀엽다. 그런 세진이의 얼굴만 보고 있어도 그동안의 수고로움을 한방에 보상받는 기분이다.

요즈음은 한두 명의 아이만 키우다 보니 식당에서 아이들이 뛰어다녀도 제지하거나 야단을 치지 않는 엄마들이 있다. 혹 옆에 앉아 식사를 하던 사람이 아이들을 야단치면 아이들 기죽인다고 도리어 화를 내는 경우도 있다. 그러다 보니 아이들은 다른 사람을 배려하거나 어려운 사람을 보고도 도와줄 생각조차 하지 않는다. 가장 좋은 것은 자기가 차지하려고 하고 다른 사람이야 어떻게 되든 관심이 없다. 성인이 되어 한 아이가 이곳에서 독립해 나가면 다른 아이가 올 것이다. 또 다른 상처를 안고 새로 온 아이는 즐거운 집 십계명을 가슴에 새기며 조금씩 성장해 갈 것이다. 적어도 즐거운 집에서 성장한 아이들은 다른 사람을 배려하고 사회에 선한 영향력을 끼치는 사람으로 살아가기를 간절히 바라는 마음이다.

03

스펙이 아닌 아기를 선택하다

2014년 1월 21일 아침, 함박눈이 펑펑 쏟아졌다.

아이들은 눈이 온다고 신이 나서 눈사람을 만들고 눈썰매를 타는데 나는 복잡한 마음을 어떻게든 정리해야 하느라 아름다운 설경을 느끼지 못했다. 어렸을 때는 지금보다 눈이 훨씬 많이 왔고 정형화된 장난감이 많지 않았던 시절이라 눈은 아이들에게 최고의 놀이도구였다. 눈이 오면 검정고무신을 신고 발이 꽁꽁 어는 것도 모르고 마냥 뛰어다녔다. 눈사람을 만드는 것은 기본이고 아무도 밟지 않은 곳에 사진을 찍는다고 벌렁 누웠다 흐트러지지 않게 일어나려고 안간힘을 썼다.

그런데 지금은 아니다. 눈이 오면 길이 미끄러워 어떻게 운전할까 마당의 눈은 누가 치울까 걱정이다. 눈이 녹을 때 질퍽거리고 차에 튀어 세차해야 하는 것이 싫다. 눈길에 미끄러져 사고가 나고, 사람이 다쳤다는 뉴스를 보며 안타까워하고, 폭설로 각종 농작물이 피해를 보았다는 보도가 더욱 피부에 와닿는다. 나이를 먹었다는 증거가 아닐까 싶다. 그래도 눈이 오는 것을 즐거워하며 행복하게 뛰어노는 아이들을 보고 있으면 그 옛날의 추억이 떠올라 미소를 머금게 된다.

함박눈이 조용히 내려 온 대지를 하얗게 덮는 아침 내 마음은 평화롭지 못했다. 지난밤 한 여학생이 전화를 해서

"상희 이모가 소개해서 전화했는데요. 내일 아침에 아기 데리고 가려고 해요. 일찍 도착할 거예요."

"네? 무슨 말이죠?"

"상희 이모가 학생이면 아이가 먼저 가도 된다고 해서요."

"…"

나마저 안 된다고 내치면 유기될 수도 있겠다는 불길한 예감에 일단 알았다고 했다.

밴드가 유행하면서 몇 개월 전 초등학교 동창들도 밴드를 개설하고 초청장을 보내왔다. 반가운 마음에 들어갔다가 그곳에서 소식을 몰랐던 친구들을 만났다. 서로 반갑게 인사 나누고 지금 어디에서 무슨 일을 하며 사는지 근황도 나누었다. 그중에 연세가 많은 부모님과 함께 살던 친구가 있었다. 맏딸로 야무지던 친구인데 언니가

다니던 교회에 갔다가 그곳에서 친구를 만났다. 조금은 힘들게 사는 것 같은 모습을 보고 가볍게 인사만 나누었는데 지금은 어떻게 사는지 궁금해서 조금 더 진솔한 이야기를 나누게 되었다.

그리고 한두 달 지난 어느 날 밤 11시가 넘어 친구에게 전화가 왔다. 이 밤에 무슨 일인가 싶어 받았더니 친구는 다급한 목소리로 "경희야 큰일 났어. 네가 도와주어야 할 것 같아. 조카애가 갓난아기를 데려왔는데 돌봐 줄 수가 없어. 미친년이 집안 형편도 생각 안하고 무조건 데려온 거야. 내가 이틀째 가서 목욕시켜 주기는 했는데 병원에서 준 분유와 기저귀도 떨어져 가고 나도 손자를 보느라 힘들고 네가 사회복지 일을 하니까 해결할 수 있을 것 같아서 전화했어 좀 도와주라."

아기는 고등학교 3학년 아이들 사이에서 태어났다. 미혼모 출산지원 바우처 카드를 발급받아 병원에서 출산하기는 했는데 이후에 갈 곳이 없어 난감한 상황에 놓였다. 그 사실을 알게 된 친구 조카가 자기 집 형편은 생각하지 않고 무조건 아기를 안고 집으로 왔다는 것이다. 친구는 미친 것이 자기 집 형편도 어려워서 학교 다니며 아르바이트 해서 용돈 벌어 쓰면서 생각이 없어도 너무 없다고 한숨을 쉬었다. 하루라도 빨리 아기를 잘 키워 줄 곳으로 보내 달라고 간곡히 부탁했다.

학생의 경우 긴급한 상황이면 전학 문제가 있어 아이가 먼저 오고 서류가 나중에 돌기도 하는데 지금은 갓난아기이고 출생 신고가 되어 있지 않아 알아보아야 할 것 같다고 했다. 그런데 아이가 학생이면 전학 문제가 있어 먼저 올 수도 있다고 한 말을 부모가 학생이면으로 해석하고 바로 다음 날 아기를 데리고 오겠다고 한 것이다.

이렇게 눈이 많이 오는데 설마 올까 싶었는데 아침 9시 아기 아빠가 빙판길을 달려 운전을 하고 왔다. 얼마나 다급했으면 그랬을까 싶어 안쓰러운 마음이 들었다. 아기를 안고 온 여학생은 엄마가 아닌 친구 조카라 했다. 아무것도 모르는 아기는 영하의 추운 날씨에도 이불속에서 세상에서 가장 평화로운 모습으로 쌔근쌔근 자고 있었다.

일단 방으로 안내하고 불안한 눈으로 조심스럽게 앉아 있는 학생들에게 나쁜 생각하지 않고 아기를 끝까지 지키려고 잘 키워 줄 곳을 찾아 여기까지 온 것에 대하여 잘했다고 칭찬했다. 그리고 "한 순간 실수해서 학생 신분으로 임신을 했지만 낙태시키지 않고 낳은 것은 잘했어요. 열 달 동안 정말 많이 힘들었을 거예요. 법이라는 것이 학생들을 미성년자라 부르고 미성년자가 아기를 낳았을 때 미혼모라거나 미혼부라고 해요. 옛날에는 더 어린 나이에도 시집가서 아기 낳는 것이 자연스러운 일이었어요. 그런데 지금은 법으로 규정해 놓아서 큰 죄를 지은 것처럼 손가락질하고 사회적으로 지탄을 받으니까 숨기고 감추려고 하다 아기를 유기하기도 하는데 이렇게 끝까지 책임지려고 해서 고마워요. 일단 출생 신고가 되어야 아기가 도움을 받을 수 있으니까 안성시 공무원들과 상의해서 가장 좋은 방향으로 해결될 수 있도록 노력할 테니까 걱정하지 말아요." 하고는 가지고 온 가방을 열어 보았다.

가방에는 아기 수첩과 기저귀 몇 개 그리고 병원에서 준 1kg들이 분유통에 분유가 밑바닥에 남아 있었다. 당장 아기에게 필요한 용품들을 사 와야 했다. 아기를 씻길 목욕통과 아기 전용 비누 그리고 기저귀와 분유, 젖병, 갈아입힐 옷 등 아기용품들을 메모해 가지고 시장에 가서 사 왔다. 첫째와 둘째를 4.0kg과 4.3kg으로 출산했는데 2.3kg으로 태어난 아기를 보니 뼈에 가죽만 붙어 있는 것 같았다. 만지면 깨질 것 같은 발을 조심스럽게 붙잡고 목욕을 시키고 분유를 먹였다. 다행히 아기가 분유를 힘차게 빨아 먹어 금방 살이 오르겠다는 생각이 들었다.

아기를 데리고 온 학생들이 가고 아기만 남았다.

아기를 잘 키워 주겠다고 맡기는 했지만 1주일 뒤 있는 사회복지사 1급 시험이 걱정되어 잠이 오지 않았다. 사회복지사 보수 교육 강사로 일하기 위해 더 이상 공부하지 않겠다던 결심을 깨고 책을 잡았다. 그리고 지난 1년 동안 틈틈이 공부해 왔는데 시험 1주일을 앞두고 아기가 온 것이다. 사회복지사 1급 시험은 1년에 한 번 주로 1월에 치러진다. 총 8과목을 보게 되는데 두 과목이나 세 과목이 짝꿍을 이루어 평균 60점 이상이 되어야 한다. 하나라도 60점 이하가 되면 탈락이다. 합격률이 20%대로 사회복지사들 사이에서는 고시 공부 하는 것만큼이나 어려운 시험으로 알려져 있다.

아기가 온다고 했을 때 잠시 고민했다. 분명 안 된다고 냉정하게 잘라 말하고 다른 곳을 알아봐 주겠다고 할 수도 있었다. 그러나 유아교육을 4년 전공한 나는 그렇게 할 수가 없었다. 아기가 태어나서 주 양육자가 자주 바뀌고 애착 형성이 제대로 안 되면 불안하고 사람들과의 관계 맺기에 문제가 많다는 것을 알기 때문이다. 나는 사회복지사 1급이라는 스펙이 아닌 아기를 선택했다.

아기가 오고 며칠 동안 잠을 제대로 자지 못하며 아기를 돌보았다. 환경이 바뀐 것을 몸으로 느낀 아기는 자주 깨서 울고 보챘다. 그때마다 안아 주며 "아가야 너를 잘 키워 줄 엄마야. 걱정하지 말고 편안하게 자렴." 하고 토닥토닥 해주었다. 그리고 27일 아침, 1년 동안 준비해 왔는데 시험도 보지 않고 포기한다는 것은 용납되지 않아 시험을 보러 갔다. 미리 지인에게 시험 보는 날 아기를 돌봐 달라고 부탁해 두었다. 지인은 걱정 말고 잘 준비해서 시험 보러 가라고 했다.

시험은 평택 〈동일공업고등학교〉에서 있었다.

아침부터 겨울비가 추적추적 내리는데 평택 사회복지사협회에서는 따끈한 차를 가지고 나와 수험생들을 격려했다. 나는 간단하게 도시락과 물을 챙겨 시험 시간에 늦지 않게 집을 나섰다. 시험은 오전 9시부터 오후 4시5분까지 세 시간에 여덟 과목을 본다.

젊은 사람들 틈바구니에서 아는 사람 하나 없이 오직 시험에만 집중할 수 있는 것이 다행이다 싶었다. 두 번째 시간에 본 사회복지법제론이 어렵게 느껴졌고 다른 과목들은 무난하게 보았다.

시험이 끝나고 나서는 아기를 돌보는 데 온 정성을 쏟았다. 가장 먼저 출생 신고를 하기 위해 면사무소를 찾았다. 남자는 아이를 낳은 흔적이 없어 단독으로 출생 신고가 안 되고 엄마가 와서 확인을 해주어야 한다고 했다. 또한 이 학생들의 경우 미성년자이기 때문에 양가 부모 중 한 분이 와서 동의서를 작성에 주어야 출생 신고가 가능한 일이었다. 문제는 아기 아빠가 절대 부모님께 알릴 수 없다는 것이었다.

안성시 공무원들이 적극적으로 나서서 출생 신고를 할 수 있도록 도와주었다. 나는 아기 아빠와 엄마를 설득하고 또 설득해서 아기 할머니 전화 번호를 받아 조심스럽게 전화를 했다. 펑펑 우시는 할머니를 제가 아기를 잘 키워 줄 테니까 출생 신고만 할 수 있도록 도와 달라고 설득했다. 아기를 유기하지 않고 끝까지 지키려고 한 학생들의 마음을 예쁘게 보고 아기가 이곳저곳으로 보내지며 상처를 받지 않도록 하자는 데 의견을 모았다. 그리고 안성에서 태어난 아기는 아니지만 출생 신고를 받아주기로 하고 공무원들이 유기적으로 협조했다. 아기 엄마와 할머니도 아기의 출생 신고를 위해 어려운 걸음을 했다.

아기가 태어나면 자연스럽게 출생 신고를 하고 대한민국 국민으로서의 자격을 취득한다. 그런데 누군가에게는 대한민국 국적을 취득하기가 어려운 일일 수도 있다는 것을 알았다. 대한민국 국민이 아니면 건강보험 혜택도 받을 수 없고 학교도 다닐 수 없다. 또 국가에서 제공하는 각종 복지 혜택을 전혀 받지 못하게 되는 것이다. 대한민국 국민이라는 것이 얼마나 많은 혜택을 누리며 살게 하는지 새삼 느끼게 하는 일이었다.

한 달 뒤 시험 결과가 나오는 날 혹시나 하는 마음으로 컴퓨터를 열었다. 있었다. 분명히 합격자 명단에 내 수험번호가 있었다. 27,882명이 응시해 6,366명이 합격하는 22.8%의 낮은 합격률을 통과한 것이다. 날아갈 것 같은 기쁨을 감추지 못하고 나는 아기에게 "아가야 네가 복이 있나 봐. 엄마가 사회복지사 1급 시험에 합격했거든. 너무나 기쁘단다. 너도 기쁘지? 고마워 아가야." 시험을 앞두고 갈 곳 없는 한 아이를 거두어 준 것에 하늘이 감동하여 합격자 명단에 넣어 준 것이 아닐까 싶다.

아기는 잘 먹고 쑥쑥 성장해서 아기 특유의 귀여움과 사랑스러움으로 온 가족의 기쁨이 되었다. 나는 밤마다 이렇게 예쁘고 귀엽고 사랑스러운 아기를 나에게 맡겨 주신 하나님께 감사드렸다. 아기를 돌보는 고달픔보다 아기가 성장하면서 내뿜는 성장 에너지가 훨씬 더 큰 영향을 나에게 미친다. 그래서인지 아기와 내가 쏙 빼닮았다는 이야기를 많이 듣는다. 이순을 바라보는 내가 귀여운 아기와 닮았다는 말을 듣는 것만으로도 나는 충분히 행복하다.

04

머리를 하늘로 둔 짐승은 거두지 마라

2002년 6월

〈서울대학병원〉에 정기 검진받으러 가는 고속버스 안에서 〈수양
부모협회〉 박영숙 회장의 이야기를 듣게 되었다. 수양부모가 어떤
일을 하며 어떻게 하면 수양부모가 될 수 있는지 등에 대하여 이야
기하며 많은 사람들이 돌봄을 받지 못하는 아이들에게 관심을 기울
여 줄 것을 부탁했다.

전화 번호를 메모해 와서 그날 밤 가족회의를 소집해 아이 위탁과
관련한 의견을 물었다. 남편은 당신이 할 수 있으면 하라는 의견이
었고 아이들 또한 엄마가 건강하게 살 수 있다면 무슨 일을 하더라
도 동의한다고 했다. 곧바로 〈부천 시청〉의 회의실에 마련된 교육

장에서 박영숙 회장으로부터 직접 수양부모의 역할과 태도에 대하여 교육을 받고 일곱 살 지민이라는 여자 아이를 위탁하게 되었다. 네 자매 중 맏이로 동생을 업고 다니다 내려놓고 생전 처음 보는 나를 따라오며 자꾸만 뒤를 돌아보았다. 한참을 말없이 앉아 있던 지민이는 무엇인가 포기한 듯 종알종알 이야기하기 시작했다. 귀엽고 예쁜 지민이는 아토피가 심해 속옷에 피고름이 묻어날 정도였다. 집에 온 다음 날부터 병원에 가서 진료를 하고 치료를 시작했다.

　그 사실을 알게 된 친정어머니는 제 몸도 하나 건사 못하는 것이 무슨 남의 자식을 키우느냐고 노발대발 화를 내셨다. 어머니에게 나는 언제나 돌보아 주어야 하는 약하고 안쓰러운 자식이었다. 비단 어머니뿐이 아니고 형제들도 나는 힘이 없고 몸이 약해 보호해 주어야 하는 사람으로 치부된다. 어쩌다 부천에서 형제들이 모이면 2시간 30분을 버스 타고 달려간 나에게 건네는 첫 마디는 "멀미 안 했니? 괜찮아?"이다. 그리고는 한쪽으로 앉히고 이것저것 먹을 것을 내온다. 이런 내가 남의 자식을 키운다고 하자 반대하는 것이 어쩌면 당연한 일인지도 모른다.

　"옛날 어른들이 '머리를 하늘로 둔 짐승은 거두지 마라.' 고 했다. 옛날 말 하나도 틀리지 않는다. 남의 자식 키우며 헛고생하지 말고 네 건강이나 챙겨라" 하시며 눈물까지 보이셨다. 옛날에는 동네에서 어려운 이웃을 돌보거나 할아버지 할머니들은 손자 손녀들을 금이야 옥이야 키우셨는데 엄마를 만나면 뒤도 안 돌아보고 가는 경우가 많았다. 입에서 입으로 낳은 정은 있어도 키운 공은 없으니 힘들게 키우고 상처받지 말라는 뜻으로 '머리를 하늘로 둔 짐승은 거두지 마라'는 말이 전해지고 있는 것이다.

아이를 위탁해 키우는 사람들 중에도 위탁 기간이 종결되고 친부모에게 돌려보내야 했을 때 많이 힘들어하는 사람들이 있다. 키우는 동안 정이 들고 그 아이가 친부모에게 가서 어렵게 살아갈 것을 생각하면 가슴이 아프고 안 보내고 싶다는 것이다.

지금까지 열두 명의 아이를 키워 그중 다섯 명의 아이들이 친부모에게 돌아갔다.

이곳에 오는 아이들의 경우 어떤 형태로든 상처를 받고 오기 때문에 참으로 다양한 일이 발생한다. 2012년 4학년과 중학교 1학년 형제가 왔다. 형은 얼굴이 곱상하고 웃는 모습이 귀엽고 동생은 체격은 우람한데 착하게 보이는 아이였다. 그런데 다음 날 학교에 다녀온 형이 컴퓨터 앞에 앉아 있는 동생을 향해 주먹을 날렸다. 동생은 왜 때리느냐고 항의하거나 같이 때리지 않고 고스란히 맞았다. 말리고 야단을 쳐도 그때뿐 돌아서면 다시 때려서 아이를 다른 방으로 분리시키고 왜 때리는지 물었다. 들어오는데 동생이 기분 나쁘게 쳐다보고 비웃었다는 것이다. 그래도 때리면 안 되고 말로 해야 함을 알리고 다음부터는 이런 일이 발생하지 않도록 하겠다는 약속을 받았다.

그런데 10분도 지나지 않아 싫다는 동생을 억지로 끌고 화장실로 들어갔다. 샤워를 하는지 물소리가 나고 동생이 깔깔 웃는 소리가 났다. 자기 기분이 풀릴 만큼 때리고 언제 그랬냐는 듯 아무렇지도 않게 싫다는 동생을 데리고 들어가 샤워를 하며 웃음소리가 나는 것이 전형적인 가정 폭력이구나 싶었다. 온몸에 소름이 돋았다. 한 번 두 번 반복되면서 개선되기 어렵겠다는 판단이 들어 〈운영위원회〉에서 논의를 하여 형제를 분리시키는 것이 바람직하다는 의견을 모았다. 그리고 사회복지시설 평가할 때 받는 설문 조사에서 이곳에 살고 싶지 않고 엄마와 살고 싶다는 아이의 설문지를 근거로 안성시에 분리를 요구했다. 형은 자기가 바라는 대로 엄마와 함께 살게 되고 동생은 나와 함께 살게 되었다.

형의 폭력으로부터 자유로워진 아이는 밝고 건강하게 희망을 키우며 잘 성장하는가 싶더니 중학교에 입학하면서부터 어긋나기 시작했다. 담배를 피우고 새벽 2~3시에 들어오고 학교에 지각하는 것은 다반사인데다 무단결석까지 했다. 그러다 차량 절도로 경찰에 출두하라는 연락까지 받았다. 깜짝 놀라 달려간 경찰서에 아이는 고개를 숙이고 앉아 있었다. 자초지종을 물으니 형들이 망을 봐 달라고 해서 봐 주고 5만 원을 받아 썼다는 것이다. 경찰 아저씨는 단순 절도가 아니고 조직적으로 움직였다는 것이 죄가 더 크다고 했다. 다행히 초범이고 단순 가담으로 아이는 검찰로 넘어가지 않고 정신교육 몇 시간을 받고 사회봉사 몇 시간하는 것으로 마무리가 되었다.

문제는 또 다른 곳에서 발생했다.

아이가 친구에게 장난으로 여자 친구와 성관계를 했다고 말했다가 "아니야 구라야" 했는데 그 말이 입에서 입으로 전해졌다. 우리 아이를 좋아하던 여자 아이가 그 말을 듣고 친구들을 데리고 가서 소문의 주인공이 된 여자 아이를 집단 폭행했다. 폭행당한 여자 아이의 부모가 학교 폭력과 명예 훼손으로 경찰에 고소하면서 다시 경찰서를 찾아야 했다. 이번에는 학교 폭력과 관련되어 쉽게 넘어가기 어려울 것 같다고 하더니 결국 검찰로 넘어갔다.

친아버지와 함께 수원 검찰에 다녀온 후 얼마나 지났을까 〈평택 가정법원〉에서 출두하라는 통지서가 날아왔다. 친아버지가 시간이 안 된다고 해서 내가 아이와 함께 평택 가정법원에 갔다. 담당 경관은 나에게 아이의 성품과 생활 태도에 대하여 자세하게 물었다. 평소에 아이가 잘하는 것을 중심으로 아이의 장점을 부각시켰다. "아이가 담배를 피우고 친구들과 어울리며 밤늦게 다니는 경향이 있기는 하나 집에서는 순종적이고 예의 바르게 행동합니다. 막냇동생이 네 살인데 살갑게 대하고 잘 놀아주기도 하며 나와 약속한 것은 지키려고 노력하는 아이입니다. 어쩌다 이런 상황이 되었지만 기본적인 심성이 착한 아이입니다." 담당 경관은 참고가 될 거라고 하고 마무리를 했다.

지나치게 신경을 썼던 탓일까. 진술을 마치고 일어서는데 속이 울렁거리고 머리가 어지러워 화장실로 갔다. 구슬 같은 땀을 흘리며 배를 움켜쥐고 변기에 앉아 진정되기를 기다렸다. 얼마나 시간이 흘렀을까 아이에게 어디냐는 전화가 왔다. 너무 아파서 화장실에 있으니 조금 기다리라고 하고도 20여 분이 지나서야 겨우 정신을 차리고 밖으로 나왔다. 아이와 함께 엘리베이터를 타고 주차장으로 오기는 했으나 도저히 운전을 하고 갈 수가 없을 것 같아 교통비를 주고 대중교통을 이용해 돌아가라고 했다. 그리고 나는 쓰러지듯 차 안으로 들어가 핸들을 붙잡고 엎드려서 어떻게 돌아갈까를 생각했다.

사회복지시설에서는 종종 있는 일이다. 아니 이보다 더한 일도 많다. 어떤 사람은 그런 아이를 다른 곳으로 보내지 왜 데리고 있느냐고 한다. 그렇다고 아이를 다른 곳으로 보내면 아이는 또 다른 상처를 받게 되고 누구도 신뢰하지 못하고 범죄의 늪에 빠질지도 모른다. 그룹홈을 운영하는 대부분의 시설장들은 조금 힘들다고 해서 아이를 내치지 않는다. 그런 아이들을 보듬고 사랑으로 응어리진 마음을 녹여 새 삶을 살도록 무던히도 애를 쓴다. 나 또한 예외가 아니다. 처음 사회복지시설(그룹홈)을 하겠다고 했을 때 바가지로 바닷물을 퍼내는 심정으로 한 아이를 돌보겠다는 생각을 했다. 힘들고 어려웠던 아이가 나로 인해 선한 영향력을 끼치는 사람으로 살아가도록 하는 것, 그것이 내 역할이라고 믿었다.

요즈음은 아이를 키우는 대신 반려동물을 키우는 사람들이 많다.

사람은 배신하지만 동물은 배신하지 않는다는 것이다. 애완동물에게 말을 할 때 보면 꼭 아이에게 말하는 것 같다. 자기를 지칭할 때도 엄마라고 하고 안거나 업고 다니는 것은 물론이고 뽀뽀를 하고 같은 침대에서 잠을 잔다. 애완동물을 키우며 마음의 위로를 받고 외로움을 달래며 정서적으로 안정되는 것은 참으로 다행한 일이다. 그런데 가끔 애완동물을 애지중지 키우듯 한 아이를 돌보면 얼마나 좋을까라는 생각을 하게 된다.

어떤 보상을 기대하며 아이를 키우게 된다면 '머리를 하늘로 둔 짐승은 거두지 마라'는 말을 실감하며 후회하게 될지도 모른다. 그러나 아이와 함께하는 그 순간의 행복을 즐기고 그 아이가 자라 사회에 선한 영향력을 끼치며 살아가는 것을 보람으로 느낄 수만 있다면 이보다 더 행복한 일도 없을 것이다. 나는 물이 흐르듯 내가 베푼 사랑이 아이들을 통해 또 다른 사람에게 흘러가기를 바라는 마음으로 오늘도 아이들을 위해 밥상을 차리고 아이들을 돌보는 일을 즐겁게 한다.

05

즐거운 집은 희망 충전소다

〈사단법인 수양부모협회〉는 주한 호주대사관 문화공보실장으로 일하던 박영숙(朴英淑) 회장이 한 명의 고아를 돌보는 것으로 시작되었다. 그 사실이 주변에 알려지면서 여기저기서 내 아이를 맡아 달라는 요구가 이어지다 1997년 IMF(국제통화기금) 사태가 터지면서 일시에 30여 명의 아이를 맡아야 하는 상황에 이르렀다. 친정 식구와 친구들까지 동원했지만 이런 임기응변으로는 감당하기 어렵다는 판단을 하고 남의 아이 키우는 봉사 단체를 만들어야겠다는 생각을 하게 되었다. 이렇게 해서 1998년 4월4일 〈사단법인 수양부모협회〉가 탄생했다.

나는 회장님으로부터 직접 부천 시청 회의실에서 열린 부양부모

교육을 받고 수양부모가 되기로 결심했다. 수양부모가 되기 위해서는 어느 정도의 경제 능력과 부부가 인성 검사를 해서 아이를 양육하기에 적합하다는 판정이 나와야 했다. 교육을 받고 가족회의를 열어 아이를 위탁해 키우는 것에 대하여 동의를 받았다. 그리고 2002년 8월 여섯 살 지민이라는 여자 아이를 위탁하는 것으로 즐거운 집은 시작되었다.

지민이는 옷에 고름이 묻어날 정도로 아토피가 심했다.
생전 처음 보는 아줌마를 따라 지하철을 타고 오며 말없이 앉아 있던 아이는 고속버스를 타면서부터 말을 하기 시작했다. 종알종알 이야기하는 모습이 영락없는 개구쟁이 여섯 살 아이였다. 집에 오자마자 아토피 치료를 위해 병원부터 갔다. 병원에서는 가능하면 인스턴트 식품을 먹지 말고 그냥 물로 깨끗이 씻겨 주며 처방해 준 약을 먹고 바르라고 했다. 환경이 바뀌고 식생활 문화가 바뀌자 아토피 증상은 빠르게 호전되었다.

아이가 오면 우리 주민등록상의 동거인으로 올라가고 건강보험카드에 피부양자로 등재된다. 그리고 아이를 키우는 데 들어가는 모든 비용은 우리가 부담해야 했다. 그래서 수양부모를 모집할 때 교육을 하고 경제 능력을 체크했던 것이다. 지금은 기초생활수급자로 책정되고 교육비와 의료비는 물론 각종 바우처를 통한 혜택이 주어지지만 당시에는 전무한 상태였다.

지민이는 여섯 살인데 자기 이름도 구별할 줄 모르고 읽거나 쓸 줄은 더욱 몰랐다. 일 년 반 정도가 지나면 초등학교에 가야 하기 때문에 가장 먼저 한글을 가르치기 시작했다. 교재를 사다 책상 앞에 앉아 따라 읽고 스티커를 붙이고 하는데 이렇게 해서 한글을 깨우칠 수 있을까 싶을 정도로 도무지 집중하지 못했다. 그렇다고 포기할 수도 없어 일단 책상 앞에 앉아 재미있는 동화책을 읽어 주는 것으로 책과 친해지기를 시작했다. 가랑비에 옷 젖는다고 지민이는 조금씩 동화책에 흥미를 느끼기 시작하면서 하나 둘 한글을 알아가기 시작했다.

2학기가 시작되면서 작은아이가 다니는 초등학교 병설유치원에 보내며 작은아이와 함께 피아노 학원에도 보냈다. 그리고 버스를 타고 집에 오는 방법도 알려 주었다. 지민이는 두려워하지 않고 알려 주면 알려 주는 대로 잘 따라 했다.

문제는 지민이가 우리 집에 온 지 10개월쯤 되었을 때 벌어졌다. 작은아이가 학교에서 돌아오더니 가방을 내던지며 창피해서 학교에 못 다니겠다고 울고불고 한 것이다. 자초지종을 들어보니 지민이가 선생님 지갑에서 돈을 훔쳐 뭘 사 먹고 1학년 언니 오빠들한테도 나누어 주었다고 한다. 유치원 선생님은 작은아이를 불러 네 동생인데 몰랐느냐고 다그치며 동생 잘 가르치라고 했다는 것이다. 전혀 생각지도 못했던 일이다. 그때까지 나 또한 가방을 아무 곳에나 던져 놓고 집안일을 했는데 정말 지민이가 그랬을까 싶었다.

그런데 그날 오후 가방을 거실 한 귀퉁이에 놔두고 화장실에 들어갔다 나오는 순간 지민이와 눈이 딱 마주쳤다. 지민이는 내 가방에서 지갑을 꺼내 만 원짜리 한 장을 빼내고 있다 나와 눈이 마주치자 얼음이 되었다. 그때부터 지민이의 도벽과의 전쟁이 시작되었다. 가장 먼저 주인의 허락 없이 남의 물건을 만지거나 가져가는 것은 나쁜 것이라는 이야기를 지속적으로 해주었다. 그다음은 내 스스로 가방을 아이의 손이 닿지 않는 곳에 두었다. 가방을 보는 순간 돈을 꺼내 뭘 사먹고 싶은 유혹을 받을 수 있기 때문이다.

가정 위탁은 1년 단위로 계약을 한다.

지민이가 일 년이 되어 위탁 기간이 종료되었을 때 다행히 아빠가 데려가겠다고 했다. 지민이는 1년 동안 나와 함께 하며 한글을 깨우치고 옳고 그름에 대한 것을 배웠다. 짧은 시간이었지만 지민이에게는 기억에 남는 시간들이었나 보다. 아빠한테 가서도 수시로 전화해서 지금 어디서 무엇을 하는지 알려 왔다. 한두 달이 지나도 전화가 계속되던 어느 날 "엄마 이제 전화 못할 것 같아요. 아빠가 못하게 해요. 안녕히 계세요." 하는 말을 끝으로 지민이와의 연락은 끊겼다.

지민이를 보내고 내가 다양한 환경에서 성장한 아이들을 키우기에 얼마나 부족한지 절실하게 느끼며 어떤 목적으로 아이를 키우려고 하는지 깊이 고민했다. 그리고 바가지로 바닷물을 퍼내는 것만큼이나 보이지 않는 일이지만 상처받고 아파하는 아이들을 보듬어 희망을 가지고 살아갈 수 있도록 하겠다는 생각을 했다. 그렇게 해서 탄생한 것이 〈즐거운 집〉 설립이었다.

〈설립 목적〉

내 나이 서른다섯 그리고 내 아이가 각각 열 살, 네 살이었을 때 자궁경부암으로 수술하게 되었습니다. 죽음을 생각했을 때 가장 안타까웠던 것은 아이들이 엄마 없이 살 수도 있다는 사실이었습니다. 그때 건강하게 살면 엄마 없는 아이의 엄마가 되어주기로 결심했습니다.

이후 건강하게 살게 되었고 2002년부터 엄마 없는 아이를 위탁해 키우기 시작했습니다. 유아교육을 전공하고 유아들을 교육했던 경험과 아이 둘을 키우며 엄마의 사랑이 어떤 것인지 몸으로 느낀 그 사랑을 사랑받지 못하고 소외된 아이들에게 나누어 주려고 합니다. 나의 작은 사랑으로 상처받고 다친 마음이 잘 아물고 정서적으로 안정되며 성장해서는 좋은 아빠로서의 역할을 잘 감당하기 바라는 마음입니다. 또한 가난과 가정 해체의 대물림을 하지 않도록 하고 자기가 받은 사랑을 흘려보낼 줄 아는 어른이 되도록 어머니의 마음으로 돌보는 데 그 목적이 있습니다.

처음 이곳에 오는 아이들은 낯선 환경과 처음 보는 사람들로 인해 두려움으로 경직되어 있다. 가장 먼저 우리 가족을 소개하며 호칭에 대하여 이야기를 나눈다. "나는 너를 낳은 엄마는 아니야. 그런데 너를 낳아 준 엄마가 잘 돌볼 수 없어서 하나님이 나에게 너를 잘 돌보아 달라고 이곳에 보내주셨어. 그래서 나는 너를 키워 주는 엄마가 되는 거지. 그런데 엄마라고 부르고 싶지 않으면 선생님이라고 해도 괜찮아." 그러면 어린아이들은 금방 엄마라고 부른다. 엄마라고 부르는 순간 아이들의 혼란스러웠던 마음은 많이 안정된다.

아이들은 이곳에 오기까지의 과정 중에 받았던 상처들로 분노가 쌓여 있거나 의욕을 상실한 채 소극적으로 행동한다. 적극적으로 다가가면 아이들은 마음 문을 꽁꽁 닫아걸고 안으로 숨어 버린다. 작은아이의 홈스쿨을 통해 아이들을 가르치거나 훈육하기 위해서는 관계가 먼저라는 것을 뼈저리게 느꼈기 때문에 아이들에게 갑자기 먼저 다가가지 않는다. 툭툭 치듯이 한 번 관심을 보이고 잠시 지켜보고 또 아이가 좋아하는 것에 대한 이야기를 건네고 하면서 시간을 두고 아이와의 관계를 만들어 간다.

조금씩 거리를 좁혀 가다 보면 아이는 은연중에 자기 이야기를 한다. 어떻게 살았는지 무엇을 좋아하는지 하고 싶은 일이 무엇인지 등 놀면서 하는 이야기나 간식을 먹으면서 아이들끼리 주고받는 이야기를 귀담아 듣는다. 그리고 그런 이야기들을 종합해 아이들이 배우고 싶은 것들을 배울 수 있도록 기회를 마련한다.

초등학교 4학년 때 해동검도를 시작한 민우는 중학교 1학년 때 2단으로 승급하면서 승급 심사에서 금상을 받았다. 중학교 3학년이 된 민우는 지난 7월 21부터 23일까지 강원도 평창에서 열린 무림픽 대회에서 4인 종이 베기 유단 일반부에서 장려상을 받았다. 자기만의 특기를 확실히 만들어 가는 아이를 우체국공익재단에서 장학금 수여 대상자로 선정하여 '우체국 꿈 보험 희망캠프'에도 다녀왔다.

초등학교 아이들은 꿈이 자주 바뀐다.

그림을 잘 그려 안성 이마트 환경사랑그리기 대회에서 최우수상을 받았던 우현이는 웹툰 작가가 되겠다고 열심히 만화를 그리고 책으로 묶었다. 사진으로 찍어 블로그에 올리는 방법을 알려 주었더니 독자가 몇 명이라고 자랑하며 유튜브에도 올려볼까 한다. 얼마 전에는 형이 내 책을 본 것 같다고 독자가 한 명 더 늘었다고 호들갑을 떨며 자랑한다. 그 밖에도 초등학교 3학년 민준이는 사과농장 사장이 되겠다고 하더니 요즈음에는 회사원이 되겠다고 한다.

처음에는 나 혼자 아이들을 24시간 돌보았는데 지금은 두 분의 선생님이 주야간으로 아이들을 돌보고 행정 일을 돕는다. 그 선생님들께도 호칭에 대한 주의를 당부한다. 서류상 나는 대표고 시설장이지만 아이들 앞에서는 동일한 선생님이고 엄마다. 아이들 앞에서 원장님이나 시설장님이라는 호칭으로 불리는 순간 가정은 없어지고 사회복지 시설이라는 느낌만 남기 때문이다. 집에서 선생님 또는 엄마로 부르다 외부의 공식석상에 가서도 선생님이라고 부르는 경우가 종종 있다.

선생님들은 멈칫하지만 나는 전혀 괜찮다고 말한다. 아이들에게 시설장이 아닌 엄마로 남기 원하기 때문이다.

〈즐거운 집〉에서의 생활은 만 18세가 되면 끝이 나고 독립해서 홀로서기를 해야 한다. 험한 세상에서 부모 도움 없이 홀로서기 한다는 것은 쉽지 않다. 80년대 초반 열일곱 여학생의 몸으로 홀로서기 했던 경험을 이야기하며 너희도 충분히 할 수 있다고 자신감을 갖고 도전하라고 말한다. 아이들은 수시로 엄마가 들려 주는 이야기를 들으며 어떻게 독립해서 살아갈 것인가에 대하여 생각하고 계획을 세운다.

〈즐거운 집〉은 아이들에게 꿈과 희망을 충전해 주는 〈희망 충전소〉다.

아이들은 이곳에서 배우고 경험한 것들을 통해 꿈과 희망을 가슴에 품고 세상으로 나갈 것이다. 때로 힘들고 지칠 때 이곳에서의 추억을 기억하며 새 힘을 얻기 바라는 마음이다. 그래도 도움이 필요할 때는 언제든 찾아와 다시 희망을 충전하고 갈 수 있도록 즐거운 집의 대문을 활짝 열어 놓을 것이다. 나는 아이들을 믿는다. 이곳에서의 경험과 추억을 디딤돌 삼아 선한 영향력을 끼치는 사람으로 살아갈 것이라고….

06

DNA가 다른 아이들과의 동거

2005년 4월 중학교에 입학한 작은아이가 학교가 지옥이라며 학교에 가기 싫다고 했다. 예쁘고 귀엽게 생겨 혹시 성추행 대상이 될까 염려하는 마음에 아이에게 바지만 입혔는데 중학교에 입학하니 스커트를 입고 스타킹을 신어야 했다. 아이에게는 그 자체가 불편하고 스트레스일 수밖에 없었다. 또한 집에서는 학교 성적이 그렇게 중요한 것은 아니라고 하는데 담임선생님은 학교 성적이 전부인 것처럼 이야기하고 80점 이하는 몽둥이로 다스리겠다고 엄포를 놓았다. 아이는 왜 성적으로 몰아붙이느냐고 따졌고 담임선생님은 선생님 말씀에 대드는 버르장머리 없는 못된 아이로 낙인찍었다.

담임선생님을 만나 초등학교 때 학생회 회장에 출마할 만큼 학교생활

잘하고 밝은 아이가 친했던 친구들과 다른 학교에 배정받고 가정적으로 그동안 살던 집을 헐고 상가를 짓는 바람에 자기만의 공간이 사라져버렸다. 이 모든 것들이 한꺼번에 아이에게 쏟아져 견디기 힘들어 하는 것 같다. 조금만 지나면 아이가 예전의 모습을 되찾을 거라고 믿는다. 한 번만 용서하시고 기다려 주시면 안 되겠냐고 사정했지만 선생님은 단호했다.

3일 동안 금식을 한 후 홈스쿨을 결정했다.

학교에서 돌아왔을 때 "잘 다녀왔니?"라고 반겨 주며 간식을 챙겨 주는 엄마를 간절히 원했던 아이, 그때 들어주지 못한 소원을 늦었지만 들어주기로 했다. 외부 활동을 모두 중단하고 한 아이의 엄마로만 살기로 한 것이다. 신앙 생활도 일요일에 잠깐 교회에 가는 것 외에는 어떤 모임에도 참석하지 않았다. 그리고 아이의 생활이 어떠하든지 나는 아이편이 되어 주었다.

그러나 아이가 하는 대로 받아들이고 인정하기가 결코 쉽지 않았다. 내가 맡은 일은 끝까지 성실하게 하고 언제나 제 시간에 일어나 내 할 일을 완벽하게 하려고 노력하는 내가 학교에 가야 할 아이가 오전 10시까지 이불속에 있는 것을 편안한 마음으로 지켜본다는 것은 불가능에 가까웠다. 나 자신을 도저히 다스릴 수 없을 때 호미를 들고 밭으로 갔다. 잡초를 뽑으며 내 안의 고정관념과 분노, 그리고 아집을 함께 뽑았다. 뽑고 돌아서면 또다시 올라오는 잡초처럼 내

안의 분노 또한 수시로 치고 올라왔다.

밭으로 달려갈 수 없으면 성경을 읽거나 잠언을 쓰며 나 자신을 다스리기 위해 몸부림쳤다. "하나님 나에게는 이런 아이를 양육할 능력이 없는데 왜 나에게 맡겼나요?" 하는 기도를 수도 없이 했다. 가정 위탁 봉사를 거쳐 즐거운 집 그룹홈을 개원하고 DNA가 다른 아이들과 함께 살면서 '이때를 위해 작은아이를 통해 나를 다듬었구나.'라는 생각이 들었다.

같은 엄마 아빠 밑에서 태어난 아이들도 성품이 다르고 기질이 다르다. 그런데 다른 엄마 아빠 밑에서 태어나고 서로 다른 문화를 경험한 아이들이 한 지붕 밑에서 행복하게 산다는 것은 정말 어렵다.

〈즐거운 집〉 아침은 늘 북새통이다.

나는 5시 30분 알람 소리를 듣고 망설임 없이 일어나 잠시 즐거운 집 아이들을 위해 기도한 후 아침을 준비한다. 달그락 소리가 크면 네살배기 막내가 일어나 징징 울며 업어 달라고 해서 최대한 조용조용 준비한다. 그리고 6시 50분이면 이 방 저 방 다니며 아직 꿈나라에서 헤매고 있는 아이들을 깨운다. 아이들은 그 소리조차 꿈속인 듯 돌아누우며 일어날 기미를 보이지 않는다. 그러면 내 목소리는 한 톤 올라간다. "일어날 시간이야 너희들 밥 먹고 학교 안 가니?"라고 소리를 지르지만 중학교 3학년인 민우는 한쪽 눈만 뜨고 휴대폰을 끌어당겨 시간을 본다. 그리고는 다시 이불속으로 들어간다.

민우는 이곳에 네 살 때 왔다. 갓 스물에 민우를 낳은 엄마는 아이를 어떻게 돌보아야 하는지 목욕은 어떻게 시키고 어떤 우유를 얼마나 먹여야 하는지 아이가 자지러지게 울 때는 어떻게 달래야 하는지 아는 것이 아무것도 없었다. 자기가 한 아이의 엄마라는 것이 실감나지 않고 인정하고 싶지도 않아 우울증이라는 늪 속으로 숨어버리고 말았다. 민우를 돌보는 것은 아빠의 몫이 되었다. 그런데 아빠 또한 민우를 어떻게 돌보아야 하는지 잘 모른다. 고아원에서 자라 아빠의 사랑을 받아본 적도 없고 아빠로서 무엇을 어떻게 해야 하는지도 본 적이 없기 때문이다. 다만 어린 시절 따뜻한 엄마 아빠의 사랑이 너무나 그리웠던 기억이 민우를 끔찍이 예뻐하게 만들었다.

가족이라는 울타리를 처음 만들고 경험하는 민우 아빠는 서투른 솜씨로 민우를 씻기고 이것저것 사다 민우가 먹을 수 있도록 해주었다. 민우 엄마는 우울증이 점점 심해져 민우가 세 살 되던 해 민우 아빠와 이혼하고 병원에 입원하였다. 민우 아빠는 혼자서 아이를 돌볼 수가 없어 24시간 운영하는 놀이방에 월요일부터 금요일까지 맡기고 일을 하다 토요일에 데려와서 함께 지냈다. 놀이방에 가야 하는 월요일이 되면 민우는 가지 않겠다고 아빠의 목을 잡고 떨어지지 않았다. 그래도 일을 해서 돈을 벌어야 민우를 키울 수 있다는 생각에 억지로 놀이방에 밀어 넣고 돌아서서 눈물을 훔쳐야 했다.

그러던 어느 날 평소 알고 지내던 동사무소 직원에게 민우 이야기를 하게 되었다. 그 이야기를 들은 공무원은 사회복지 담당으로 가정 위탁 제도에 대하여 이야기해 주며 가정위탁지원센터 전화 번호를 알려 주었다. 민우는 그렇게 가정위탁지원센터를 통해 나에게 오게 되었다. 그때까지 한 번도 "안돼" 라는 말을 들어보지 못했다가 24시간 놀이방에서 완전 억압을 당했다. 네 살 작은아이가 분노로 꽉 차 있고 안 된다는 말을 들으면 분노가 폭발했다. 아침에 일어나면 자기가 덮고 잔 작은 이불을 입에 물고 베개는 손에 들고 벽에 붙어 서서 울었다.

가슴이 아파 눈물이 핑 도는 것을 감추고 민우를 끌어안았다. 그리고 토닥토닥 해주며 괜찮다고 그렇게 하지 않아도 된다고 해도 민우는 다음 날 또 그렇게 벽에 붙어 서서 울먹였다. 시간이 지나면서 민우는 안정을 되찾고 밝아졌으며 잠시도 가만히 있지 않는 개구쟁이가 되었다. 민우뿐이 아니다. 다른 아이들도 이곳에 올 때는 얼굴이 경직되어 있고 분노가 차 있거나 퇴행 현상을 보인다. 그때 어긋난 행동을 바로잡으려고 서두르면 아이는 마음의 문을 닫아버린다.

이곳에 온 아이들은 크고 작은 상처를 받았고 기질과 습관이 다양하다.
그렇게 다양한 아이들과 10년이 넘게 살다 보니 지혜가 생겼다. 아이에게 먼저 다가가 친해지려고 노력하기보다 아이 스스로 나에게 다가올 수 있도록 기다리는 것이다.

어떤 교육이든 아이와의 관계가 먼저 형성되어야 가능하다는 것을 경험을 통해 알게 되었기 때문이다. 아주 무관심하지도 않고 너무 가깝지도 않은 거리를 유지하며 아이의 필요를 채워 주고 가끔 한 번씩 아이가 하는 것들에 대하여 관심을 보이고 칭찬한다. 처음에는 쳐다보며 씩 웃는 것으로 시작해서 차츰 학교에서 있었던 일이나 자기가 하고 싶은 것 또는 필요한 것들에 대하여 이야기하며 다가온다. 한 아이 한 아이를 인격적 존재로 인정하고 존중하지 않으면 아이들은 몸으로 느끼며 거리를 두기 시작하기 때문에 언제나 진실된 마음으로 아이들을 대해야 한다.

DNA가 다른 아이들과의 동거는 결코 쉽지 않다. 작은아이가 학교 밖 아이로 성장하지 않았다면 나는 지금의 아이들을 비판하고 정죄하며 다그쳤을 것이다. 아이를 키우며 엄마 아빠도 성장한다는 말이 딱 맞는 것 같다. 금방 싸우고 5분도 안 되어 화해하고 같이 노는 아이들을 보며 용서를 배우고 자기가 가진 것을 아낌없이 나누는 것을 보며 욕심으로 꽉 차 있는 내 마음을 비운다. 각기 다른 성향의 아이들과 함께 산다는 것이 쉬운 일은 아니지만 그런 아이들이 있어 날마다 새롭고 행복하다.

아이들은 웃음 치료사다

웃음은 13세기 초, 일부 외과 의사들이 수술의 고통을 경감시키기 위해 이용한 것을 시작으로 의학계에서 긴장이나 치료를 완화시키는 도구로 사용되었다. 이후 웃음을 통한 자연 치유력을 높이기 위한 연구가 진행되어 오다 미국의 새터데이 리뷰(Saturday Review)지의 편집장이었던 노만 커즌스(Normal Carsons)로부터 현대의 웃음 치료가 시작되었다.

우리나라에서는 웃음 치료보다 한 방송사의 코미디 프로로 시작하여 삶에 지친 시청자들을 웃게 함으로써 많은 사람들의 사랑을 받았다. 1969년 8월 14일 MBC-TV에서 〈웃으면 복이 와요〉라는 코미디 프로는 한국 코미디의 대부 김경태, 유수열 PD에 의해 시작되었다.

일시적으로 중단되기는 하였으나 1994년 10월 17일 방송까지 오랫동안 시청자들의 사랑을 받으며 서민들의 애환을 웃음과 함께 세상에 알리는 역할을 하였다. 이 프로를 통해 구봉서, 서영춘, 남철, 남성남, 이주일, 배연정, 백남봉, 남보원, 배삼룡 등등 수도 없이 많은 코미디언들을 배출하며 어렵고 힘들었던 60~70년대에 시청자들에게 웃음과 함께 희망을 전했다.

2004년부터는 최초로 〈글로벌 웃음 치료 협회〉를 비롯하여 〈대한 레크리에이션 협회〉 등 여러 기관을 통해 웃음 치료사라는 민간 자격증 과정이 개설되어 웃음 치료사를 배출하기 시작했다. 웃음 치료사 자격증을 취득한 사람들은 여러 단체와 기관을 돌아다니며 웃음 치료 강의를 통해 웃음의 긍정성을 사회 전반에 확산시켰다.

〈서울대학교병원〉은 건강 칼럼을 통해 웃음의 생리적 효과로 혈압을 안정화시키고 폐 속 잔류 공기를 감소시키며 혈액 내 산소화를 증가시킨다고 말한다. 또한 말초 순환의 증가로 피부 온도를 상승시키고 소화를 촉진할 뿐만 아니라 근육에 산소 공급을 증가시켜 근 긴장을 완화시킨다고 말하고 있다. 웃음은 베타 엔도르핀 (beta-endorphin)과 같은 신경펩타이드 (neuropeptide)의 분비로 통증을 감소시켜 환자의 통증 완화에 활용하고 있다고 한다.

'행복해서 웃는 것이 아니라 웃으니까 행복해진다.'라는 말처럼 우리는 웃음으로 행복해지고 건강해지기를 원한다. 그러나 일상생활 속에서 웃을 일이 얼마나 있을까 싶다. 그런 사람들을 위해 일요일에는 일어나자마자 웃고, 월요일에는 월등하게 웃고, 화요일에는 화사하게 웃고, 수요일에는 수,우,미,양,가 중에 '수'를 받게 웃고, 목요일에는 목청껏 웃고, 금요일에는 금방 웃고 또 웃고, 토요일에는 모든 웃음을 토해내도록 웃기 같이 매일 웃을 수 있도록 요일별 웃는 방법까지 제시한다. 그만큼 웃음이 우리 삶의 에너지요 활력소임을 강조하며 일상생활 가운데서 웃음을 잃지 않고 살기를 원한다.

그렇게 웃음을 강조해도 웃지 못하는 사람도 있다.

웃을 일이 없어서이기도 하지만 웃는 일이 익숙하지 않기 때문이기도 하다. 나도 그런 사람 중의 한 사람이었다. 가정 위탁을 하던 때 자조 모임에서 웃음 치료 강의를 듣게 되었다. 강사는 무표정한 얼굴로 앉아 있는 위탁 부모들을 위해 다양한 상황을 설정하여 웃게 만들었다. 웃을 일이 없는데 갑자기 박장대소하는 강사를 보며 그 모습이 너무 우스워서 웃고 1분 동안 큰 소리로 웃어 보라는 요구에 따라 웃어 보기도 했다. 1분쯤 웃는 정도야 뭐 그렇게 어려울까 싶지만 억지로 1분을 크게 웃는다는 것이 쉽지 않았다. 강사는 날마다 거울을 보며 웃는 연습을 하다 보면 자연스럽게 웃게 된다고 하였다.

집에 돌아와 거울을 보고 한번 웃어 보았다. 평소 사용하지 않던 근육이 놀라 파르르 떨렸다. 스스로 보기에도 자연스럽지 못하고 어딘가 모르게 어색하게 느껴졌다. 그래도 언제나 웃는 밝은 얼굴을 갖고 싶어 화장실에 들어갈 때마다 거울을 보고 한번씩 웃어 보았다. 소리 없이 씨익 웃어 보기도 하고 입을 벌리고 크게 웃어 보기도 하다 보니 파르르 떨리던 얼굴 근육이 조금씩 적응해 갔다. 어떻게 웃는 것이 나에게 가장 잘 어울릴까를 생각하며 자연스럽게 웃는 모습을 연출해내기 위한 노력이 한동안 계속되었다. 그래서일까 요즈음은 항상 웃고 다닌다거나 밝게 웃는 모습이 좋아 보인다는 말을 자주 듣는다.

아이들은 성인처럼 웃는 연습을 하지 않아도 잘 웃는다.

이곳에 오는 아이들이 웃을 일이 뭐가 있을까 싶지만 어린아이일수록 오는 날부터 웃는다. 아이의 긴장을 풀어 주기 위해 까꿍하고 잠시 얼굴을 숨겼다 나타나는 것만으로도 밝게 웃는다. 어른들이 생각하기에는 그다지 우스운 상황이 아닌 것 같은데 아이들은 웃기다고 배꼽을 잡고 웃기도 한다.

여섯 살 된 아이와 한여름 밤 더위를 식히기 위해 산책을 나갔다. 그날따라 손전등이 필요 없을 정도로 달빛이 밝았다. 달빛에 비친 그림자를 보던 아이는 엄마가 방구탱이 같다고 깔깔깔 웃기 시작했다. 나는 영문을 몰라 방구탱이가 뭐냐고 물었지만 아이는 내 머리카락을 손가락질하며 계속해서 웃었다. 머리카락이 바람에 날리는 모습이 아이가 기억하고 있는 방구탱이의 모양과 비슷했나

보다. 아이가 기억하는 방구탱이가 무엇인지 잘 모르지만 아이의 웃는 모습이 귀여워 같이 한참을 웃으며 함께 걸었다.

듣는 대로 따라 하는 네살배기 막내는 〈헬로 카봇〉이라는 만화를 보며 합체라는 것에 꽂혀 뭐든지 합체라고 말한다. 업어 달라고 할 때도 "엄마와 합체할 거예요."라고 하고 형을 뒤에서 꼭 껴안으며 "형하고 합체 완료"라고 말하는 모습이 당장이라도 적군을 물리칠 듯 기세등등한 모습에 형도 웃고 나도 웃는다. 그 모습을 보는 가족들 또한 귀여워서 웃고 뭐든지 합체라는 말과 관련시키는 막내의 모습이 앙증맞아 웃는다.

비가 와서 집 옆 도랑에 물이 흐르는 것을 보고 "물이 많아요." 해서 "그래 비가 와서 도랑에 물이 많네." 했더니 막내는 어디든 물이 많으면 도랑이라고 한다. 세탁기에서 물이 빠져나오는 것을 보고도 "엄마 여기 도랑이 있어요. 왜 여기에 도랑이 있지?" 조금 있다 물이 빠져나가는 것을 보고는 "어 도랑이 갑자기 사라졌어요. 어떻게 된 거지요." 한다. 작은 목욕통에 물을 받아 목욕을 하고는 그 물을 화장실 바닥에 쏟아 놓고 "엄마 빨리 와 보세요. 여기 도랑이 생겼어요." 하며 첨벙첨벙 물장구를 치며 좋아한다.

한창 어휘력이 늘어나는 막내가 한 단어에 꽂히며 그 단어를 여기저기에 붙여 사용하는 모습이 온 식구의 웃음을 자아내게 한다. 아이들은 막내에게 "나 잡아 봐라." 하고 도망가며 웃고 막내는 형을 잡기 위해 쫓아가며 웃는다. 일부러 천천히 가다 막내에게 잡혀

주면 막내는 의기양양하게 웃고 형은 그런 막내의 모습이 우스워서 웃는다. 그런 아이들이 귀여워서 나도 같이 웃게 된다. 아이들은 싸우면서 큰다고 하지만 싸울 때보다 웃을 때가 훨씬 많은 것 같다. 끊임없이 까불고 장난치며 웃고, 땀을 뻘뻘 흘리면서 웃고 떠들며 논다. 아이들의 놀이는 참 단순하다. 그렇게 단순한 놀이를 하면서 웃겨 죽겠다는 듯 배꼽을 잡고 웃는 모습이 신기하다.

생후 6일 된 아이가 왔을 때의 일이다.

눈도 뜨지 않은 아이가 신기한 듯 한 번씩 들여다 보는 아이들에게 아기와 눈이 마주치면 무조건 웃으며 "안녕" 하고 활짝 웃으라고 했다. 며칠이 지나 아이가 눈을 뜨자 아이를 볼 때마다 모든 아이들이 "안녕" 하며 활짝 웃었다. 나 또한 아이를 볼 때마다 웃으며 세상에 태어나 처음 본 것이 자기를 보고 웃어 주는 사람들의 모습으로 기억되기를 바랐다. 그래서일까 아이는 성장하면서 잘 웃고 지금은 누구를 만나더라도 밝게 웃으며 "안녕하세요"라고 혀 짧은 소리로 인사를 건넨다.

하루 15초만 큰 소리로 웃으면 생명이 2분 연장되고 15분만 웃어도 40칼로리가 소모된다고 한다. 뿐만 아니라 생활에서 웃음을 찾을 수 있는 능력은 암을 치료할 때 도움이 될 수 있다고 한다. 그래서인지 잘 웃고 떠들며 뛰어 놀기를 즐기는 아이들을 보며 같이 웃다 보니 나 또한 종양으로 두 번이나 수술했던 사람답지 않게 건강하게 살아간다. 그런 면에서 아이들은 억지로 웃게 만드는 웃음 치료사가 아닌 자연스럽게 웃으며 다른 사람도 웃게 만드는 탁월한 웃음 치료사다. 아이들의 웃음소리가 담을 넘어 이웃에게도 전해져서 모든 사람이 웃으며 건강하게 살아가기를 간절히 바라는 마음이다.

08

아이들은 4차원의 입체 도형이다

시끌벅적 등교 준비하는 아이들

"양치질하고 어린이집 갈 준비해야지" 하는 내 말에 아이들은 쪼르
르 화장실로 달려간다. 민선이는 소독기에서 칫솔을 꺼내 들고 치약
을 꾹 눌러 칫솔에 묻힌 다음 칫솔을 입에 물고 세면기에서 물을 틀
어 놓은 채 수도꼭지에서 흐르는 물을 만지며 장난을 친다. 우현이
와 민준이는 서로를 쳐다보며 양치질을 하다 깔깔거리며 웃는다. 거
품이 입가에 묻어 할아버지 같다고 서로를 보며 "할아버지, 할아버
지" 하며 웃는 것이다. 그러다 재미가 없어진 민선이는 화장실 문턱
에서 미끄러지고 넘어지며 장난을 친다. 네 살배기 소리도 물장난하
는 것을 너무나 좋아해서 화장실에 맨발로 들어가 일부러 넘어지고

샤워기로 물을 뿌리며 장난을 친다. 오늘도 화장실 문턱에서부터 장난치는 것이 심상치 않아 나는 소리를 화장실 문턱에 앉히고 이빨을 닦아 준다.

칫솔을 입에 물고 있던 우현이는 컵에서 소리 냄새가 난다고 화장실 바닥에 주저앉는다. "컵에서 무슨 소리 냄새가 난다는 거야? 정말이라니까요 컵에서 소리 냄새가 나요." 계속해서 소리 냄새가 난다고 하며 양치질을 하지 않는다. 나는 컵의 물을 버리고 다시 물을 받아 주고 민선이와 민준이 그리고 소리를 데리고 나와 옷을 갈아입도록 했다. 우현이는 대충 이빨을 닦고 세수를 하고 나오며 울기 시작한다.

"애들이 먼저 가잖아. 애들이 먼저 가잖아."

"아직 아무도 옷을 안 입었어. 그러니까 너도 옷 입어라."

하며 옷과 양말을 꺼내 주었지만 우현이는 '애들이 먼저 가잖아'라는 말을 반복하며 더욱 소리 높여 운다.

"우현아 아직 옷도 안 입었고 가지도 않았어. 그러니까 울지 말고 양말 신고 옷 입어."

우현이의 귀에는 아무 소리도 들리지 않는 듯 계속해서 "애들이 먼저 가잖아."라는 말만 되풀이하며 운다.

우현이는 무엇인가에 한번 꽂히면 다른 사람 말을 전혀 듣지 않는다. 그리고 자기 말만 하며 고함을 지르고 운다. 스스로 그 상황에서 빠져나올 때까지 기다리는 방법 외에 다른 방법이 없었다. 나는 그런 상황을 블랙홀에 빠진다고 표현했다. 그리고 어떤 상황에서 우현이가 블랙홀에 빠지는지 관찰했다. 밖에 나가자고 말했을 때, 또는 자기가 어떤 일을 하고 있을 때 위험하다고 느껴 바로 제지했을 때, 자기가 하고 싶은 일을 거부당했을 때 등 몇 가지 상황이 발견되었다.

나는 우현이가 블랙홀에 빠져 소리 지르며 우는 것을 질책하기보다 그런 상황을 만들지 않으려고 노력했다. 위험하다고 느끼는 행동을 할 때는 왜 그런 행동을 하면 안 되는지 설명한 후 제지하고, 하고 싶어 하는 일을 못하게 할 때도 왜 하면 안 되는지 설명했다. 밖에 나갈 때는 우현이를 먼저 준비시켜 앞장세우고 그다음에 다른 아이들이 준비해서 따라오도록 했다. 우현이는 조금씩 안정을 찾아가며 막무가내로 울고 떼쓰는 일이 줄어들었다.

장님 코끼리 말하듯

아이들의 어떤 행동 하나를 보고 전체를 판단하기 쉽다. 우현이의 경우도 어떤 사람은 "자폐아 증상과 비슷하다. 치료를 받아야 하는 것이 아니냐." 라고 조심스럽게 조언을 하는 경우도 있었다. 어떻게 보면 자폐아 증상과 비슷할 수도 있을 것이다. 그러나 우현이의 경우는 그동안 제대로 돌봄을 받지 못한 데다 발달이 조금 늦고 천성적으로 느린 것은 아닐까 싶었다. 거기에 인지적 자극을 전혀 받지 못하여 여섯 살임에도 불구하고 자기 이름을 쓴 글씨를 구별하지 못하는 것은 물론 자기가 좋아하는 색깔 이름도 몰랐다.

그러다 보니 또래 아이들로부터 따돌림을 당하고 우현이는 스스로를 보호하기 위해 악을 쓰며 울었는지도 모른다.

그렇게 울고 떼쓰고 장난치며 잠시도 엉덩이 붙이고 앉아 있을 수 없게 만들던 아이들이 몇 년 사이 부쩍 컸다. 민선이와 민준이는 태권도 1단 승급 심사를 통과하여 검은 띠를 매고 태권도장에 간다. 민선이는 대 근육을 이용한 놀이나 일을 잘하고 민준이는 지도나 각종 팸플릿 같은 정보가 담긴 것들에 관심이 많다. 요즈음 자판을 보지 않고 한글을 칠 수 있도록 타자 연습 겸 해서 성경 통독 치기를 하는데 누구보다 열심히 한다. 누구를 이겨야 하고 명예의 전당에 올라가고 싶고 등 나름의 목표를 정하고 열심히 하더니 제법 빠른 속도로 자판을 두드린다.

처음 이곳에 오는 선생님들은 자기만의 노하우를 가지고 아이들을 가르치려고 한다. 열정적으로 학습지도를 하며 조금이라도 더 가르치기 위해 고민하며 노력한다. 그러다 아이들이 자기가 가르치는 대로 성적이 오르지 않거나 순종적으로 따라주지 않으면 자괴감에 빠지고 힘들어 한다. 심지어는 아이들이 나를 골탕 먹이려고 일부러 그런다고 말하는 선생님도 있었다.

아이들이 선생님을 골탕 먹이려고 일부러 어떤 행동을 하지 않는다. 어쩌다 그런 경우가 있을 수는 있지만 적어도 즐거운 집 아이들은 아니다. 대부분의 요즈음 아이들이 그렇듯이 공부하는 즐거움을 모르고 관심이 없기 때문이다. 나는 선생님에게 내가 아이들을 가르친다고 생각하고 아이들을 끌고 가려고 하면 선생님은 힘들고 아이들은 지겹다. 그냥 아이들이 공부하는 즐거움을 알아 갈 수 있도록 아이 학년에 맞는 수준이 아닌 아이 수준에 맞는 학습지를 가지고 5분을 하더라도 아이와 즐겁게 하기를 요구한다.

다른 아이들과 비교할 필요도 없고 아이 학년에 맞는 수준까지 끌어올려야 한다는 생각에 조급해할 필요도 없다. 아이가 어떤 것에 흥미를 느끼고 관심을 가지는지 관찰하고 아이가 관심을 가지는 것에 대하여 나는 그 분야에 대하여 모르는 척 물어보면 된다. 그러면 아이는 자기가 아는 것을 자랑스럽게 이야기하며 더 자세하게 설명해 주려고 한다. 아이가 어떤 것을 조금이라도 잘했을 때 "정말 잘한다. 대단해."라는 추임새를 넣어 주며 박수를 쳐 주면 아이는 의기양양해서 잘하는 것을 더 잘하려고 한다.

우리는 점과 점을 이은 선을 1차원이라고 하고 선과 선을 이어 만든 평면을 2차원이라 한다. 그리고 평면을 이어 만든 입체를 3차원이라고 하는데 입체를 만드는 순간 공간 안에 들어가게 된다. 4차원은 3차원 공간에 시간이 더해져서 생기는 시공간의 세계다. 아이들은 어느 한 단면을 보고 전체를 말할 수가 없다. 오늘 이런가 싶으면 내일은 또 다른 모습의 아이를 발견하게 된다. 아이마다 잘하는 것이 있고 잘 못하는 것이 있으며 좋아하는 것이 있고 싫어하는 것이 있다. 오늘 잘했다고 항상 잘하는 것도 아니고 오늘 조금 못했다고 항상 못하는 것도 아니다.

작은아이는 문제아로 낙인찍혀 홈스쿨을 통해 중, 고등학교 과정을 마쳤다.

보통은 홈스쿨로 아이들을 교육하는 사람들이 모여 또 다른 조직을 만들고 학교를 가지 않는 것 외에 학교와 비슷한 과정의 학습을 지도하는 경우가 많다. 작은아이는 그런 홈스쿨이 아닌 자기가 좋아하고 잘하는 것을 찾아가는 시간으로 보냈다. 중학교 과정은 의무교육이라 검정고시를 통해 패스하고 고등학교 과정은 나중에 대학에 가고 싶을 때 필요할 것 같아 기본적인 학습만 해서 패스했다. 그리고 남은 시간에 드럼을 배우고, 빵 만드는 것을 배우고, 공방에 가서 도자기 만드는 것도 배웠다.

작은아이를 문제아라고 단정했던 선생님은 아이의 한 단면만을 보고 전체를 평가하는 우를 범했다. 아이에게는 선생님이 본 단면보다 훨씬 많은 장점이 있는 입체 면이 있었다. 선생님은 그런 아이의 모습을 보려고도 하지 않고 아이를 학교 밖으로 밀어냈다. 그 아이가 지금은 국제 바리스타로 자부심을 가지고 일하며 요즈음에는 로스팅 자격증도 취득했다. 뿐만 아니라 기성 작가와 공저를 준비하고 있으며 한국어와 일본어 그리고 영어 등 3개 국어를 구사한다. 학교 밖 아이라는 낙인을 딛고 당당하게 일어선 것이다. 이제 자기만의 색깔이 있는 카페를 운영하며 세계를 여행하는 꿈을 꾼다.

아이는 일곱 색깔 무지개가 빛나는 4차원의 입체 도형임을 잊지 말아야 할 일이다.

09

나는 욕먹을 각오가 되어 있는가

나는 어려서 부모님이나 선생님으로부터 욕하는 말을 듣지 않고 자랐다.
어른들 눈 밖에 나는 행동을 하지 않고 내 할 일을 알아서 하는 아이였기도 하지만 친정어머니의 특별한 자식 사랑 덕분이기도 하다. '혀가 빠져 죽을 년', '가랑이를 찢어 죽일 년' 같은 무서운 욕을 아무렇지도 않게 딸들에게 하는 엄마들이 흔하던 시절이다. 친정어머니는 당신이 딸이라는 이유로 천대받고 무시당하며 성장한 것이 한이되어 딸들에게도 말을 함부로 하지 않았다. 이년, 저년은 기본이던때에 어머니는 이년 저년 대신에 이 녀석, 저 녀석이라는 말을 사용했다.

그렇게 성장한 나는 다른 사람으로부터 싫은 소리 듣는 것을 못견

더했다. 고등학교 2학년 때 교장 선생님 추천으로 을지로 3가에 있는 철강 절단 회사의 보조 경리로 취직하게 되었다. 전화를 받아 연결해 주는 일이 주 업무였고 간단한 은행 업무나 서류 정리를 돕는 일이었는데 출근한 지 얼마 되지 않은 어느 날이었다.

그날따라 철강 절단하는 소리가 요란하게 들려서 신경이 쓰이는데 전화벨이 울렸다. 수화기를 들고 "네 〈삼부철강〉입니다" 하고 전화를 받았는데 상대방의 말은 들리지 않았다. "여보세요" "여보세요" 하며 상대방의 말을 듣기 위해 귀에 온 신경을 집중했지만 상대방의 목소리는 들리지 않았다. 나는 "아유 징여"(아휴 지겨워의 당시 은어)라고 하며 전화를 끊었다. 조금 있으니까 사장실에서 호출이 왔다. 사장실에 들어서는 순간 '뭔가 잘못 되었구나.' 라는 생각이 들었다.

아니나 다를까 "너는 도대체 전화를 어떻게 받았느냐, 전화 하나 제대로 못 받으면 무슨 일을 하겠느냐."로 시작된 질타를 10여 분 동안 들어야 했다. 상대방은 사장님과 친분 관계가 있는 중요한 고객 중 한 사람으로 철강 절단을 의뢰하려고 전화를 했었다고 한다. 내가 전화를 제대로 못 받자 사장실로 전화해서 도대체 어떤 사원이 전화를 그따위로 받느냐고 화를 냈다고 한다. 사장실을 나오는 내 얼굴은 화끈거리고 다음에 어떻게 사장님과 경리 언니 얼굴을 볼 수 있을까 두려웠다.

그렇게 무시당하는 말을 들어 본 적이 없었던 나는 견딜 수가 없어

다음 날 말도 하지 않고 출근하지 않았다. 그리고 야간에 학교 갔는데 교장 선생님께 불려가 학교 명예를 실추시켰다고 한참을 야단맞았다. 네가 그런 아이인 줄 알았으면 다른 아이를 추천했을 거라는 말과 함께 너 때문에 좋은 일자리 하나 잃고 학교 명예는 땅에 떨어졌다고 눈물이 나도록 혼이 났다.

욕먹고 기분 좋은 사람은 아무도 없다.

욕이 빠지면 대화가 안 된다는 청소년들도 선생님으로부터 지적을 당하고 욕을 먹으면 기분 나빠 하는 것은 마찬가지다. 특히 자존심을 상하게 하거나 인격 자체를 무시하는 말은 언어폭력이라고 도리어 선생님을 신고하는 경우도 있다. 그런데 같은 욕을 먹고도 어떤 아이는 아무렇지도 않게 흘려 넘기는가 하면 어떤 아이는 견디지 못하고 마음의 병으로 확대되기도 한다.

나는 후자에 속한 아이로 결혼 후 남편은 화가 나서 별 생각 없이 한 말에 상처 받고 아파하며 머리가 터질 것 같은 두통을 느꼈다. 왜 저 사람은 저렇게 말을 할까 어떤 뇌 구조를 가지고 있어서 그런 말을 하고도 아무렇지도 않은지 해부해서 알 수 있다면 해부라도 해보고 싶을 정도였다. 다행스럽게도 믿음이 있어 극단적인 선택을 하지 않고 기도하며 풀어내려고 애쓰며 살았다. 20년의 시간이 지나자 웬만한 욕을 먹어도 잠시 기분이 나빠서 감정이 상할 뿐 금방 정화되어 아무렇지도 않게 되었다.

사람들은 권력을 가진 자리에 앉고 싶어 하지만 정작 그 자리에 앉으면 좋은 일만 있는 것은 아니다. 영리를 목적으로 하는 개인 사업이 아닌 법인이나 공공성을 띤 기관의 장이라는 지도자의 위치에 서면 잘해도 욕을 먹고 못해도 욕을 먹는다. 고 노무현 대통령의 '대통령 못해먹겠다.'는 말이 큰 파문을 일으켰지만 한 나라의 수장으로서 국민 모두를 아우른다는 것이 얼마나 어려운 일인지를 단적으로 말해 주고 있다.

작년 여름 '우리 모두 파이팅'이라는 주제로 여름캠프를 할 때 일이다. 삼복더위에 야영장에서 텐트를 치고 1박 2일로 진행된 캠프였는데 캠핑장이 똑같지 않았다. 데크 캠핑장 12동 오토캠핑장 13동 일반캠핑장 12동을 예약했는데 어떻게 배정해야 욕을 먹지 않고 모두가 즐겁게 캠프를 마칠 수 있을까 고민이 되었다. 모두가 납득할 만한 합리적인 이유가 필요했다. 캠핑장 배정뿐이 아니다. 승마체험과 천문과학관체험 순서 및 간식 나눔도 거리에 따른 도착 순서 그리고 참석 인원에 따라 배정하여 불만을 최소화하기 위해 노력했다.

같은 인원이라도 청소년들이 있는 기관과 초등학생이 많은 기관은 텐트 크기도 먹는 양도 달라 불만이 터져 나왔다. 같은 청소년들이라도 키가 크고 체격이 좋은 아이들이 있는가 하면 왜소하고 키가 작은아이들도 있다. 그런 아이들을 청소년으로 분류하여 같은 양의 간식을 제공하면 당연히 불만이 나올 수밖에 없는 일인데 거기까지

생각하지 못했다. 그렇다고 사전에 아이들의 체격을 조사하여 텐트
나 간식 배정을 계획할 수도 없는 일이었다. 지부장이 나서서 진화
에 나섰지만 쉬 진화되지 않아 어려움을 겪었다.

캠프를 마치고 집으로 돌아갈 때 기관마다 후원받은 육우 1kg과
남편이 제공한 블루베리 1kg을 아이스박스에 담아 가져갈 수 있도
록 했다. 그 덕분에 전날 밤 텐트 문제로 마음이 언짢았던 기관 인솔
자도 마음이 누그러졌다. 어떤 행사든 행사가 끝나고 나면 잘했다는
칭찬보다는 부족하고 실수한 부분에 대한 말들이 많다. 연합회의 임
원을 한다는 것은 자기 시간과 돈을 들여서 회의에 다니고 또 회원들
을 위해 일을 해야 한다. 그렇게 내 돈 들여 가며 열심히 일을 하고
도 잘했다는 칭찬보다 욕먹는 경우가 많은 자리이기도 하다.

말 한마디가 사람을 죽이기도 하고 살리기도 한다.

그래도 오프라인에서 관계가 있는 사람들로부터 욕을 먹는 것은
괜찮은 편이다. 인터넷이나 휴대폰 사용이 일상화된 요즈음은 SNS
를 통해 악성 댓글을 다는 경우가 너무나 많다. 특별한 이유가 있거
나 어떤 관계가 있어서 그런 것이 아니다. 대중 심리에 의해 사회적
인 이슈가 되는 특정 인물에 대한 신상 털기를 하는 경우도 많은데
어디서 그런 정보를 찾아내는지 놀랍기만 하다. 그럴 시간에 자기
개발을 위해 시간 투자를 하면 좋을 것 같다는 생각이 들지만 그것
은 어디까지나 내 생각이다.

악성 댓글뿐만 아니라 카톡 왕따, 카톡 멤놀, 카톡 감옥 등은 당하는 사람의 정신을 피폐하게 만든다. 악성 댓글에 시달리다 못해 극단적인 선택을 하는 연예인이나 카톡 감옥에 갇혀 고통 받는 청소년들이 자살을 선택했다는 이야기를 종종 듣는다. 그런 상황에서도 가해자는 자기가 무엇을 잘못했는지 의식하지 못하는 것이 일반적이다.

정부에서는 SNS를 통해 악성 댓글을 달거나 허위 사실을 유포하여 명예를 훼손한 경우 처벌할 수 있는 법을 만들어 시행하고 있다.

경찰청에서는 사이버범죄수사대를 편성하여 신고를 받고 또 수사를 통하여 처벌한다. 연예인이나 정치인들도 예전처럼 인기 유지를 위해 참고 그런 상황이 잠잠해지기를 기다리기보다 적극적으로 방어하기 위해 신고하는 경우가 늘어나고 있다.

성경에서 "혀는 사람을 죽이기도 하고 살리기도 한다.(잠언18:21)"라고 이야기한다. 내가 하는 말들이 다른 사람을 살리는 말이기를 간절히 바란다. 그리고 욕먹을 각오를 단단히 한다. 그렇지 않으면 언제든 말에 의해 무너질 수 있는 나약한 인간이기 때문이다.

행복은 선택이다

01

선택은 두려움을 등에 업고 온다

작은아이의 홈스쿨 결정은 참으로 두려웠다.

학교 다닐 때 공부를 아주 잘했던 것도 아니고 진득하게 책상에 앉아 공부를 하는 아이도 아니다. 그런 아이가 혼자서 공부하고 검정고시라는 시험에 합격한다는 것이 쉽지 않을 것 같았다. 무엇보다도 우리나라는 중학교까지 의무교육으로 학교에 가지 않을 합당한 이유가 있어야 하고 자퇴가 아닌 유예를 신청해야 했기 때문이다.

아이가 학교에 적응하여 잘 다니기를 간절히 바라는 엄마의 마음은 소위 말하는 위장 전입까지 감행하게 했다. 남녀를 가리지 않고 친구를 사귀고 활달하게 잘 노는 아이의 기질을 고려하여 남녀 공학을 하는 면 단위에 있는 중학교로 전학한 것이다.

그런데 지역이 좁아서인지 아니면 학교라는 특수 집단의 특성인지 아이가 전학을 가기도 전에 그 학교 선생님들까지 아이에 대하여 알고 있었다. 전학 절차를 밟기 위해 학교를 찾았을 때 선생님의 반응은 차가웠고 아이의 태도를 지적하며 "너의 그런 태도가 문제라는 거야."라며 내 앞에서 아이를 질타했다.

작은아이의 태도가 선생님 눈에 거슬렸을지도 모른다. 그래도 처음 만난 선생님으로서의 태도는 아니다 싶어 선생님을 쳐다보았다. 그랬더니 태도가 바뀌며 변명을 하는데 이런 선생님들에게 아이의 교육을 맡겨야 하나 싶었다. 반이 정해지고 아이는 담임선생님을 따라 교실로 갔다. 반 아이들은 작은아이의 등장에 관심을 보이고 접근해 왔다. 담임선생님 또한 다정다감하고 따뜻한 마음의 남자 선생님이었다.

그럼에도 불구하고 아이는 학교생활을 힘들어 했다. 담임선생님은 면담을 요청하셔서 학교 유예 신청을 해서 먼저 아이가 심리적인 안정을 찾도록 하는 것이 좋겠다고 했다. 선생님도 그런 경험이 있다는 것이다. 선생님 아들이 중학교 2학년 중간고사 기간에 늦게 들어와서 찾아봤더니 pc방에 있었다고 한다. 순간 이성을 잃고 신고 있던 구두를 벗어 아이를 때렸는데 아이에게는 씻을 수 없는 상처가 되어 이후 아이는 학교를 거부했다. 그리고 방황하는 아이를 보다 못해 어쩔 수 없이 선생님으로서의 자존심을 내려놓고 유예를 신청해서 검정고시를 통해 중·고등학교를 마쳤다는 것이다.

그 아이가 지금은 〈경인교육대학교〉에서 선생님을 꿈꾸며 열심히 공부하고 있다고 하며 작은아이도 상처를 딛고 일어서서 잘할 수 있는 아이라고 했다. 그리고 유예를 하기 위한 서류와 방법에 대하여 알려 주었다. 그래도 홈스쿨을 결정한다는 것은 쉽지 않았다. 유아교육을 전공하고 어린이집에서 근무하다 갈릴리 교육센터와 조나단 공부방을 운영해온 터라 지역에서는 공부 잘 가르치는 선생님으로 알려져 있었다. 그런데 내 자식이 학교 부적응아라는 사실이 알려지면 내 이미지가 구겨질 것 같은 자존심을 내려놓기가 정말 어려웠다.

〈오산리 금식기도원〉에 가서 3일 동안 금식 기도를 했다. 그리고 작은아이를 살리기 위해 누가 뭐라고 해도 나는 무조건 아이를 지지하고 응원하기로 했다. 금식을 마치고 돌아오는 길에서부터 앞으로의 어려움을 예고라도 하듯 극심한 멀미로 시달렸다. 집에 도착했을 때는 의식이 가물거릴 정도로 정신 못 차리고 누워 있어야 했다.

두려움을 이겨내고 어떤 선택을 했다고 모든 것이 순조롭게 풀리는 것은 아니다.

내가 선택한 것에 대한 책임과 상실감이 나를 따라다니며 수시로 혼돈스럽게 한다. 외부 활동을 중단하고 아이와 함께 보낸 6년 동안의 시간은 나의 모난 부분을 깎아내기에 충분한 시간이었다. 그 시간들 덕분에 아이를 끝까지 믿고 기다려 주는 것이 얼마나 중요한지 몸으로 깨닫게 되었다.

요즈음 아이들은 대부분 자기주장이 강하지만 내가 아이를 키울 때만 해도 어려서 선택하는 경험을 하지 않고 성장하는 아이들이 많았다. 엄마가 골라 주는 옷을 입고 식당에 가서도 엄마가 정해 주는 메뉴의 음식을 먹었다. 학원을 선택하는 것도 엄마의 몫이고 공부하는 시간과 놀이 시간을 정하는 것도 엄마였다. 선택하고 실패하는 경험 없이 성장한 아이들은 성인이 되어 자기가 결정해야 하는 상황 앞에서 주저할 수밖에 없다.

그렇게 아이를 키운 엄마는 아이가 성인이 되고 결혼을 해도 온전히 아이에게 맡기지 못하고 간섭하게 된다. 수시로 아들집을 들락거리며 집안 살림에 관여하며 며느리와 불편한 관계가 되기도 한다. 그런 시어머니가 싫어서 아파트 동호수를 안 알려 주거나 멀리 떨어져서 사는 신혼부부가 있다고 한다. 시어머니도 아들도 며느리도 불행한 일이다.

아이가 어렸을 때는 엄마가 모든 것을 결정해 해주어야 한다. 아이의 안전과 건강을 위해서이기도 하고 옳고 그름을 판단할 수 있도록 가르쳐야 하기 때문이다. 이 영역은 아이가 성장하면서 조금씩 넓혀서 성인이 되었을 때는 완전히 없어져야 한다. 그리고 모든 것을 아이가 선택하고 책임질 수 있도록 해야 하는 것이다.

자궁경부암으로 수술할 때 큰아이가 열 살, 작은아이가 네 살이었다. 내가 죽을 수도 있다는 생각을 하면서 '아이들이 엄마 없이도 살아갈 수 있도록 키워야 하는구나.'라는 생각을 했다. 이전에도 일 하느라 아이들이 원하는 것을 제대로 해주지 못했지만 이후에는 더 많은 것들을 아이들 스스로 하도록 요구했다. 초등학교 1학년부터 버스 타고 등하교하는 것은 기본이고 치과에도 예약만 해주고 혼자 다녀오도록 했다. 그렇게 성장한 아이들은 성인이 되어 살아가는 데 어려움이 없다. 직장에 따라 근처에 방을 얻고 이사를 하고 밥을 해먹으며 직장생활 하는 것을 자연스럽게 한다.

〈즐거운 집〉에서 성장하는 아이들은 조금 더 일찍 독립해서 살아야 한다.
그런 아이들을 위해 선택 훈련을 한다. 한 달에 한두 번은 구매할 물건을 메모하고 아이들과 함께 대형마트에 간다. 우리 집에 필요한 물건과 식자재를 사고 아이들이 먹을 간식은 일정한 금액을 정해 주고 그 범위 안에서 선택하도록 하는 것이다. 보통은 2~3천 원 정도로 과자나 음료수 혹은 다른 간식을 사도록 한다.
처음에는 무엇을 살지 몰라 마트를 몇 바퀴를 돌며 사고 싶은 간식을 가격표를 보고 다니다 훨씬 초과하거나 아니면 많이 남는 것을 선택했다. 횟수가 반복되면서 아이들은 메모지를 들고 다니며 가격을 적어 합계를 내서 그 금액에 딱 맞추어 사려고 애를 쓴다. 초등학교 아이들이 수많은 상품이 전시되어 있는 대형마트에서 자기가 먹고 싶은 것 한두 가지만을 고르기는 쉽지 않다. 이것을 사면 저것이 더 맛있어 보이고 내가 선택한 것보다 다른 아이가 고른 것이 더 좋아

보인다. 이것을 들었다 내려놓고 또 다른 것을 들고 망설인다.

자기가 원하는 것을 모두 카트에 담아 계산대 앞에 섰을 때 "잠깐만요. 저 다른 것으로 바꾸면 안 돼요?" 하는 아이도 있다. 그런 경우 기꺼이 교환할 수 있는 기회를 준다. 아이는 다른 것으로 교체해 온 후에야 만족스러운 얼굴이 된다. 내가 선택하지 않은 것에 대한 아쉬움을 극복하고 내가 가진 것으로 만족하는 훈련을 하는 것이다. 이런 경험을 통해 아이들이 고등학교를 선택하고 직장을 선택할 때 당당하게 자기의 능력과 성향에 맞는 선택을 할 수 있기를 간절히 바라는 것이다.

선택은 두려움과 함께 온다. 지도자의 위치라면 더욱 그렇다. 한 사람의 선택이 그 기업이나 조직에 막대한 영향을 미칠 수도 있기 때문이다. 반면에 적당한 두려움은 우리를 긴장하게 하고 실수를 줄여 준다. 조금은 긴장된 마음으로 모두가 더불어 행복하게 살 수 있는 방법을 선택하여 우리 사회가 조금 더 밝아졌으면 하는 바람이다.

_02_

행복의 조건에 학력은 없다

우리는 많이 배우고 좋은 학교를 나오면 행복할 거라고 생각한다.

그래서 자식을 과학 고등학교나 외국어 고등학교 혹은 자립형 사립 고등학교에 보내기 위해 초등학교 때부터 학원에 보내거나 과외를 시키며 공부가 인생의 전부인 것처럼 쉴 틈을 주지 않고 아이를 몰아세운다. 자식이 잘되기를 바라는 마음, 행복하게 살기를 원하는 부모들의 바람은 아이들을 닦달해서라도 공부를 하도록 강요하는 것이다. 그렇게 공부해서 좋은 고등학교에 가고 원하는 대학에 들어간다고 모두가 행복할까? 아니다. 직업을 선택하는 데 학력이 필요충분조건일 수 있지만 행복의 조건에 학력은 없다.

남편은 체육특기생으로 중학교를 졸업하고 고등학교에 다니는 대신

행복의 조건에 학력은 없다 191

4-H연맹 활동을 통해 지,덕,노,체의 정신을 배웠다. 4-H는 머리 (HEAD) 마음(HEART) 손(HANDS) 건강(HEALTH)을 의미하는 영어 단어의 머리글자 네 개를 말한다. 우리나라에서는 단어의 의미를 각각 지(명석한 머리) 덕(충성스런 마음) 노(부지런한 손) 체(건강한 몸)로 번역하여 청소년들이 4-H연맹 활동으로 4-H이념을 생활화함으로써 훌륭한 민주시민으로 자람과 동시에 지역 사회와 국가 발전에 기여하도록 했다. 네 잎 클로버의 강한 생명력을 본받아 자아를 실현하고 희생, 봉사 정신으로 지역 사회와 국가 발전에 기여하게 하려는 의도에서 네 잎 클로버를 4-H연맹의 상징으로 삼고 클로버 잎 하나하나에 '지덕체노' 글씨를 돌에 새긴 후 마을 어귀에 세워 놓았다.

4-H운동이 자연을 사랑하고 농촌에 애착을 갖게 하며 농촌청소년을 영농인으로서의 자질을 배양하도록 하는 데 목적이 있었는데 남편은 그때 배운 지(智) 덕(德) 노(勞) 체(體)의 정신이 살아갈 방향에 대한 확고한 신념이 되었다. 가난한 농부의 넷째 아들로 태어나 점심을 제대로 먹어본 적이 없던 남편에게 4-H운동은 삶의 희망이 되었다. 남편은 지역경진대회를 거쳐 중앙경진대회에서 각종 상을 휩쓸며 자존감이 향상되고 어떤 상황에서도 당당할 수 있는 건강한 청년으로 성장하였다.

이후 안성군 연합회장을 두 번 역임하고 경기도 연합회 회장에 도전하여 낙선하였으나 총무로 봉사하며 농촌의 젊은이들의 의식을 깨우고 삶의 질을 향상 시키는 데 기여하였다. 여성 회원들을 위해 꽃꽂이 경진대회부터 요리경진대회, 패션쇼 등을 개최하며 도시와 농촌 간의 문화 격차를 해소하고 농번기에는 아이들을 마을 회관에서 돌보아 주는 육아 서비스까지 다양한 활동을 통해 농촌의 젊은 이들이 희망을 갖고 살아갈 수 있도록 하였다.

남편은 그때 배운 지, 덕, 노, 체의 정신으로 블루베리 농장을 하며 귀농을 하거나 새롭게 농장을 하기 원하는 젊은이들에게 블루베리 나무를 심고 가꾸며 관리하는 노하우를 무상으로 알려 준다. 도움을 청하는 사람들 중에는 대학원을 나오고 전문직에서 일하다 정년퇴직 후 농촌에서 자연과 함께 살며 안정적인 소득을 기대하고 농장을 시작하는 사람도 있다. 그런 사람들도 농장에 문제가 발생하면 남편에게 도움을 청한다. 남편은 기꺼이 달려가서 현장을 보고 해결 방법을 제시해 주는 것으로 보람을 느끼며 기쁨으로 살아간다. 컨설팅을 해줄 때는 그에 상응하는 대가를 요구하는 것이 일반적인데 남편은 어떤 보상도 요구하지 않는다. 그러다 보니 각종 농산물이며 과일을 수확하면 아이들과 함께 먹으라고 가져오는 사람들이 끊이질 않는다.

우리는 다른 사람들의 평가에 너무나 민감하다.

특히 학력에 있어서는 더욱 그렇다. 초등학교에 다닐 때 해마다 환경조사서라는 것을 작성했는데 집에 텔레비전이 있느냐 전화가 있느냐 이런 질문에 답하는 것도 싫었지만 무엇보다 싫었던 것은 부모님의 학력을 적는 것이었다. 그래서 거짓말로 초등학교 졸업이라고 적고도 친구들이 볼까 봐 꼭꼭 접어서 선생님께 냈던 아픈 기억이 있다. 그만큼 우리는 학교를 어디까지 다녔느냐에 따라 자부심을 느끼기도 하고 수치심으로 드러내기를 꺼리기도 한다.

자궁경부암으로 자궁 전체를 들어내는 수술을 한 후 갑작스러운 호르몬의 변화와 함께 극심한 우울증이 찾아왔다. 3일 동안 계속해서 눈물을 흘리고 모든 것이 슬퍼보였으며 지금 이 순간 딱 죽는 것이 가장 행복할 것 같았다. 어떤 상황이 되면 가슴이 벌렁벌렁하고 허공을 걷는 것 같은 느낌으로 아무것도 할 수 없어 죽고 싶은데 죽을 수도 없었다. 어려서부터 신앙 안에서 성장했기 때문에 자살이 죄라는 것을 누구보다 잘 알고 있고 무엇보다 네 살, 열 살 된 아이들이 엄마 없이 살아야 한다는 생각이 나를 붙들었다.

이렇게 우울의 늪으로 계속 빠져서는 안 되겠다 싶어 스스로 신경정신과를 찾았다. 신체적 증상을 말하고 어떤 도움을 줄 수 있겠냐고 물었더니 하루만 약을 먹어도 신체적인 증상은 완화될 수 있다고 했다. 그래서 상담을 받기로 하고 사전 조사에 응했다. 첫 번째 질문이 내 나이와 직업 그리고 학력을 묻고 그다음이 남편의 나이와 직업 그리고 학력이었다. 내 학력은 대학 재학 중이고 남편의 학력이 중학교 졸업이라고 했더니 "정말 힘드셨겠네요." 했다. 정신이 번쩍 들었다. 단지 중학교 졸업이 최종 학력이라는 것 하나만으로 힘들었을 거라고 추측하는 정신과 의사에게 치료를 받아야 할 이유가 없다는 생각이 들어 더 이상의 질문에 응하지 않고 약만 처방받아 나왔다. 의사는 내담자의 말에 공감을 표했을 뿐인데 왜 저렇게 반응하나 어안이 벙벙했을 것이다.

상담자가 내담자의 말에 공감을 표현하는 것은 필수다.
그러나 내담자가 남편과의 학력 차로 인하여 힘들다거나 불행하다고 말하지 않고 사전 조사에서 남편의 학력을 묻는 말에 중졸이라고 말했을 뿐인데 힘들었을 거라고 미루어 짐작하고 공감을 표하는 것은 학력이 동등하거나 비슷해야 부부가 행복할 수 있다는 것을 전제로 하는 것과 동일하다. 일반적으로 그렇게 생각한다 하더라도 적어도 정신과 의사는 달라야 하지 않을까 싶은데 그렇지 않았다.

유엔에서 2017년 각 나라의 행복지수 랭킹을 발표했다. 이번에는 155개 국가의 3천 명 이상의 사람을 조사해서 순위를 매겼는데 평가 항목은 일인당 GDP, 사회적 지원, 건강 수명, 인생 선택의 자유도, 관용 정신에 국민의 사회의식 수준 등이 포함되었다. 심리적 행복도보다는 물리적 행복 조건에 대한 반영 비율이 높다 보니 복지 국가로 알려진 북유럽 국가들이 상위권을 차지했다.

랭킹 1위부터 10위까지의 나라는 이렇다.

1. 노르웨이
2. 덴마크
3. 아이슬란드
4. 스위스
5. 핀란드
6. 네덜란드
7. 캐나다
8. 뉴질랜드
9. 호주
10. 스웨덴

우리나라는 56위에 등장하고 가까운 일본은 51위, 중국은 79위다.

행복지수 조사 항목 어디에도 학력은 없다.

그럼에도 불구하고 우리는 대학에 가고 석사, 박사 학위를 받기 위해 그 순간의 행복을 보류시킨다. 우리나라는 중학교까지 의무교육으로 되어 있다. 좋든 싫든 중학교까지는 다녀야 하고 또 보내야 하는 것이다. 그 의무교육이 시행되기 전 초등학교를 졸업하고 사회에 진출할 수밖에 없었던 친구들 중에는 누구보다 행복하게 사는 친구들이 많다. 그 친구들에게 행복의 조건에 학력은 없는 것이다. 대학을 나오지 않았다거나 지방대학을 나와서 의기소침해 있는 친구가 있다면 학력과 상관없이 누구나 행복할 권리가 있다고 말해 주고 싶다.

03

나는 행복하기로 결심했다

누구나 행복하기 원한다. 그러나 모든 사람이 행복하게 사는 것은 아니다.

2005년 1월 남편이 운영하던 '즐거운 느타리 버섯농장'에서 사고가 났다. 버섯을 따고 다듬고 정리하는 일을 하던 스물일곱 된 아가씨가 화장실에 갔다가 넘어졌는데 무릎관절이 어긋났다는 것이다. 부랴부랴 상황을 파악하고 119차를 불러 병원으로 옮겼다. 운동을 심하게 하거나 발을 잘못 디디면 일어날 수 있는 일이고 일정 기간 움직이지 않고 쉬면서 치료받으면 괜찮다고 했다.

문제는 남편이었다. 내가 보기에 가족들에게는 그렇지 않은데 다른 사람들에게 과잉 친절한 남편은 아침저녁으로 병원을 들락거렸다. 그것도 모자라 우리 집에서 일하다 다쳤으니 음식을 해서 갖다 주어라 자주 가봐라 등등 나에게도 자기처럼 하기를 바랐다. 가만히 생각하니 화가 났다. 아무리 우리 집에서 일하다 다쳤다고는 하지만 자기 엄마가 간병하러 와 있고 밥을 못 먹는 것도 아닌데 그렇게까지 해야 하나 싶었다.

나는 암으로 수술할 때 병실에 혼자 있었다. 물론 거리가 멀고 아무 때나 문병을 할 수 없는 상황이기는 했지만 퇴원해서도 따뜻한 말 한마디 건네지 않았다. 안타깝게 생각하고 잘해 주면 내가 더 약해질까 봐 그랬다고 하는데 그건 자기변명이라는 생각이 들었다. 그런 남편이 무릎을 다친 아가씨한테 지나치게 잘한다 싶어 남들이 오해할 수도 있으니까 적당히 하면 좋겠다고 했다. 남편은 노발대발 화를 냈고 나는 더 이상 말을 하지 않았다. 그리고 남편에게 나는 어떤 존재인가라는 생각을 하자 견딜 수가 없었다.

수능이 끝나 집에 와 있는 큰아이에게 "엄마 하루만 쉬고 싶은데 작은아이 좀 돌봐 줄 수 있겠니?"라고 물었다. 큰아이는 두말없이 그렇게 하겠다고 했다. 나는 집을 나와 평택 가는 버스를 탔다. 그리고 〈평택역〉에서 남편에게 전화를 걸어 "나 여기 평택역인데 잠시 쉬고 올 거야."라고 했다. 남편은 가기는 어디를 가느냐고 소리 지르며 당장 돌아오라고 했다. "아니 오늘은 내가 하고 싶은 대로 할 거야." 하고 휴대폰 전원을 끄고 부산행 저녁 기차를 탔다.

그때까지 남편의 말을 거역하거나 남편 말에 대들며 싸워 본 적이 없다. 마음이 여리고 약했던 나는 조금만 큰소리를 쳐도 질질 짜고 울며 혼자 참고 또 참았다. 그런데 어디서 그런 용기가 났는지 모르겠다. 기차는 다섯 시간 반을 달려 밤 11시가 넘은 시각에 부산역에 나를 내려놓았다. 다시 물어물어 해운대로 가는 버스를 타고 밤 12시가 넘어 해운대에 도착했다. 터벅터벅 걸어 바닷가로 나갔다. 한겨울 칼바람이 무섭게 나를 휘몰아쳤다. 옷깃을 여미며 조금 걷다가 너무 추워서 근처에 있는 24시간 목욕탕을 찾아갔다.

샤워를 하고 피곤에 지쳐 잠시 새우잠을 자는데 어떤 아줌마가 인자한 얼굴로 웃으며 이불을 덮어 주었다. 누가 나에게 이불을 덮어 주나 하고 눈을 떠 보니 꿈이었다. 시간을 보니 새벽 4시 30분이었다. 주섬주섬 옷을 입고 다시 바닷가로 나갔다. 검은 파도가 철썩이며 해변으로 몰려오는데 영화에서 본 것처럼 그 파도를 따라 걸어 들어가도 무섭지 않을 것 같았다. 주변을 보니 그 새벽에 운동을 하는 사람, 나처럼 백사장을 걷는 사람, 생업을 위해 달그락거리며 하루 장사를 시작하는 사람 등등 여기저기 사람들의 그림자가 보였다.

나는 백사장을 걸으며 내가 왜 여기 와 있는가를 생각했다.

해운대 백사장은 남편과 함께 신혼여행 와서 걸었던 추억이 있는 곳이다. 그때는 배운 것도 가진 것도 없고 결핵을 앓고 있던 남자였지만 함께 있다는 것만으로 행복하고 좋았다. 그런데 20여 년이 지나면서 이런저런 요구 조건이 덕지덕지 붙어 있었다. 우리 가족이 먹고 살며 아이들을 가르치기 위해 돈도 어느 정도는 벌어 와야 하고 다른 사람이 아닌 나와 아이들을 가장 먼저 챙겨주기를 바랐다. 그리고 언제나 사랑한다 말해 주고 나에게는 다정다감한 남편이요 아이들에게는 함께 놀아 주는 아빠이기를 원했다. 일 년에 한두 번은 가족여행도 하고 가끔은 외식도 하며 다른 사람들이 행복으로 느끼는 것들을 나도 느끼며 살기 원했다.

그런데 남편은 일에 중독된 사람처럼 일에 묻혀 살았다. 특히 버섯농장을 하면서는 일 년 365일 쉬는 날도 없이 밤이고 새벽이고 농장에 가서 온도와 습도를 조절하고 생육 상태를 살펴야 했다. 어느 해 추석에는 추석날에도 온 가족이 다 농장에 나가 갈변병이 발생한 배지를 다 퍼내야 했다. 그런 삶에 서서히 지쳐갈 무렵 사고가 난 것이다.

여기서 그만 끝내야 하는가 아니면 초심으로 돌아가 다시 시작할 것인가. 나는 후자를 택했다. 초심으로 돌아가 남편이 어떠하든 남편으로서 존중하고 사랑하며 행복하게 살기로 결심했다. 그렇게 생각을 바꾸고 나니 마음이 가벼워졌다. 서둘러 부산역으로 가서 기차를 타고 집으로 돌아왔다.

내가 행복하게 살기로 결심했다고 해서 상황이 변한 것은 아무것도 없었다. 여전히 남편은 병원을 들락거리다 퇴원하자 먹을 것을 사 가지고 집에까지 가서 상태를 살폈다. 그런 남편의 모습에 내 감정이 상하여 휘둘리지 않기 위해 나만의 일을 찾았다. 아침에 농장에 잠깐 나가 일을 처리하고 헬스장에 가서 운동을 했다. 그리고 일주일에 한 번은 강남에 있는 문화센터에 가서 글쓰기 공부를 했다. 일주일에 한 번 서울행 고속버스를 타고 가며 이런저런 생각도 정리하고 문화센터에서 배운 대로 글쓰기를 해보며 나를 찾아갔다. 그렇게 남편과 아이들을 통한 행복이 아닌 내가 나를 통해 만들어가는 행복을 찾아가다 보니 어느덧 10여 년의 세월이 흘렀다.

지금은 상황이 많이 바뀌었다.

그동안 현대수필로 등단했으며 대학원에서 석사과정을 마치고 학위도 받았다. 그리고 〈즐거운집 그룹홈〉이라는 사회복지시설의 대표로 활동하며 대외적으로는 〈한국아동청소년그룹홈연합회〉 경기지부와 〈안성연합회〉에서 임원으로 활동한다. 날마다 처리해야 하는 일과 아이들과 함께하며 발생하는 크고 작은 일들로 쉴 틈이 없다.

아이들마다 요구 사항이 다르고 좋아하는 음식과 싫어하는 음식이 다르다. 어떤 아이는 버섯을 안 먹고 다른 아이는 멸치와 브로콜리를 안 먹는다. 안 먹는 채소도 눈에 보이지 않게 잘게 다지거나 다른 방법으로 요리하면 먹기도 하는 아이들을 위해 식재료를 버리지 않고 어떻게 하면 아이들이 먹을 수 있도록 요리할까 날마다 고민하게 된다. 아침을 먹어야 두뇌 회전이 잘 되어 학교 수업 시간에 집중할 수 있다고 강조하고 아침에는 아이들이 좋아하는 반찬으로 식탁을 마련한다. 한 수저라도 아침을 맛있게 먹고 등교하도록 유도하지만 여전히 아침을 거르고 학교에 가는 아이가 있어 하루를 무겁게 한다.

아이들이 썰물처럼 학교로 가고 나면 집안은 한여름 피서객이 몰려 왔다 떠난 백사장 같다. 뒤집어서 벗어 놓은 옷과 양말은 여기저기 나뒹굴고 언제 갖다 먹었는지 우유갑이며 음료수병은 의자 밑에서 웃고 있다. 사용한 수건은 화장실 바닥에 널브러져 있고 책은 여기저기 굴러다닌다. 수도 없이 잔소리를 하고 지켜 서서 시켜 보지만 아침 등교 시간은 여전히 허둥대기 일쑤다.

새 나라의 어린이는 일찍 자고 일찍 일어나는 거라고 밤 9시면 소등을 하고 일찍 자도록 유도하는 것도 초등학교 때나 통하는 이야기다. 중고등 학생이 되면 "안녕히 주무세요. 일찍 잘게요." 하고는 이불을 뒤집어쓰고 12시가 넘도록 친구들과 카톡을 하고 동영상을 본다. 그리고는 아침에 못 일어나고 5분만 10분만 하다가 허둥대며 대충 챙겨 학교에 가는 것이다.

집안을 대충 정리하고 세탁기를 돌린 후 커피 한잔을 들고 베란다로 간다. 베란다 너머 38국도를 내달리는 차들은 어디를 향해 그토록 바쁘게 가는지 쉼이 없다. 그와는 너무나 대조적으로 집 앞 냇가를 흐르는 물은 유유자적 흐르고 베란다의 화초들은 아이들의 어떠함과 상관없이 꽃을 피우고 향기를 뿜어낸다. 이제 또다시 결심한다. 집 앞을 유유히 흐르는 시냇물처럼, 묵묵히 자기만의 꽃을 피우고 향기를 뿜어내는 베란다의 화초처럼 나만의 행복을 창조하고 누리며 살아가리라.

04

하버드에는 행복 수업이 있다

1636년 설립된 〈하버드대학교〉는 미국에서 가장 오래된 대학이자 아이비리그에 속하는 미국 동부 지역 8개 명문 대학 가운데 하나다. 미국은 물론 세계 최고의 교육 수준을 자랑하며 전 세계의 엘리트들이 모여드는 곳으로 잘 알려져 있다. 하버드는 많은 대통령을 배출해 냈는데 미국에서는 초대 대통령인 조지 워싱턴, 토마스 제퍼슨 등이 명예학위를 받았다. 또한 시어도어 루즈벨트, 존 F 케네디, 조지 W. 부시를 비롯해서 버락 오바마 대통령에 이르기까지 총 8명의 대통령이 하버드 출신이다. 대통령 외에도 세계에서 가장 영향력 있는 유명인사 100인에 든 TV토크쇼 진행자인 오프라윈프리도 〈하버드대학교〉 출신으로 유명하다.

우리나라에도 〈하버드 대학교〉를 우수한 성적으로 졸업해 화재를 모았던 사람들이 있다. 그중에 2009년 〈하버드대학교〉에 입학해 3년 만에 우리나라 최초로 〈하버드대학교〉 수석 졸업한 진권용 씨를 들 수 있다. 그는 1991년생으로 4.0만점에 4.0을 맞아 학부 전체 수석상을 차지했다. 공부는 머리도 엉덩이도 아닌 가슴으로 즐기면서 하는 것이라고 말하는 그는 공부가 재미있다고 말한다.

여기 하버드 출신 모녀도 있다.

스물두 살에 꿈을 찾아서 홀로 미국으로 떠나, 미 육군 소령을 거쳐, 하버드대 박사가 된 서진규 씨와 열심히 사는 어머니를 보고 자란 서진규 씨의 딸 성아 씨 역시 〈하버드대학교〉를 졸업하고 어머니와 같은 육군 장교가 되었다. 포기는 곧 죽음이라는 각오로 군인으로 학생으로 어머니로 치열하게 살아온 서진규 씨는 "세상에서 가장 나쁜 것은 힘들게 사는 것이 아니라 희망 없이 사는 것이다." 라고 말한다.

또 한 사람, 2010년 박원희 씨는 하버드 우등 졸업으로 화제를 모았다. 2004년 〈민족사관학교〉를 2년 만에 졸업하고 하버드, 프린스턴, 스탠퍼드 등 미국의 명문대 10곳에 동시 합격해 화제를 모았던 그녀는 〈하버드대학교〉를 선택했다. 〈민족사관학교〉를 졸업하던 해 열일곱 살이라는 어린 나이에 『공부 9단, 오기 10단』이라는 책을 써서 베스트셀러 저자가 되었다. 그리고 하버드대학교를 졸업하며 자신의 하버드 생활이 모두 담긴 책『스무 살 청춘! A+보다 꿈에 미쳐라』를 출판해서 〈하버드대학교〉를 꿈꾸는 학생들에게 희망을 주고 있다.

올해 또 한 사람, 금나나 씨가 〈하버드대학교〉를 졸업하고 드라마 작가 오수연 씨와 함께 국내의 〈동국대학교〉 조교수로 나란히 임용되어 관심을 끌고 있다. 2002년 경북대학교 의예과에 재학 중 미스코리아 진에 당선되었던 그녀는 미국으로 건너가 〈하버드대학교〉에서 생물학을 전공하고 〈컬럼비아대학교〉 대학원을 거쳐 다시 〈하버드대학교〉 〈보건대학원〉에서 영양학 역학 박사 과정을 마쳤다.

이 외에도 〈하버드대학교〉를 졸업하고 선한 영향력을 끼치며 살아가는 사람들이 참 많다. 내로라하는 석학들이 배출되는 〈하버드대학교〉에 입학하는 것만으로도 행복할 것 같은데 그들은 대학 입학 후에 적응 스트레스를 이겨내야 한다. 비슷한 실력을 가진 학생들이 입학하는 〈하버드대학교〉에도 잘하는 사람과 못하는 사람은 존재한다. 그곳에 오기까지 대단한 실력을 가진 학생으로 추앙받던 사람들이 모인 곳에서 자기의 위치를 찾기는 결코 만만치 않을 것이다. 학교를 다니는 동안은 물론 졸업 후에도 극심한 경쟁을 겪어야 한다. 동시에 경제적 부유함과 외형적 성공을 좇다 우울증을 앓는 학생들이 늘고 있다.

이런 학생들을 위해 〈하버드대학교〉의 교수들은 오랜 시간과 많은 비용을 들여 행복해지는 방법을 연구하고 그 내용을 학생들에게

전하고자 노력해 왔다. 그 결과 2014년 9월 9일에 〈하버드대학교〉
와 〈매사추세츠공과대학교〉가 공동으로 '행복 과학 강좌'를 개강하
였다. 많은 학생들이 행복 과학 강좌를 수강하며 행복한 성공을 꿈
꾼다. 그러나 행복 과학 강좌를 수강했다고 모두가 행복해지는 것
은 아니다. 중요한 것은 나에게 알맞은 행복 찾기 활동을 선택하는
것이다. 자신과 잘 맞는 행복 활동을 찾기 위해 류보머스키 교수는
제자이자 〈캘리포니아대학교〉의 교수인 크리스틴 에이어스와 함께
'개인-활동 간의 적합성'에 대한 연구를 이어가고 있다.

일을 통해 행복해지는 다섯 가지 방법

일본의 유키 소노마는 『하버드 행복 수업』이라는 책을 통해 〈하버
드대학교〉의 행복과학강좌를 자세하게 소개하고 있다.

1. 행복을 이끄는 성공의 기술
2. 행복을 유지하는 소비의 기술
3. 하고픈 일을 발견하는 경력 관리의 기술
4. 행복한 삶을 만드는 목표 설정의 기술
5. 행복을 습관으로 만드는 행동의 기술

각 영역에는 행복에 관한 철학과 이를 유지하는 비결 그리고 실천
방법이 담겨 있다. 결국 성공이나 행복도 반복된 훈련을 통해 얻을

수 있는 하나의 기술이라는 이야기다.

『하버드 행복 수업』의 저자 유키 소노마는 인재 육성 회사를 차려 5년 동안 직업 관련 상담을 하여 경제적 부를 얻을 수 있었다. 백화점에 가서 가격표를 보지 않고 사고 싶은 것을 주저 없이 구매하고 큰 저택에서 살며 번쩍거리는 외제차를 타고 다녔지만 어느 날 문득 말로 표현하기 힘든 공허함이 찾아왔다. 그리고 어떻게 해야 행복하게 살 수 있을까를 고민하며 정보를 찾기 시작했다. 그 결과 〈하버드대학교〉〈경영대학원〉 교수 클레이튼 M. 크리스텐슨의 '목적 없는 삶은 빈껍데기일 뿐이다'라는 말에서 실마리를 찾았다. 그리고 하버드대학교의 행복 수업에 관심을 가지게 된 것이다.

행복한 성공을 이루기 원하는 〈하버드대학교〉의 연구자나 졸업생들은 하나 같이 행복은 결과가 아니라 원인이며 행복은 결코 성공을 희생시키지 않는다고 말한다. 우리는 행복의 덫에 걸려 엉뚱한 곳에서 행복을 찾는 경향이 있다. 좋은 차를 타고 넓은 집에서 살며 원하는 것을 마음대로 소유할 수 있는 부가 있으면 행복은 자동으로 따라오는 것으로 착각한다.

릭워렌이 쓴 『목적이 이끄는 삶』이라는 책에서 목적이 없는 삶은 공허만이 있을 뿐임을 이야기한다. 좋은 대학에 가고 많은 돈을 버는 것이 목표라면 그 목표를 이루었을 때 무엇을 할 것인가에 대한 답이 없이 목표만을 쫓아서 가는 사람은 목표를 달성했을 때 찾아오는 공허함을 이겨내지 못하고 허무해진다는 것이다.

성경에 나오는 후궁을 1,000명이나 두고 이스라엘의 황금 시대를 구축한 솔로몬 왕도 생의 마지막에 "헛되고 헛되니 모든 것이 헛되다"고 고백했다. 그리고 이 세상의 모든 것들은 들의 꽃과 같이 사라진다고 말한다.

그렇다면 어떻게 행복한 성공을 이루고 살아갈 수 있을까

〈하버드대학교〉에서는 일찍이 성공만을 쫓아가는 학생이 아니라 행복한 성공을 이루어 세상에 선한 영향력을 끼치는 인재를 양성하기 위해 노력했다. 돈과 명예와 권력을 통해 얻는 행복은 일시적이다. 시간이 지나면서 사라지는 행복이고 다른 사람과 나의 지위나 부를 비교하면서 일희일비할 수 있는 것이다. 반면 의미 있는 활동은 나에게 절대적이다. 다른 사람이 아닌 나에게 의미 있는 활동을 하며 행복을 쌓으면 내가 원하는 길을 나만의 속도록 걸어갈 수 있고 그렇게 걷는 길에서 행복은 계속 쌓여 간다. 다른 사람과 비교하거나 경쟁할 필요가 없기 때문이다.

나 또한 DNA가 다른 아이들과 함께하는 것이 내가 이 세상에 존재하는 의미이며 행복이다. 〈하버드대학교〉 학생들이 행복 수업을 통해 행복을 찾는다면 나는 그런 강좌를 듣지 않고 나만의 행복을 찾았으니 행운아임에 틀림없다.

05

선택하지 않는 것도 선택이다

콜롬비아의 쉬나 아이엔가라는 연구가는 보통 사람이 매일 약 70번의 의식적인 선택을 한다는 사실을 발견했다. 그렇다면 1년에 25,550번의 선택을 하는 셈이고 100세 시대이니 100년을 산다면 2,555,000연의 선택을 하는 것이다. 알베르 카뮈는 "인생은 자신이 내린 모든 선택의 총합이다"라고 말했다. 우리가 내린 2,555,000번의 선택을 다 합치면 바로 그것이 우리 자신이 된다는 이야기다.

우리는 어떤 결정하기를 두려워한다.

이런 두려움을 〈프린스턴대학〉의 철학자 월터 카우프만은 '결정공포증'이라 했다. 식당에 가서 메뉴를 결정하는 간단한 일에도 주저하거나 다른 사람이 먹는 것을 같이 달라고 하는 사람이 많다. 내가 먹고 싶은 것을 선택하기보다 그날 식사를 사기로 한 사람의 주머니 사정을 생각해서 선택하거나 다른 선택을 하면 식당 주인이 싫어할까 봐 같은 메뉴를 선택하기도 한다.

1981년 〈금성사〉에서 가전제품을 홍보하기 위해 '순간의 선택이 10년을 좌우합니다.'라는 슬로건을 내세우고 광고를 했다. 당시 우리나라 가전제품으로 1등을 달리던 금성사는 금성사 제품을 구입하면 오래 사용하고 후회하지 않는다는 의미로 순간의 선택이 10년을 좌우한다는 광고 카피를 사용했는데 많은 사람들의 입에 오르내리며 매출은 늘어났다. 가전제품은 내 맘에 들지 않거나 고장 나면 언제든지 바꿀 수 있다.

그와 반대로 진로를 결정한다든지 배우자를 선택하는 것과 같이 순간의 선택이 평생을 좌우하는 경우도 있다. 나도 한 번의 선택으로 인생의 방향이 완전히 달라졌다. 서울시 영등포구 〈신길6동 동사무소〉에서 사환으로 일하며 학교에 다닐 때 신길 7동에 있는 우체국에 자주 갔다. 당시에는 전입과 전출 신고를 하면 서류를 우편으로 주고받았다. 그런 우편물을 발송하고 수령하는 일을 하던 나는 자주 신길 7동 우체국에 가서 우편물을 발송했던 것이다. 우체국 직원으로 근무하시던 아주머니는 내게 다정다감하게 대하시며 잘해 주셨다.

고등학교 3학년이 되어 진로를 결정해야 할 때가 되었다. 어느 대학에 원서를 쓸까 고민하는 친구들과 달리 나는 검정고시라는 또하나의 관문을 통과해야 대학에 갈 수 있다는 사실 앞에 좌절하고 있었다. 신길 7동에 근무하며 나와 친구로 지내던 사환은 학교에 다니지 않고 학원에 다니며 고등학교 졸업자격 검정고시에 도전했는데 두 번이나 떨어졌다. 그 친구를 보며 학원에 다니며 공부해도 떨어지는데 학원에 다니지 않은 나는 당연히 어려울 거라는 생각을 했다.

그 무렵 신길 7동 우체국에서 근무하는 아주머니가 특채로 직원을 한 사람 뽑는데 나에게 지원하라고 했다. 월급도 괜찮고 근무하면서 별정직 공무원 시험 봐서 우체국 공무원으로 근무하면 좋지 않겠냐는 것이었다. 나는 우체국에서 근무하는 것보다 대학에 진학하고 싶은 마음이 훨씬 더 컸다. 결국 우체국으로 가는 것을 포기하고 검정고시 시험에도 떨어졌다. 두 마리 토끼를 다 놓친 것이다. 그리고 내 인생은 전혀 엉뚱한 길로 이어졌다.

결혼하고 여러 번 후회했다.

지금은 너도 나도 정년이 보장된 공무원이 되기 위해 몇 년씩 공부하며 시험을 보는데 그때 나도 우체국에서 근무하는 것을 선택했다면 지금은 별정직 공무원으로 정년을 바라보고 있을 것이다. 만약 그랬다면 지금과는 전혀 다른 삶을 살고 있을 것이다.

아이들이 성장해서 처음으로 자신의 인생에 있어 중요한 선택을 하는 것이 고등학교 진학이다. 중학교까지는 의무교육이고 자기가 사는 곳을 중심으로 학교가 배정되므로 특별히 적성을 고려한 선택이 아니다. 그러나 고등학교는 앞으로의 진로를 염두에 두고 내 적성에 맞는 학교를 선택해야 한다. 요즈음은 방과 후 활동이나 진로지도 교육으로 직업 체험을 통해 자신에게 맞는 직업에 대한 탐색을 하고 학교를 선택하도록 많은 기회를 제공하고 있다.

1. 선택의 순간에는 한발 물러서서 전체 그림을 보라.
2. 항상 여러 각도에서 상황을 살피고 분석하라.
3. 판단력을 흐리게 만드는 반복 효과에 속지 말라.
4. 보고 싶은 것만 보지 말고 꼭 보아야 할 것을 보라.
5. '지도'에 얽매이지 말고 끊임없이 '지형'을 관찰하라.
6. '닭의 30cm 시야'를 버리고 '독수리의 3km'의 시야를 가져라.
7. 과거를 향한 창문을 닫고 미래를 향한 창문을 열어라.

『위대한 선택』의 저자 다니엘 R 카스트로가 제시한 위대한 선택을 위한 7가지 원칙이다.

책에서 혹은 강의를 통해서 읽거나 들은 이야기들을 일목요연하게 정리해 놓은 내용이다.

큰 그림을 그리고 전체를 보며 과거를 돌아보지 말고 미래를 향한 꿈을 가지고 가라는 말을 수도 없이 많이 들었다. 그럼에도 불구하고 우리는 중요한 결정 앞에서 불안해한다. 선택에는 책임이 따르기 때문이다. 잘되면 제 탓이고 못되면 조상 탓을 하는 것이 오래된 우리의 습관으로 책임을 진다는 것에 익숙하지 않다.

주말이나 공휴일이면 '즐거운 집 그룹홈' 아이들은 무엇을 하며 놀까를 생각해야 한다. 아침상을 물리면 오늘 하루 어디에서 무엇을 하며 놀 것인가에 대하여 이야기 나누기를 한다. 그때 "모르겠어요. 엄마가 정해 주세요." 하는 아이가 있다. 그렇다고 그 아이가 내가 지정해 주는 방법으로 놀기를 즐기는 것도 아니다. 그래서 "내가 정해 주는 방법으로 놀 거니?"라고 묻는다. 그러면 아이는 100% 아니라고 답한다. 그러고도 아이는 어디에서 무엇을 하며 놀 것인가에 대하여 이야기하지 못한다.

그러면 나는 아무것도 선택하지 않는 것을 선택한 것으로 간주하고 각자 흩어져 자기가 정한 장소에서 결정한 방법대로 놀도록 한다. 어떤 것도 선택하지 못한 아이는 내 주변을 맴돌거나 다른 아이들이 노는 것을 기웃거린다. 그렇게 아무것에도 집중하지 못하고 시간을 지루하게 보내는 것이다. 그러다 누군가 "나랑 같이 놀래?" 하고 불러 주면 구세주를 만난 것처럼 "좋아" 하고 달려간다.

아이가 아무것도 선택하지 못하는 이유는?

항상 자기가 선택한 것보다 다른 아이가 선택한 놀이가 더 재미있어 보이고 그 아이가 재미있게 노는 것을 보면 자기도 그 놀이가 하고 싫기 때문이다. 그래서 아무것도 선택하지 않고 있다가 다른 아이가 재미있게 노는 것을 보면 끼어들어 노는 것이다. 장난감을 살 때도 마찬가지다. 장난감 가게에 가서 비슷한 가격대의 각기 다른 장난감을 고르도록 한다. 아이들마다 성향이 달라 어떤 아이는 자동차 장난감을 다른 아이는 포크레인 장난감을 또 다른 아이는 팽이를 집어 든다. 가게에서 자기가 좋아하는 장난감을 고를 때는 신나게 골랐던 아이가 돌아오는 차 안에서 다른 아이의 장난감을 보고 바꾸자고 한다. 싫다고 해도 계속해서 조르는 것을 보며 "바꾸기 없음"이라고 하지만 아이는 계속해서 바꾸자고 고집을 부린다. 다른 아이가 선택한 장난감이 더 좋아 보이는 것이다. 선택하지 않은 것에 대한 상실감이 선택한 장난감에 대한 만족감보다 훨씬 크기 때문이다.

요즈음 청년 실업자 100만 명 시대라고 한다. 그들이 정말 일자리가 없어서 실업자로 살아가는 것이 아니다. 영세업자나 농촌에서는 일손이 부족해 외국인들을 고용하지 않으면 일을 할 수가 없다. 시드니 스미스의 말처럼 할 수 있는 일이 별로 없다며 아무런 행동도 하지 않는 것은 아닌지 생각해 볼 일이다. 선택하지 않는 것도 선택이다. 아무것도 선택하지 않고 후회하는 것보다 용기를 가지고 선택하고 행동하는 것이 절실히 필요한 시대다.

오늘의 나는 과거의 내가 선택한 결과다

지금의 나는

아동가족복지학 석사 학위를 가지고 있고 사회복지사 1급 자격증
이 있으며 〈즐거운 집 그룹홈〉 대표로 일하고 있다. 등단한 수필가
이며 유치원 정교사로 어린이집을 직접 운영하지는 않지만 마당을
건너면 내 소유의 어린이집이 있다. 연건평 80평 규모의 전원 주택
을 직접 지어 아이들과 함께 생활하며 집 옆에는 남편이 경영하는
'블루베리 숲 농원'이 있다. 이명박 정부 시절 국민 제안으로 대통령
상을 받았으며 '이것이 인생이다'에도 출연했다. 이 모든 것들은 과
거의 내가 선택한 결과로 나에게 주어진 것들이다.

자궁경부암으로 자궁 적출을 해서 갑자기 호르몬의 변화가 생겼다.

서른다섯이라는 젊은 나이에 호르몬의 변화로 갱년기 증상들이 나타나기 시작했다. 갱년기 증상으로는 안면홍조, 골다공증, 관절염, 우울증, 손발 저림, 요실금 등이 있는데 그중에 안면홍조와 우울증이 심하게 왔다. 시도 때도 없이 갑자기 얼굴이 벌게지면서 열이 머리로 오르고 삶의 의욕이 떨어지며 모든 것이 슬프게 보이는 우울증으로 3일을 계속해서 울었다. 그렇게 많은 눈물이 나올 수 있을까 싶은데 내 의지와 상관없이 줄줄 흐르는 눈물을 통제할 수가 없었다.

수술하러 갈 때는 책 보따리 싸들고 여행을 가듯 병원에 가서 룰루랄라 책도 읽고 편지도 쓰며 앞으로 어떻게 살아갈 것인가를 생각했는데 퇴원하고 나니 안면홍조와 우울증으로 과거의 내가 아님을 몸으로 느끼게 했다. 그 와중에 중간고사 시험을 보러 수원에 가야했다. 공부를 계속해야 하나 말아야 하나를 고민하며 시험공부도 제대로 못하고 시험 장소에 갔다. 그곳에 가서도 시험과 관련된 책을 보지 못하고 노트에 무엇인가를 긁적거리고 있었다.

'조금 힘들다고 포기한다면 지금까지 어렵게 고등학교 졸업자격 검정고시 시험을 보고 꿈에 그리던 대학에 들어왔는데 이 모든 것들이 물거품이 될 것이다. 그리고 나는 무거운 천막을 이리저리 옮기며 일을 하는 '왔다 천막사' 아줌마로 남을 것이다' 여기까지 생각하니 포기해서는 안 될 것 같아 결과가 어떻게 되든 시험을 보기로 했다.

시험은 영어2, 철학의 이해, 자연과학개론, 사회학개론, 문학의 이해, 놀이 이론과 실제 등 여섯 과목이었고 그중에 놀이 이론과 실제는 전공 과목으로 B학점 이상이 나와야 정교사 자격증을 받을 수 있었다. 1학년 2학기라 교양 과목이 다섯 과목이나 된 것이 천만 다행이었다. 중간에 포기하지 않고 끝까지 답안지를 다 작성하고 제출했다. 그런데 결과는 놀라웠다. 전공 과목은 B학점을 받고 그 외의 과목은 낮은 학점을 받았지만 F학점은 하나도 없었다. 이 모든 것들은 내 힘과 의지로만 되는 일이 아닌 하나님의 도우심이 함께 했기에 가능한 일이 아니었다고 하지 않을 수 없다.

우리의 삶은 선택으로 이루어진다.

아침에 눈을 뜨는 순간 바로 일어날 것인가 말 것인가를 시작으로 아침을 먹을 것인가 먹지 않을 것인가 등등 수많은 선택 앞에서 잠시 혹은 오랫동안 머뭇거린다. 의식하고 고민하며 선택하기도 하지만 몸으로 익힌 것들은 무의식적으로 선택된다. 그렇게 무의식적으로 선택되는 것을 습관이라고 한다.

윌리엄 제임스는 "생각이 바뀌면 행동이 바뀌고 행동이 바뀌면 습관이 달라지고 습관이 달라지면 인격이 달라지고 인격이 달라지면 운명이 달라진다."고 했다. 작은 습관 하나가 우리의 운명을 바꿀 수 있다는 것이다. 습관은 하루아침에 형성되지 않는다. 선택이 반복되어지면서 그 선택을 몸이 기억하고 자동으로 재생하는 것이다.

결혼할 때 남편은 결핵 환자였고 중학교를 졸업했으며 벌어 놓은 돈도 없었다. 누군가 옆에서 도와주면 성공해서 잘살 것 같아 그 누군가가 내가 되기로 한 것이다. 그런데 막상 결혼해서 살림을 시작하고 보니 여러 가지 어려움이 많았다. 돈이 없어 겪는 어려움은 그렇다고 해도 운동을 했던 남편은 화가 나면 말이 거칠어졌다. 나에게는 상상할 수도 없는 일이다. 학교에서 단체로 맞는 체벌 외에는 맞아 본 기억이 없고 거친 말을 하며 싸우거나 인격 자체를 무시하는 욕을 들어 본 적이 없다. 그런데 남편은 화가 나면 너무나 쉽게 그런 말을 했다. 그럴 때 나는 머리가 터질 것 같은 두통을 느끼며 남편을 향한 사랑이 0점이 되었을 때 내가 어떻게 행동할지 두려웠다. 그래도 친정이나 시댁에 가서 남편 험담을 하지 않았다. 내가 선택해서 결혼했는데 남편 험담을 하는 것은 내 얼굴에 침을 뱉는 것 같아 싫었다.

　나는 오랫동안 새벽 4시 30분에 일어나서 5시에 시작되는 새벽기도를 다녀온 후 아침을 준비했다. 아침을 준비하면서 빨래며 청소까지 동시에 해결했다. 그렇게 해야 아이들을 학교에 보내고 남편과 함께 출근할 수 있었기 때문이다. 가난에서 벗어나 잘 살기 위해 또순이처럼 피곤한 줄도 모르고 그렇게 살다 보니 아침 일찍 일어나는 것이 어렵지 않게 되었다. 세상이 아직 잠에서 깨어나지 않은 시각에 깨어나 하고 싶은 일을 할 때 행복을 느끼며 삶의 에너지를 충전했다. 그렇게 일찍 일어나서 기도를 하고 책을 읽거나 글을 썼을 때 그날 하루가 풍성하게 느껴져서 기분이 좋았다.

배운 것 없고 가진 것 없는 남편을 만나 남에게 아쉬운 소리 안 하고 살기 위해 몸부림치면서도 내 스스로 살아 있는 기쁨을 찾기 위해 노력했다. 그렇게 해서 찾은 것이 책읽기와 글쓰기다. 힘들고 지칠 때 커피 한잔 들고 책속에 빠져들면 몸의 긴장이 완화되고 마음의 상처를 일기장에 토해내고 나면 어느덧 내 마음이 정화되는 것을 느꼈다. 그렇게 나 스스로 살기 위한 방법을 찾아 스트레스를 해소하고 또 새롭게 시작하기를 반복했다.

서로 다른 문화에서 살다 가정이라는 작은 공동체를 만들고 살아간다는 것은 많은 것을 이해하고 용서하지 않으면 안 된다. 참고 기다리며 용서하다 보니 결혼한 지 어느덧 34년이라는 세월이 흘렀다. 수도 없이 갈등을 느끼고 모든 것을 포기해 버리고 싶은 순간도 있었지만 그때마다 거미줄 같은 희망을 붙잡았다.

아이들은 물론 성인도 다른 사람과 비슷하게 살기를 원한다.

식당에 가서 메뉴를 정할 때도 내가 먹고 싶은 것을 지정하는 경우도 있지만 같은 것으로 달라고 하는 경우도 많다. 아이들에게 아이스크림이나 과자를 줄 때도 마찬가지다. 다른 아이와 같은 것을 달라고 떼를 쓰는 경우가 많다. "친구가 수박아이스크림을 먹으니까 나도 수박아이스크림을 주세요."라고 하면 나는 "엄마 저 수박아이스크림이 먹고 싶어요. 수박아이스크림 주세요."라고 말하도록 한다.

남이 하니까 따라 하는 따라쟁이 인생이 아닌 자기 주도적으로 살아가는 인생이 되기를 바라는 마음으로 그렇게 가르친다.

가전제품은 순간의 선택이 10년을 좌우하지만 인생에 있어서는 평생을 좌우할 수도 있다. 나는 마음이 여리고 약하며 잘 울었다. 남편은 그런 내가 험한 세상 어떻게 살아갈까 걱정되어 강해지라고 더 거칠게 말하고 행동했다고 한다. 남편의 생각이 옳았는지도 모른다. 마음이 여리고 약해 끄덕하면 눈물부터 흘리던 내가 지금은 눈물을 흘리는 일이 드물다.

남편과 티격태격 싸울 때 인격적 모욕을 느끼는 말을 참지 못하고 이혼이라는 카드를 꺼내들었다면 지금의 나는 존재하지 않을 것이다. 또한 우울증으로 삶을 포기하고 싶었던 순간에도 학업을 포기하지 않았던 것은 정말 잘했다는 생각이다. 그러고 보면 잘못된 선택이라고 생각되었던 부분도 지금의 내가 있기까지 꼭 필요했던 한순간이었음을 깨닫게 된다.

지금 이 순간의 선택은 훗날 또 다른 모습으로 탄생하기 위한 과정임을 알기에 한 순간도 소홀히 할 수 없는 것이 나와 우리의 삶이다.

나는 돈보다 아이들이 더 좋다

우리가 살아가는 데 돈은 필수다.

돈이 없으면 먹고 싶은 것도 마음대로 먹을 수 없고 갖고 싶은 것도 가질 수 없으며 하고 싶은 것을 할 수 없는 세상에 살고 있기 때문이다. 50~60년대에 비하면 너무나 풍족한 시대를 살고 있지만 그때보다 지금이 더 행복하다고 단정하기는 어렵다. 절대 빈곤이 아닌 상대적 빈곤으로 상실감은 커지고 남들처럼 먹고 마시고 갖기 위해 동분서주한다.

인터넷에는 돈 많이 버는 법으로

1. 천재적인 주식 도박

2. 이자 20% 준다고 투자금을 모아서 돌려 막기 식으로 선이자를 준 후에 100억 이상 모이면 야간도주
3. 미국 같은 경우 창업 아이디어만 좋아도 20대에 100억 부자가 될 수 있다는 내용이 사람들을 유혹하고 있다. 따라 해서는 안 되는 일인데 단기간에 돈을 벌 수 있다는 유혹을 받으면 쉽게 넘어가는 사람들이 있다. 그만큼 돈은 우리 삶의 대부분을 차지하는 위력을 발휘한다.

나는 가난한 농부의 둘째 딸로 태어나 그토록 하고 싶었던 공부를 돈이 없어 하지 못했다. 그래서 내 자식만큼은 돈이 없어 하고 싶은 공부를 못하는 일이 있어서는 안 되겠다는 생각으로 악착같이 일했다. 그리고 지출은 최소한으로 줄이며 돈을 모았다. 남편은 그런 나를 향해 "돈을 구워 먹을래. 삶아 먹을래." 하며 비난했다. 그리고 어려운 이웃을 만나면 우리 집의 쌀독에 쌀이 있는지 없는지 상관하지 않고 돈을 빌려주거나 몸으로 도와주었다. 그런 남편을 이해할 수 없어 "당신은 우리 가족이 먼저야 다른 사람이 먼저야?" 하며 싸웠다.

돈은 잘 버는 것도 중요하지만 어떻게 사용하느냐는 더욱 중요하다. 내가 할 수 있는 것은 돈을 잘 벌지 못하니까 가능하면 지출을 줄이는 방법을 선택하는 것이다. 택시 타는 돈과 옷 사는 돈을 제일 아까워하며 가까운 거리는 걸어 다니고 옷은 언니가 입던 옷을 물려 입었다. 그렇게 허리띠 졸라매며 모은 돈이 사고가 나거나 남편이

다른 사람에게 빌려주고 못 받는 등 엉뚱한 곳에서 한방에 사라지는 경우가 종종 있었다. 돈을 따라가지 말고 돈이 나를 따라오게 하라는 말이 무엇을 의미하는지 어떻게 돈이 나를 따라오게 할 수 있는지 몰라 여전히 나는 절약하고 또 절약하며 살았다.

마흔다섯이 넘어가면서 이제는 선한 일을 하며 베풀고 살아야 하지 않겠느냐는 마음의 울림이 있었다. 그때마다 "그럼 뭐 먹고 살아요."가 내 대답이었다. 이런 저런 사업을 벌이는 남편의 수입은 일정하지 않은데 매달 아이들에게 들어가는 돈과 생활비는 일정하게 지출되어야 한다. 이번 달에는 수입과 지출의 균형이 맞을까라는 걱정을 하며 살아야 하는 현실이 너무나 싫었다. 금액을 보지 않고 사고 싶은 물건을 사는 사람들의 삶이 부럽기도 했다.

그런데 생각지 않은 곳에서 가난이라는 트라우마를 깨는 작업이 시작되었다.

작은아이가 학교라는 테두리를 벗어나면서 아이를 살리기 위해 돈을 벌기 위해 하던 일을 포함해 모든 외부 활동을 중단한 것이다. 내가 돈을 벌지 않으면 마이너스 통장이 차고 넘쳐 파산될 것 같은 두려움에 시달렸는데 신기하게도 내가 돈을 벌지 않아도 그런 일은 일어나지 않았다.

나는 돈보다 학교에서 선생님으로부터 상처받고 아파하는 작은아이가 그 상처를 딛고 일어서기를 바라며 오직 한 아이의 엄마로 6년을

살았다. 그리고 『다른 아이 찬미에게』라는 작은 책을 엮어 아이에게
선물했다. 아이는 용기를 내어 세상을 향해 날갯짓을 하며 조심스럽
게 날아올랐다. 나 또한 이제는 '선한 일을 해야 하지 않겠니?'라는 마
음의 울림에 답할 때가 되었음을 알고 중대한 결단을 하게 되었다.

아파트 앞 상가를 팔아 주택과 어린이집을 짓게 되었는데 주택은
아이들과 함께 살 생각으로 40평씩 2층 규모로 짓기로 했다. 주택을
짓고 돈이 조금 남아 그냥 현금으로 가지고 있으면 다 흐지부지 없어
질 것 같아 투자할 곳을 찾았다. 마침 어린이집을 지어 주면 운영하겠
다는 사람이 있어 주택과 어린이집을 순차적으로 짓기로 한 것이다.

농지에 어린이집을 지으려면 여러 가지 조건에 부합되어야 한다.
가장 먼저는 어린이집 시설장 자격증이 있어야 하고 토지가 내 명
의로 되어 있어야 한다. 〈방송통신대학교〉 유아교육과 4년을 공부
하고 받아 놓은 유치원 2급 정교사 자격증이 효력을 발휘했다. 특
별한 경력이 없어도 유치원 2급 정교사 자격증이 있으면 40여 명의
원아를 받을 수 있는 어린이집 원장 자격증을 발급해 주었다. 땅은
오래전 남편이 '왔다천막사'를 그만두고 단종 면허를 가지고 〈비버
건설〉이라는 건축회사 대표로 있을 때 부도나는 것에 대비하여 내
명의로 돌려놓았었다.

건물이 다 지어져 준공검사를 들어가게 되었을 때 어린이집을 운
영하겠다고 하던 사람이 임대료가 비싸다는 이유를 들어 운영할 수
없다고 했다. 알고 보니 이미 자기 땅에 어린이집을 짓고 있으면서

상대적으로 위치가 좋은 우리 어린이집을 저렴하게 임대해서 양쪽 다 운영할 계산을 했던 것이다. 참으로 당황스러웠다. 그렇다고 좋은 자재를 들여 힘들게 지은 건물을 그 사람이 원하는 대출 이자도 안 나오는 금액으로 임대할 수는 없었다.

어린이집을 직접 운영할 것인가 아니면 아이들과 사는 쪽을 선택할 것인가 중대한 결단 앞에 서게 되었다. 그때 나는 가정 위탁으로 두 명의 아이를 키우고 있었고 만약 내가 어린이집을 운영한다면 그 아이들은 다른 곳으로 보내야 했다. 그러면 아이들은 또 한 번의 상처를 받게 될 것이다. 또한 주택을 아이들과 함께 살겠다고 40평씩 2층으로 지었는데 건물을 지은 목적과 상관 없이 우리 가족의 거주 공간으로 사용하게 된다는 것도 마음에 걸렸다.

나는 돈이 아닌 아이들을 선택했다. 지금까지 돈을 쫓아 살았다면 이제는 아이들과 함께 즐겁게 살고 싶었다. 다행히 얼마 지나지 않아 어린이집은 다른 사람에게 임대가 되었다. 나 또한 서류를 갖추어 사회복지시설 신고를 했다. 허가가 아닌 신고인데도 여간 까다롭지 않았다. 2년 동안 정부 지원이 없어도 종사자 급여를 주며 운영할 수 있는지 증명하라는 것이다. 그것도 남편의 소득이 아닌 내 소득을 증명하거나 통장에 일정액 이상이 적립되어 있어야 한다고 했다.

내가 배운 지식과 경험을 제대로 돌봄을 받지 못하는 아이들에게 나누어 주기 위해 내 돈으로 내 건물을 짓고 아이들이 무상으로 사용하도록 하는 건데 너무한다는 생각이 들었다. 그래도 행정적인 절차라 어쩔 수 없다는 담당 주무관의 요구대로 서류를 준비할 수밖에 없었다. 그때 어린이집에서 들어오는 월세가 한 몫 했다. 내 통장으로 매달 들어오는 월세를 확인한 후에 시설 신고 승인이 났다.

모든 사람이 취미 생활을 하고 여행을 다니는 것으로 행복을 느끼지는 않는다.

사람들은 날마다 아이들 뒷바라지에 다람쥐 쳇바퀴 도는 것 같은 나에게 충고를 아끼지 않는다. 이제는 여행도 다니고 취미 생활도 하며 살아야 할 나이다. 친구도 만나고 여행도 다니며 살아라. 더 나이 먹으면 다니고 싶어도 못 다닌다는 얘기다. 맞는 말이다. 아이들이 커서 직장을 찾아 집을 떠나면 자유의 몸이 된다. 친구와 함께 차를 마시고 맛집을 찾아다니기도 하며 산행을 하거나 여행을 즐긴다. 그러면서 이구동성으로 손자 손녀를 맡아 키우면 아무것도 못하고 빠르게 늙는다고 맡아 키워 주지 말라고 한다.

모든 사람에게 적용되는 말은 아닌 것 같다. 나는 손자 손녀 같은 아이들을 키우며 취미 생활도 못하고 여행은 꿈도 못 꾸지만 아직까지 얼굴에 주름이 없고 내 나이보다 젊어 보인다는 말을 자주 듣는다. 아이들로부터 성장 에너지를 날마다 충전받는 덕분이 아닌가 싶다. 아이들 걱정에 며칠씩 집을 비우고 여행을 떠나지 못해도 돈이 아닌 아이들을 선택한 것을 후회하지 않는다. 아이들이 있어 삶의 의미를 느끼며 날마다 행복을 맛보는 것이 여행을 통해 얻는 즐거움보다 훨씬 크기 때문이다.

행복은 선택이다

선택 이론

대학원에 다닐 때 현실 요법과 선택 이론에 대한 강의를 들은 적이 있다. 선택 이론은 다른 말로 통제 이론이라고도 하며 윌리엄 파워스에 의해 개발되었고 William Glasser가 누구든지 자신의 삶의 질을 향상시키는 데 쉽게 사용할 수 있는 이론으로 발전시켰다. 우리나라에는 1970년대 초부터 평창동 451-4에서 김인자, 윤호균, 이수원, 김명순, 이연섭, 강문희 교수 등이 모여서 '건강한 한국 사회 만들기'에 참여 방안을 모색하고 준비하면서 시작되었다.

1990년대에 들어오면서 제1회 P.E.T. 연차대회 개최, 제2기 P.E.T. 강사 37명 배출, 제1회 P.E.T.사례발표회 등을 통해 알려지기 시작했다. 1991년『현실 요법의 적용』,『당신의 삶은 누가 통제하는가?』라는 책이 출판되면서 심리 상담에 관심이 있는 일반인들에게도 널리 알려지게 되었다.

현실 요법은 사람들이 스스로 인생의 방향을 설정하고 조금 더 효율적인 행동 선택을 하도록 도와주는 방법이다. 과거에 어떤 환경에서 무슨 경험을 하며 성장했는가는 그다지 중요하지 않다. 현재 자신의 행동을 주도적으로 선택하여 효율적으로 자신의 욕구를 충족시키며 현재와 미래를 즐겁게 살아갈 수 있도록 하는 데 역점을 둔다. 모든 행동은 외부의 자극에 의해서 동기를 얻게 된다는 Thorndike의 자극-반응 이론과 달리 선택 이론에서는 행동이 내적으로 동기화된 것이라고 설명한다.

심지어 질병이나 불행도 우리가 선택한다는 내용에 이의를 제기했다. 유아교육을 공부할 때 프로이드의 성격 발달 이론이나 피아제의 인지 이론을 공부하며 공감했던 부분이 많았던 나에게 질병이나 불행도 선택한다는 선택 이론은 도저히 용납되지 않았다. 누가 질병을 선택하며 불행을 선택한단 말인가. 몸이 아파 고통 가운데 있는 사람이나 불행한 삶으로 힘들어하는 사람에게 "그 또한 당신의 선택입니다"라고 말했다가는 몰매 맞을지도 모른다.

『당신의 삶은 누가 통제하는가』라는 책에서 일시적이고 강렬한 어떤 감정은 선택한 것이 아니라 우연히 일어나지만 좌절에 대처하거나 또는 만족감을 연장시키기 위하여 우울해하는 것 또는 사랑하는 것과 같이 장기간에 걸쳐서 느끼게 되는 행동은 거의 항상 선택에 의해 이루어진다는 것이다. 곰곰이 생각해 보면 틀린 말도 아니다. 똑같은 상황에서도 어떤 사람은 불행을 느끼며 좌절하고 어떤 사람은 아무것도 아니라는 듯 툭툭 털고 그 상황을 디딤돌로 삼아 일어선다.

가만히 내 생활을 들여다보아도 그와 비슷한 일은 얼마든지 있다. 정말 가고 싶지 않은 약속이 있을 때 그 약속을 지킬 수 없을 만큼 갑자기 심한 감기에 걸리는 경우도 있고 하기 싫은 일을 해야 할 때 그 일을 할 수 없는 상황들이 만들어지는 것을 경험하게 된다. 내가 의도하지 않았지만 내 몸이 가고 싶지 않은 곳에 가지 않도록 선택하고 상황이 하고 싶지 않은 일을 할 수 없도록 한 것이다.

그렇다면 내 삶은 누가 통제하는 것일까?

요즈음 아이들은 스마트폰을 손에 들고 산다. 심지어 밥을 먹거나 길을 걸을 때도 스마트폰에서 눈을 떼지 못한다. 어떤 사람은 스마트폰 화면을 보며 길을 걷다가 물에 빠지고 조형물에 부딪혀 사고를 당하기도 한다. 길을 가며 스마트폰을 사용하는 것이 얼마나 위험한지 경각심을 주기 위해 그런 장면들만 모아 텔레비전을 통해 보여 주지만 청소년들은 물론 성인도 스마트폰을 보며 길을 걷는 사람을 쉽게 볼 수 있다.

우리 아이들도 마찬가지다. 스마트폰을 통해 동영상을 보거나 게임을 하기 시작하면 끝내기가 어렵다. 몇 번씩 그만 종료하고 밥을 먹으라고 해도 듣지 않는다. 야단을 치고 혼을 내야 겨우 접고 일어서면서도 불만이 가득하다. 이런 아이들에게 나는 "네가 스마트폰의 주인이 되어야 하는데 네 마음대로 사용 시간을 조절하지 못하면 스마트폰이 네 주인이고 너는 노예가 되는 거야" 라고 말한다. 아이들이 스스로의 행동을 선택하고 조절하기 원하지만 결코 쉽지 않다.

아이들만 탓할 것도 아니다. 바리스타로 일하는 작은아이는 내게 믹스커피 마시지 말라고 볼 때마다 이야기한다. 날마다 그놈의 뱃살 빼야겠다고 말만 하지 말고 믹스커피를 끊고 운동을 하라고 잔소리를 늘어놓는데 쉽지가 않다. 하루쯤은 맘먹고 끊어보지만 피곤이 몰려오고 머리가 복잡해지면 달달한 믹스커피를 찾게 된다. 나또한 내가 내 삶을 통제하지 못하는 부분이 많음을 확인하는 순간이다.

작은 일에는 자신의 행동을 스스로 선택하지 못할 때가 많은 나지만 큰일 앞에서는 단호하게 내 행복을 선택한다. 고등학교 2학년 때을지로 3가에 있는 전당포에서 사무 보조원으로 일하며 사무실 의자에서 새우잠을 자던 때가 있었다. 작은 엄마가 몸이 아팠는데 학교 그만두고 병간호하라는 작은아버지의 말씀을 거절하고 작은집에서 옷 보따리 싸들고 나온 후 갈 곳이 없어서 한 달 정도 그렇게 살았던 것이다. 평소에 '여자가 공부는 해서 무엇 하냐.' '교회는 왜 다니며 네 형편에 무슨 십일조냐'고 나무라셨던 작은아버지 말씀에 거부감을 느끼고 있었던 나는 어떤 상황에서도 공부를 포기할 수는 없다고 말하고 갈 곳도 없으면서 뛰처나온 것이다.

상황을 알게 된 학교 경제, 지리 선생님이 자기 딸을 돌봐 주며 학교에 다니면 어떻겠느냐고 했다. 태릉에 있는 선생님 댁에 가서 살게 되었는데 공부할 수 있는 좋은 환경이었다. 선생님 내외분이 출근하면 설거지와 청소를 하고 시간 맞추어 연탄 갈고 세 살배기 수정이라는 아이와 놀고 저녁때가 되면 학교에 갔다. 연말에는 명동에 데리고 나가 초밥도 사주고(그때 처음 먹어 보았다^^) 방학 때는 학교 대신 학원에 다니며 부기 공부를 할 수도 있었다. 지금도 그렇지만 살림하는 데 재주가 없는 내 모습이 얼마나 어설프고 부족하게 보였을까 싶은데 선생님 내외분은 따뜻하게 대해 주고 잘 있으면 대학까지 보내 주겠다고 했다.

모든 것을 포기하고 자유를 선택하다.

그해 성탄절, 함박눈이 펑펑 쏟아지는데 선생님 내외분은 데이트하러 나가고 나는 칭얼대는 수정이를 재우기 위해 업고 왔다 갔다 하며 동요를 불러 주었다. 그때 어디선가 교회 종소리가 뎅그렁 뎅그렁 들렸다. 주일학교에서 성탄을 준비하던 일과 어른들을 따라 눈길을 걸어 새벽송을 다니던 기억이 새로워 창밖을 보며 소리 없이 울었다. 그날 이후 나는 원광대학교를 나오고 불교를 믿는 선생님께 교회에 가고 싶다는 말을 못하고 끙끙 앓았다. 그리고 모든 것을 포기하고 자유롭게 교회에 가기 위해 선생님 댁을 나오기로 결심했다.

언제쯤 선생님께 말해야 하나 망설이는 가운데 두 번이나 연탄가스에 중독되어 의식을 잃는 사고가 발생했다. 그때마다 무엇인가에 이끌려 방 밖으로 기어 나와 쓰러지는 바람에 죽지 않고 살 수 있었다. 그런 상황 가운데서도 시간은 흘러 추운 겨울이 지나고 봄이 왔다.

부기 2급, 주산 2급, 영타·한타 2급 자격증을 취득한 나는 사무원으로 일하며 교회에도 마음대로 다니고 학교에도 다닐 수 있으리라는 희망으로 선생님 댁을 나왔다.

William Glasser는 소속에 대한 욕구 또는 사랑에 대한 욕구와 힘에 대한 욕구(성취감, 자존감, 인정) 그리고 즐거움에 대한 욕구와 자유에 대한 욕구 등 인간의 욕구를 네 가지로 압축하여 말한다. 사람에 따라 더 강한 욕구가 있고 조금 약한 욕구가 있다. 나는 네 가지 욕구 중에 자유에 대한 욕구가 강하다. 나에게는 좋은 집에서 편안하게 살며 학교에 다니는 것보다 자유롭게 내가 하고 싶은 것을 하며 사는 것이 더 행복하기 때문이었다. 어려서부터 자유롭게 생각하고 행동하며 성장해온 결과인지도 모른다. 어떤 행복을 선택하든 잘못된 것이 아니다. 나와 다른 행복을 선택한 것뿐이다.

행복은 주어지는 것이 아니라 선택하는 것이다.

05

지금 가진 것만으로도
행복하다

01

지금 가진 것만으로도 행복하다

긍정적 사고의 창시자이며 자기개발 동기부여가인 '노먼 빈센트 필(Norman Vincent Peale, 1989~1993)에게 어느 날 중년의 남자가 찾아왔다. 삶의 의욕을 상실한 듯 두 어깨가 축 처진 중년의 남자는

"저는 평생 열심히 일했지만 사업이 부도나면서 제 인생의 모든 것을 잃었습니다."라고 말했다. 중년 남자의 이야기를 들은 그는 종이 한 장을 내밀며 물었다.

"모든 것을 잃어버리셨다고요? 그럼 부인은 있습니까?"

"네, 불평 한마디 없이 묵묵히 뒷바라지해 준 아내가 있습니다."

그는 종이에 '훌륭한 아내'라고 적었다.

그는 중년 남자에게 다시 물었다.

"당신에게 자녀들은 있습니까?"

"네, 저만 보면 함박웃음을 짓는 착하고 귀여운 세 아이가 있습니다."

그는 종이에 '착하고 귀여운 세 아이'라고 적었다. 그리고 다시 한 번 중년 남자에게

"당신에게 소중한 친구는 있습니까?"라고 물었다.

"네, 남들이 부러워할 만한 의좋은 친구들이 있습니다."

그는 종이에 '좋은 친구들'이라고 적었다. 마지막으로 중년 남자에게

"당신의 건강은 어떤가요?"라고 묻자

"건강은 자신 있습니다. 아주 좋은 편입니다."

그가 종이에 무언가를 적으려는 순간 중년 남자가 큰 소리로

"정말 감사합니다. 모든 것을 잃어버린 줄 알았는데 제게는 아직 귀한 것들이 남아 있었네요. 다시 일어설 수 있을 것 같습니다."라 며 돌아갔다는 이야기가 있다.

이 이야기를 읽으며 나는 무엇을 가지고 있는지 생각해 보았다.

〈안성종합터미널〉에서 걸어서 5분 거리에 있는 연건평 80평의 전원 주택에서 살고 있다. 철근콘크리트로 내가 설계하고 남편이 직접 지은 주택은 지진이 와도 무너지지 않을 내구성을 갖추었다. 2 층 베란다에는 다육식물을 비롯한 화초들이 아이들과 함께 자라고 있다. 커피 한잔을 들고 베란다에 앉으면 안성천을 유유히 흐르는

시냇물이 보이고 그 너머로 38국도를 분주하게 달리는 차들이 보인다. 따로 카페를 찾아 커피를 마실 이유가 없다. 집 앞에는 텃밭을 만들어 각종 야채를 직접 심어 먹는다. 시골에 사는 즐거움을 누리며 살 수 있는 우리만의 공간이다. 뿐만 아니라 집 옆으로 남편이 운영하는 500여 평의 〈블루베리 숲 농원〉이 있고 마당을 건너면 연건평 100평 규모의 어린이집이 있다.

또한 언제나 나와 동행하며 친구가 되어 준 남편과 다른 사람에게 자랑할 만한 성공을 이루지는 않았지만 바르게 성장한 아들과 딸 그리고 언제나 나에게 기쁨을 주는 일곱 명의 아이들이 있다. 부와 명예를 얻기 위해 불의를 탐하거나 가진 것이 없다고 불평하지 않으며 편법을 사용하지 않고 우직하게 살아가는 아이들이 참으로 자랑스럽다.

어려서도 그렇지만 나이를 먹어서는 마음을 나누는 친구가 있어야 삶이 더 풍요로운데 나에게는 일 년에 한 번 만나도 어제 만난 친구처럼 시간 가는 줄 모르고 수다를 떠는 친구가 있다. 교직에 있는 친구의 시간을 고려하여 방학 때 한 번 친구와 내가 사는 곳의 중간 지점인 강남에서 주로 만나 같이 밥을 먹고 차를 마시며 시간 가는 줄 모르고 삶을 나눈다.

'사람은 추억을 먹고 산다는 말이 있다.' 그만큼 사람에게 추억은 삶을 윤택하게 해주는 그 무엇이다. 나에게도 좋은 추억들이 있다. 사회복지사 자격증을 따기 위해 대학원에 다닐 때의 행복했던 순간들은 잊을 수가 없다. 일주일에 한 번 야간에 안성에 있는 국립 한경대학교 대학원 아동가족복지학과 강의실을 찾았다. 고급승용차는 아니지만 가볍게 타고 다닐 수 있는 내 차가 있고 아이들이 모두 성장해서 자유롭게 학교에 다닐 수 있다는 것이 정말 감사했다. 이렇게 여유 있는 마음으로 하고 싶은 공부를 해본 적이 없었기 때문에 나에게 이런 시간이 주어진 것에 대하여 날마다 감사하며 그 행복이 깨지지 않기를 기도했다.

'천재는 노력하는 사람을 이기지 못하고 노력하는 사람은 즐기는 사람을 이기지 못한다.'는 말이 있다. 나는 2년 반 동안 대학원에 다니는 시간을 즐겼고 그 결과 한 과목만 A학점을 받고 나머지는 모두 A플러스 점수를 받았다. 즐기는 사람이 얻은 결과다. 이렇게 모든 것이 갖추어진 때만 좋은 추억이 있는 것은 아니다. 작은아이가 홈스쿨을 할 때 몸 고생 마음 고생하며 보낸 시간 속에도 좋은 추억은 있다.

나는 청소년증을 거부당한 아이 덕분에 대통령상을 받았다.

학교에 다니지 않는 아이들은 교복을 입지 않아 대중교통을 이용할 때 학생증을 요구하는 경우가 있는데 우리나라에서는 이런 아이들을 위해 청소년증을 발급해 주고 있다. 그런데 청소년증이 일반인은 물론 버스 기사들에게도 많이 알려지지 않아 사용을 거부당하는 경우가 있다. 작은아이도 몇 번 거부당할 때마다 청소년증에 대한 설명을 해야 했고 그때에야 청소년 요금을 적용해 주었다.

어느 날 외출했다 돌아온 아이가 사용할 수도 없는 이런 것은 필요 없다며 청소년증을 휙 집어 던지고 문을 쾅 닫고 방으로 들어갔다. 평소 타고 다니던 버스 기사가 바뀌어 청소년증에 대하여 설명했지만 그게 뭔지 모르고 인정할 수 없으니까 일반 요금을 내라고 했다는 것이다. 이명박 정부 시절 전국에서 3,000명의 주부를 선발해 주부 모니터단으로 활동하도록 했는데 나는 그중의 한 사람으로 선발되어 활동하고 있었다. 아이의 말을 듣고 즉시 국가에서 발급하는 청소년증이 무용지물임을 알리고 관련 기관에 공문을 보내 청소년증이 어려움 없이 사용될 수 있도록 해줄 것을 제안했다.

그해 연말 내가 제안한 내용이 대통령상을 받게 되었다는 연락을 받았다. 나는 아이와 함께 정부청사에 가서 상장과 상금을 수령했고 이듬해 봄 일산 킨텍스에서 이명박 대통령을 비롯한 여러 정치인들과 함께 차를 마시며 담소를 나눌 수 있었다. 그 외에도 남편과 함께 〈아침 마당〉에 출연한 일이라든지 60평생 농부로 살아온 친정 아버지를 위해 〈100세 퀴즈〉라는 프로에 사연을 보내 함께 출연했던 일은 잊을 수 없는 추억이다. 가난해서 아무것도 해드릴 수 없어 생각해낸 일이 아버지에게는 사시는 날 동안 자랑거리가 되었고 내게는 크나큰 보람이 되었다.

이 모든 것보다 더 귀한 믿음이 나에게는 있다.
힘들고 지칠 때나 즐겁고 행복할 때 언제나 나와 동행하는 하나님에 대한 믿음이 그것이다. 지금까지 굴곡진 삶 가운데서도 아주 엎드러지지 않을 수 있었던 것은 믿음이 있었기 때문에 가능했다. 신앙의 유산을 물려준 어머니께 감사를 드린다. 성격상 재산을 유산으로 받았다면 편안함에 안주하며 다른 사람을 배려할 줄 모르는 이기적인 삶을 살고 있을지도 모른다. 다행스럽게도 재산이 아닌 신앙을 유산으로 받아 어떤 어려움도 굴하지 않고 이겨내며 그 가운데서 이웃을 돌아볼 수 있는 마음을 배웠다.

불평하는 사람은 언제나 불평하고 감사하는 사람은 어떤 상황에서도 감사할 것들을 찾는다. 작은 것에 감사할 줄 모르면 큰 것에도 감사할 줄 모르게 된다. '남의 떡이 커 보인다.'는 속담처럼 언제나 남의 것이 좋아 보이고 다른 사람은 다 갖추고 사는데 나만 없는 것이 많은 것 같다. 우리의 욕망은 끝이 없어서 앉으면 눕고 싶고 누우면 자고 싶은 것이 인간의 마음이다. 내게 가진 것이 별것 없는 것 같은데 자세히 들여다보면 내가 가진 소중한 것들이 참 많다. 이사를 하려고 이삿짐을 꾸리다 보면 작은 공간에 이렇게 많은 물건들이 있었나 싶을 정도로 짐이 많다. 모두 버리고 꼭 필요한 것만 가지고 가려고 살펴보면 어느 것 하나 버릴 것이 없다. 처음 가방 몇 개로 시작한 살림이 세월이 가면서 포장이사를 해야 할 만큼 많은 것들이 나와 함께 하고 있음을 느끼게 된다.

이렇게 많은 것들을 가지고 있는 나는 지금 가진 것만으로도 행복하다.

02

시간은 기다려 주지 않는다

막내딸과 함께 사시던 여든 다섯의 어머님이 독립을 선언하셨다.

서른다섯이라는 늦은 나이에 결혼해 아이를 낳아 키우기 힘들어하는 막내딸을 위해 함께 살기를 자청했었다. 어머니는 7남매를 낳아 키우신 경험과 노하우로 외손자를 돌보시며 틈틈이 근처 산과 들에 나가 나물을 뜯어다 말리거나 고추장이나 밑반찬을 담아 자식들에게 보내주는 즐거움으로 사셨다. 그렇게 8년을 사신 어머니는 사춘기 아이들처럼 구속되는 것을 답답해하고 자유롭게 혼자 살기 원하셨다.

자식들은 혈압이 높고 지병이 있으신 여든 다섯의 노모가 혼자 계시다 무슨 일이 생길까 염려되어 웬만하면 같이 살기를 원했지만 어머니의 마음은 단호했다. 남은 여생 큰아들 옆에서 효도받으며 살다가 하늘나라 가기를 소원하시는 어머니의 마음을 받아들여 부천 큰아들이 사는 집 근처에 있는 연립주택 1층을 구입하여 어머니를 모셨다.

내가 기억하는 어머니는 철인 인간이다. 아침에 일어나면 벌써 불을 지펴서 밥을 해 놓고 집 근처 밭에 나가 한참 일을 하고 돌아와 밥상을 차리는 중이었다. 일을 하는 손이 빠르고 야무질 뿐만 아니라 삽질도 남자들과 견주어도 부족함이 없을 정도로 잘했다. 어렸을 때 어머니는 잠을 안 자고 일을 해도 괜찮은 줄 알았다.

일만 잘하는 것이 아니라 우리들에게 재미있는 이야기도 많이 해 주었다. 겨울에는 하루 종일 가마니를 짜고 밤이면 호롱불 밑에서 해어진 양말이나 옷을 꿰매며 옛날이야기를 들려 주고 여름에는 마당에 평상을 놓고 모닥불을 피워 모기를 쫓으며 낮에 수확한 곡식을 손질하셨다. 그때에도 우리는 어머니 주변에 누워 조잘대며 장난을 치거나 밤하늘의 별자리 찾기를 하며 놀았다. 어머니는 별을 보며 숨을 쉬지 않고 '별 하나 꽁꽁 나하나 꽁꽁'을 숨 쉬지 않고 열 번 하면 소원이 이루어진다고 했다. 우리는 숨을 쉬지 않고 별 하나 꽁꽁 나 하나 꽁꽁을 열 번하기 위해 몇 번이고 해보지만 폐활량이 그 정도에는 미치지 못했다.

그런 어머니도 세월을 이기지는 못하셨다.

이제는 혈압도 높고 하지 정맥으로 조금만 걸으면 다리가 아파 오래 걷지도 못한다. 멀미가 심해 대중교통은 이용하기 어렵고 자가용을 이용한다고 해도 한 시간 이상 같은 자세로 앉아 있다 차에서 내리면 잠시 동안 걷기 힘들 정도로 다리가 뻣뻣하다. 멀미도 심해 차를 타고 멀리 갈 때는 아예 아무것도 드시지 않는다. 어려운 세월을 살아온 어머니는 하시라도 자식들에게 짐이 될까 싶어 밤에도 필요한 경우가 아니면 전등을 켜지 않으시고 선풍기도 아주 더울 때 잠시 켜 놓는다. 돈을 벌지 못하고 자식들 주머니에서 나오는 돈으로 사는데 아낄 수 있으면 아끼고 절약해야 한다는 생각을 하고 있으시다. 그렇게까지 아낄 필요 없다고 해도 막무가내로 아끼고 또 아낀다.

어머니 이야기를 글로 쓰기 위해 전화를 걸어 어머니는 구체적으로 어떤 꿈이 있었고 그 꿈을 이루기 위해 어떻게 살았는지 여쭈었다. 어머니는

"뜬금없이 전화해서 그렇게 물으면 아무 생각도 안 나지. 함께 살면서 말끝에 말이 나오고 이야기가 되는 거지" 하신다. 그러면서도

"학교에 다니지 못한 것이 한이 되지. 내가 조금만 배웠으면 이렇게 살지는 않았을 텐데" 하시며 목이 메인다.

"엄마 노래도 좋아하고 시도 잘 읊으셨던 것으로 기억하는데 노래 좋아하지 않으셨어요?"

"노래, 좋아했지. 시도 좋아하고 그런데 지금 그게 무슨 소용이냐 아무 생각 안 하고 조용히 살다 하늘나라 가련다. 날마다 잠자듯 가게 해 달라고 기도하는 것이 일이다."

"어떤 노래 좋아하셨어요? 한번 불러 주세요."

"아무 생각도 안 난다니까 왜 자꾸 물어. 바닷가에 가면 갈매기 바다 위에 날지 말아요. 오늘도 가신님이 왜 안 오시나. 헤어지면 그리옵고 만나 보면 시들하고..."

어머니는 울먹이시며 더 이상 노래를 잇지 못했다.

어머니는 마당에 널어 놓은 곡식이 비가 와서 떠내려가도 모르고 글만 읽었다는 선비의 막내딸이다. 학교에서 학생들을 가르쳤다고 하는데 어떤 학교였는지 어머니도 정확하게 모른다. 다만 집을 떠나 학생들을 가르치다 며칠 혹은 한 달에 한 번 집에 다녀갈 뿐 처자식이 밥을 먹는지 굶는지 관심이 없었다. 그래서 외할머니는 자식들을 굶기지 않기 위해 온갖 궂은일을 하며 입에 겨우 풀칠을 할 정도였으니 막내딸을 학교에 보낸다는 것은 꿈도 꾸기 어려웠다. 설상가상으로 큰딸이 시집가서 얼마 되지 않아 시집살이를 견디지 못하고 하늘나라로 갔다. 그러다 보니 외할머니는 "나무 해다 아궁이에 부어 주는 남자 만나야 신간 편하게 산다."라고 늘 입버릇처럼 말씀하시며 막내딸을 의지하고 살았다고 한다.

이런 이야기는 처음 들었다. 어머니는 외동딸로 자랐고 외할아버지는 학교 교장 선생님이었으며 외삼촌 두 분은 경찰이었는데 6 · 25

때 공산군에게 잡혀가 총살당하고 다리를 저는 막내 오빠만 살아남았다는 것이 내가 기억하는 외갓집 이야기인데 어렸을 때 들었던 이야기를 잘못 기억하고 있었던 것 같다. 그만큼 어머니는 자신의 과거를 꼭꼭 묻어두고 꺼내 놓지 않으며 속울음을 울며 살았다.

이제 어머니는 살아갈 날보다 살아온 날들이 훨씬 많다. 90세가 넘어서도 현장에서 의술 활동을 펼치는 한 원주 재활병원 내과 과장님도 계시는데 어머니에게는 당신의 꿈을 향해 한 발짝도 내 디딜 에너지가 없다. 가슴에 딱딱하게 뭉쳐 버린 응어리가 한이 되어 발목을 잡기 때문이다.

시간은 기다려 주지 않는다.

비단 나이 많아 쇠약해진 어르신들에게만 해당되는 것은 아니다. 2013년 여섯 살 된 아이가 동생과 함께 입소 절차를 밟아 들어왔다. 그런데 형이 자폐아가 아닌가 생각할 정도로 퇴행이 심각했다. 자기 이름을 써 놓은 글씨도 구별 못하고 자기가 좋아하는 색깔 이름도 몰랐다. "네 이름은 민지웅이지. 네가 좋아하는 이 색깔의 이름은 빨간색이야. 이 색 이름이 뭐라고?" 아이는 금방 알려 준 색이름도 기억하지 못했다. 잠자는 아이의 뇌를 깨우기 위해 날마다 조금씩 자극을 주기 시작했다. 아이는 책을 펴고 책상 앞에만 앉으면 최면에 걸린 듯 졸았다. 그래서 앉지 않고 서서 책을 읽어 주기도 하고 글자 카드를 들고 밖에 나가 돗자리를 깔고 앉아서 카드를 넘기며 글자를 따라 읽도록 했다. 전혀 흡수되지 않고 튕겨져 나오는 것이 벽하고 얘기하는 것 같아 순간순간 포기하고 싶은 생각이 나를 사로잡았다.

프로이트(S. Freud)는 성 본능(性本能)과 관련지어서 인간의 발달 단계를 구강기, 항문기, 성기기, 잠복기, 성욕기 등의 다섯 단계로 구분하고 피아제(J. Piaget)는 사고(思考)와 동작이 통정(統整)된 심리적 도식의 내용이 변화함에 따라 발달 단계를 감각 운동기, 전조작기, 구체적 조작기, 형식적 조작기 등 4단계로 구분하였다.

아이들은 위와 같은 단계를 거치며 발달한다는 것이 프로이드와 피아제의 이론이다. 그런데 단계마다 충족되어야 할 욕구나 주어져야 할 자극들이 주어지지 않았을 때 그 단계가 제대로 발달하지 못하고 지나가게 되는 경우가 있다. 그러면 이후에 그 단계에 맞는 욕구를 충족시켜 주고 자극을 준다 해도 결정적 시기에 발달한 것과 동일한 발달이 이루어지지 않는다는 것이 불가역성의 원리다.

늦었다고 생각하는 때가 가장 빠른 때다.

가랑비에 옷 젖는다고 잠자던 아이의 뇌는 조금씩 아주 조금씩 주어지는 자극에 반응하기 시작하더니 2년 만에 한글을 깨우치고 학교에 입학했다. 그리고 5학년이 된 지금 학급 반장을 하고 친구들에게 인기가 좋다. 어르신들의 경우도 마찬가지다. 살아온 세월만큼이나 고정관념이 강하고 아집이 있어 자신을 내려놓고 새로운 것을 받아들이기가 어렵기는 하나 불가능한 것은 아니다. 76세에 그림을 그리기 시작해서 유명한 화가가 된 미국의 로지스 할머니와 비슷한 이야기를 종종 매스컴을 통해 만나게 되는데 이는 나이가 많다고 해서 불가능한 것은 아니라는 방증이다.

무엇인가 시작하고 싶은데 망설이고 있다면 지금 시작하라. 시간은 기다려 주지 않는다.

03

희망의 마중물을 부어라

2004년 6월 19일 『성공하는 사람들의 일곱 가지 습관』이라는 책을 번역하고 한국 리더십센터를 운영하시는 김경섭 박사님의 '부부 행복 세미나'가 있었다. 『좋은 생각』이라는 잡지사를 통해 초청 티켓을 받아서 남편과 함께 가고 싶었는데 남편이 싫다고 하는 바람에 혼자 가게 되었다. 그날 장대비가 쏟아져서 남편이 길이 위험하다고 가지 말라는 것을 나는 왠지 가보고 싶어서 양재역 근처의 한국 리더십센터를 찾았다.

20여 쌍의 부부가 초청되었는데 나만 혼자 왔고 책을 읽고 거기에 나오는 내용에 따라 자기 사명 선언서를 써본 사람 또한 나 혼자였다. 책에 나와 있는 내용을 참고로 해서 쓰기는 했지만 그 순간의 삶이 투사된 것 같았다. 게임을 하면서 부부 사이의 문제를 발견하고 해결하는 방법을 찾아가는 내용이었는데 구체적으로 기억나는 것은 없다. 다만 결혼을 앞둔 커플이 참석해서 열심히 듣고 따라 하는 모습을 보며 저렇게 호흡을 맞출 수 있는 부부라면 정말 행복하게 살 것 같다는 생각을 하며 그들을 바라보았던 기억이 있을 뿐이다.

가족 사명 선언서, 나의 사명 선언서

집에 와서 저녁을 먹으며 그곳에서 배웠던 대로 가족 사명 선언서를 작성해 보면 좋겠다고 했다. 모두가 찬성해서 가족 사명 선언서를 작성했다. 앞부분의 내용은 함께 의견을 조율해 가며 작성한 것이고 뒷부분은 개인적으로 좋아하는 명언을 하나씩 기록했는데 작은아이가 4학년 때이고 자신감이 넘치던 때라 그런 격언을 인용했을 것 같고 큰아이는 대학 진학을 앞둔 시점이라 생각이 많았던 것 같다. 그리고 어느 대학을 가느냐가 중요한 것이 아니라 삶을 마감할 때 어떻게 살았느냐가 그 사람의 성공과 실패를 가늠할 수 있다는 생각을 했던 것 같다.

〈가족 사명 선언서〉

1. 항상 긍정적인 생각을 한다.
2. 잘못을 용서하되 잊지는 않는다.(일제만행 같은 경우)
3. 사실을 숨기지 않는다.

4. 서로의 모습을 있는 그대로 인정한다.

5. 자기가 가장 배우고 싶은 것을 배운다.

6. 건강을 위해 한 가지 운동을 한다.

7. 자기가 사용한 물건은 제자리에 놓는다.

8. 다른 사람의 입장을 생각하며 행동한다.

(남편)

생각이 바뀌면 행동이 바뀌고 행동이 바뀌면 습관이 바뀌고
습관이 바뀌면 인격이 바뀌고 인격이 바뀌면 인생이 바뀌고
인생이 바뀌면 죽음도 아름답다.

(나)

아름다운 얼굴이 추천장이라면 아름다운 마음은 신용장이다.

-불바리톤-

(큰아이)

항해는 출항할 때가 아니라 귀항할 때 성공 여부를 알 수 있다.

(작은아이)

내 사전에는 불가능이란 없다. -나폴레옹

〈나의 사명 선언〉

1. 나는 자신의 인생 목표를 달성하는 데 있어서 자발적이고 적극적인 사람이 된다.

2. 좋은 여건이나 가치를 위해 가만히 앉아서 기다리지 않고 적극적으로 행동하는 사람이 된다.

3. 금전과 재산의 노예가 아닌 주인이 된다.

4. 점차 경제적인 자립을 추구한다.

5. 지출을 절제하고 꼭 필요한 것만 산다.

6. 더 즐길 수 있도록 봉사와 자선을 한다.

7. 가정의 평화와 행복을 가장 우선시 한다.

8. 날마다 남편과 아이들의 건강과 행복을 위해 기도한다.

9. 찬규와 찬미가 가장 잘하는 것을 개발해 즐거운 인생을 살도록 적극 지원한다.(물질, 맘)

10. 능숙하게 할 수 있는 무엇인가를 하나 정도 개발한다.

11. 실수를 두려워하지 않고 현재 하고 있는 일에 최선을 다한다.

12. 시간을 가장 소중한 보물인 듯 아끼며 최대한 효율적으로 사용한다.

펌프를 이용해 물을 퍼 올려서 생활용수로 사용하던 때에 펌프에서 물이 빠져버리면 물이 올라오지 않는다. 그때 마중물을 부으면 내부의 공기를 배출하여 물을 퍼 올릴 수 있다. 희망도 마찬가지다.

그냥 열심히만 산다고 희망이 생기는 것은 아니다. 희망이 샘솟을 수 있도록 해야 하는데 사명 선언과 버킷리스트 작성은 희망을 퍼 올리기 위한 마중물과 같은 것이다. 사명 선언은 나의 사명 선언과 가족 사명 선언을 함께 하면 가족이 같은 방향을 바라보며 희망을 향해 나아갈 수 있기 때문에 더욱 의미가 있다.

당시에는 사명 선언만 했지 버킷리스트 작성은 하지 않았다. 그럼에도 불구하고 돌이켜보면 사명 선언을 한 대로 살아가고 있는 나를 발견하게 된다. 버킷리스트까지 작성하고 날마다 희망이 현실이 된 것을 상상하며 노력했다면 훨씬 더 많은 것들을 이루었을 것이다. 늦었다고 생각할 때가 가장 빠른 때라는 말을 기억하며 이제 버킷리스트를 작성하는 것으로 희망의 마중물을 부어 본다.

나의 버킷리스트10은 다음과 같다.

1. 베스트셀러 작가되기
2. 강연가로 활동하기
3. 몽골에 초등학교(선교학교) 세우기
4. 은퇴 후 실버 선교사로 활동하기
5. 아이들의 말을 끝까지 들어주기
6. 즐거운 집 모든 아이들이 자립에 성공하도록 적극적으로 돕기
7. 2019년에 아이들과 함께 베트남 여행하기

8. 더 많은 업무를 선생님께 넘기고 하루 2시간 이상 책 읽기와
   책 쓰기에 시간을 사용하기
9. 한 달에 한 번 멋진 레스토랑에서 밥 먹기
10. 항상 행복을 선택하기

버킷리스트를 작성했다고 모든 것이 이루어지는 것은 아니다. 버킷리스트 10^^으로 희망의 마중물을 부었다면 그다음은 매일 이미 이루어진 자신의 모습을 그림으로 완벽하게 상상하며 샘물을 퍼 올려야 한다. 모두가 불가능하다고 할지라도 좌절하거나 포기해서는 안 된다. 그런 말을 하는 사람들과는 조금 거리를 두고 긍정마인드를 가진 사람들을 가까이 하는 것도 하나의 방법이다. 이 책을 읽는 모든 사람들이 희망의 마중물을 붓고 행복한 성공을 이루어 누리며 살기를 간절히 바라는 마음이다.

04

인생을 바꾸고 싶다면 다른 선택을 하라

우리는 일반적인 것에서 벗어나 자기만의 다른 길을 가는 것에 대하여 두려움이 많다.

그래서 유행 따라 많은 사람들이 먹고 입고 즐기는 것을 따라 하며 그렇지 않은 사람들을 유행을 모르는 사람으로 치부한다. 옛날 우리 조상들도 '모난 돌이 징 맞는다.'고 하며 모나지 않고 평범하게 살아가기를 바랐다.

1차 산업이 주를 이루고 변화가 느리던 시대에는 함께해야 하는 일들이 많아 그랬을지도 모른다. 그러나 지금은 다르다. 하루가 다르게 변하고 특별하지 않으면 살아남기 힘든 세상이다. 정년퇴직하고 가장 많이 한다는 치킨집도 다른 가게와 차별화된 그 무엇이 있어야 지속 가능하고 입사 원서를 낼 때도 자기소개서를 어떻게 차별화 하느냐에 따라 당락이 결정되기도 한다.

아이들은 본능적으로 다른 아이가 먹는 것을 먹고 싶고 갖고 있는 것을 갖고 싶어 한다. 그래서 텔레비전에서 인기리에 방영되는 프로그램에 나오는 캐릭터가 있는 장난감을 너도 나도 사서 가지고 논다. 나는 그런 아이들에게 다른 선택하기를 요구한다. 초등학교에 다니는 아이들은 똑같은 과자를 먹고 똑같은 이름의 아이스크림을 먹기 원한다. 그런데 다른 종류의 과자나 아이스크림이 있을 때 자기도 같은 것을 달라고 떼쓰는 일이 발생하면서 시작된 일이다.

시장에 가면 각기 다른 종류의 과자를 사고 아이스크림도 몇 가지 종류를 구입한다. 그리고 아이들에게 우선순위를 정해 선택하도록 한다. 그렇게 주어진 다름에 대하여는 불평이 없다. 문제는 그렇게 할 수 없는 상황에서다. 그럴 때 나는 네 이름이 뭐냐고 묻는다. 그러면 이소리라고 대답한다. "그래 너는 이소리라는 특별한 아이야. 다른 아이와는 다른 것들이 많아. 그런데 같은 것을 갖기 원하고 똑같은 것을 먹고 싶다면 이름을 다른 아이와 같은 이름으로 바꿔야 하지 않겠니? 그리고 옷도 같은 옷을 입고 말도 똑같이 하고 행동도 똑같이 해야 하잖아. 그렇게 할래?"라고 묻는다. 그러면 아이는 아무 말 없이 나를 쳐다본다. 아이도 자기가 다른 아이와 구별되는 이름을 가지고 있고 외모가 다르며 성격이 다르다는 것을 알기 때문이다.

요즈음 초등학교는 많이 달라져서 방과 후 프로그램이 다양하고 내가 하고 싶은 것들을 선택해서 배울 수 있다. 중·고등학교도 동아리 활동을 통해 자기가 좋아하는 것들에 대하여 경험해 볼 수 있는 기회를 제공하고는 있지만 여전히 대학이라는 목표를 향해 동일하게 달려간다. 교육부에서는 평등한 기회를 제공한다는 명목으로 절대 평가를 준비하고 대학에서는 변별력이 없어진다고 난색을 표한다. 대학을 졸업하지 않으면 취업도 결혼도 어려울 것 같은 사회적 분위기는 내가 꼭 필요해서 대학을 가기보다 적어도 대학은 나와야 사회적으로 인정받으며 살 수 있을 것 같아 대학에 진학한다.

갈림길에 서 있는 사람들

우리에게 잘 알려진 로버트 프로스트가 쓴 '가지 않은 길'이라는 시는 갈림길에 서 있는 사람들의 마음을 잘 나타내고 있다.

단풍 든 숲속에 두 갈래 길이 있었습니다.
몸이 하나니 두 길을 가지 못하는 것을
안타까워하며, 한참을 서서
낮은 수풀로 꺾여 내려가는 한쪽 길을
멀리 끝까지 바라다보았습니다.

그리고 다른 길을 택했습니다, 똑같이 아름답고,

아마 더 걸어야 될 길이라 생각했지요.

풀이 무성하고 발길을 부르는 듯했으니까요

그 길도 걷다 보면 지나간 자취가

두 길을 거의 같도록 하겠지만요

〈중략〉

오랜 세월이 지난 후 어디에선가

나는 한숨지으며 이야기할 것입니다

숲속에 두 갈래 길이 있었고, 나는-

사람들이 적게 간 길을 택했다고

그리고 그것이 내 모든 것을 바꾸어 놓았다고

　다른 사람이 가지 않은 길, 그래서 잡초가 무성하고 그 길에 무엇이 있을지 조금은 두렵기도 한 그 길을 뚜벅뚜벅 걸어가는 사람들이 있다. 대표적인 인물 중 한 사람으로 김기덕 영화감독이 있다. 초등학교를 졸업하고 공장에서 일하던 그는 해병대에서 5년 동안 하사관으로 군 복무를 마치고 어느 날 프랑스 파리로 날아가 거리의 화가로 3년을 산다. 그리고 돌아와 돌연 영화감독이 되었다.

　그는 영화 학교에 다닌 적도 없고 충무로에서 연출부 생활을 했던 적도 없으며, 단편영화 습작 기간을 거치지도 않았다. 첫 작품으로 '악어'가 부산국제영화제에서 첫 선을 보인 후 개봉되었지만 흥행에 성공하지는 못했다. 이 후 6~7년 동안 치러야 했던 불신과 논쟁 그리고 오해는 아홉 번째 영화 〈봄 여름 가을 겨울 그리고 봄〉이라는 영화로 완전히 벗었다. 그는 2004년 〈사마리아〉가 베를린영화제에서, 〈빈집〉이 베니스영화제에서 감독상을 수상하면서 국내보다 국제 무대에서 작가 영화로 먼저 알려졌다.

10억 원 이하의 제작비 안에서 만들어지는 그의 영화는 자신이 겪었던 고통스러운 경험을 통해 타인들이 보지 못하는 삶의 단면을 포착했고 그것을 영화적 이미지로 만들었다. 그는, 자신의 영화에 대한 무관심과 혹평에 저항해 일간지 문화부와 영화 관련 저널에 편지를 보내기도 하며 꿋꿋이 자기만의 길을 걸어왔다. 쉽지 않았을 것이다. 그러나 그는 포기하지 않고 12년 동안 15편의 영화를 만들었다. 그리고 지금, 적은 비용으로 작가 영화를 만드는 감독으로 기억되고 있다.

나 또한 일반적인 길에서 벗어난 길을 걸어왔다.

내가 의도해서 시작된 일은 아니다. 가난한 부모 밑에서 태어나 어쩔 수 없이 공부하고 싶은 욕망을 따라 시작된 일이 남들이 가지 않은 길을 가게 한 것이다. 힘들고 어려운 순간도 있었지만 다양한 경험을 하며 정말 내가 하고 싶은 일은 무엇인가에 대하여 깊이 생각해 보는 기회가 되었다.

가난한 농부의 아내가 되겠다고 했을 때도, 아이 둘 낳고 검정고시에 도전장을 냈을 때도 주변 사람들은 반대했다. 아이를 위탁해 키울 때는 더 많은 사람들이 만류했다. 하루 24시간 일 년 365일 쉬는 날 없이 아이들을 챙겨야 하는 내가 한심스러웠을지도 모른다. 지금은 일곱 명의 아이들과 함께 생활한다. 선생님들이 있지만 정해진 시간에 출퇴근하고 주말이나 공휴일에는 나 혼자 아이들을 돌봐야 한다. 주변 사람들은 취미 생활이나 하고 여행 다니며 즐길 나이에 왜 그러고 있는지 이해가 안 간다고 한다.

내가 아이들과 함께하며 얼마나 건강하고 행복하게 사는지 아무도 모른다. 행복은 다분히 주관적인 감정과 이성으로 느끼는 것이기 때문이다. 이제 나는 책을 쓰고 있다. 이 또한 인생을 바꾸기 위한 또 다른 선택이다. 어떤 사람은 그 나이에 밤잠 설쳐 가며 책을 써서 뭐하냐고 하거나 대단하다고 한다. 내가 책을 쓰는 것은 대단한 것도 아니고 누구에게 보여 주기 위한 것도 아니다. 지금까지 습득한 지식과 경험을 다른 사람에게 나눔으로써 누군가에게 희망이 되는 인생을 살고 싶기 때문이다. 지금까지와는 다른 인생을 살고 싶다면 내 브랜드 가치를 높일 다른 선택을 하기 바란다.

05

행복해지는 것도 연습이 필요하다

아이들이 과제를 하기 위해 컴퓨터 앞에서 검색을 한다.

그런데 자기가 원하는 정보를 찾기 위해 키워드를 입력하는 모습이 심상치 않다. 검지손가락 하나를 가지고 자음과 모음을 찾아다니며 자판 한 번 치고 화면 한 번 보고 다시 자판 한 번 치고 화면을 보며 글자가 맞게 쳐지는지 확인하는 것이다. 70대 어르신도 아니고 21세기를 살아가는 아이들이 독수리 타법으로 컴퓨터 자판을 두드리도록 해서는 안 되겠다 싶었다.

하루에 10분씩 자판 연습을 하도록 하고 기본 자리부터 익히도록 했다. 자판 위에 손가락 위치를 알려 주고 컴퓨터에서 알려 주는 손가락을 이용해 자음과 모음을 치도록 하여 익숙해질 때까지 반복시켰다. 기본 자리를 시작으로 윗자리 아랫자리를 익힌 후 단어로 넘어갔다. 처음에는 더듬거리며 자꾸만 자판에 눈이 가던 아이가 화면을 보고 제법 잘 찾아가며 글씨를 입력한다.

타자뿐이 아니다. 각종 악기를 배울 때도 반복해서 연습함으로써 눈으로 악보를 보는 순간 손가락이 그 자리에 가서 소리를 낸다. 눈과 손이 동시에 움직이는 것이다. 눈이 악보를 보고 정보를 뇌로 전달하고 뇌에서 다시 손가락이 원하는 위치로 가도록 하는 과정이 생략되는 것이다. 위아래 건반이 있고 발까지 동원해서 연주하는 오르간을 치는 사람들이 건반이 아닌 악보를 보고 연주하는 것을 보면 신기하다. 손과 발이 자동으로 원하는 자리를 찾아갈 때까지 반복해서 연습한 결과이다.

행복도 마찬가지다. 부와 명예와 권력이 있으면 자동으로 따라오는 것이 아니라 행복하게 사는 연습을 통해 행복한 삶을 살 수 있는 것이다. 류보머스키 교수가 온라인에서 개강한 edx(https://www.edx.org)의 행복과학 강좌는 총 10회에 걸쳐 스스로 해볼 수 있는 11가지 행복 연습으로 다음과 같은 내용으로 되어 있다.

1. 좋은 일 세 가지 기록하기
2. 적극적으로 경청하기
3. 타인에게 친절을 베풀기
4. 용서의 8단계 실천하기

5. 마음 챙김 호흡법 실천하기

6. 명상하기

7. 자신을 다독이는 편지 쓰기

8. 스스로를 늘 다독이기

9. 감사 일기 쓰기

10. 감사 편지 쓰기

11. 자신이 경외하는 것에 관해 글쓰기

류보머스키 교수가 제시한 열한 가지 행복 연습이 모든 사람에게
절대적으로 다 적용되는 것은 아니다. 나에게 처해진 상황과 환경
에 맞게 더하고 빼는 것을 통해 나만의 행복 연습 리스트를 만들고
실천하면서 중간 점검을 통해 궤도 수정을 하다 보면 어느 사이 행
복하게 살고 있는 자신을 발견하게 될 것이다.

**남편은 1950년대 중반, 그야말로 찢어지게 가난한 농부의 넷째 아들
로 태어났다.**

점심은 굶는 것이 필수고 아침저녁도 멀건 죽으로 대신할 때가 많
았다. 체육특기생으로 겨우 중학교를 마친 남편은 다른 사람의 농
사일을 하고 품삯을 받아 집안 살림에 보탰다. 남의 집 일을 갔을
때 주는 참도 혼자 먹지 못하고 주머니에 넣었다가 집에 와서 동생
들과 나누어 먹을 정도로 정이 많은 남자였다. 소풍 가서 맛있는 것

사 먹으라고 준 용돈으로 고등어 두 마리를 사가지고 와서 온 식구가 한 끼 반찬으로 먹었다는 이야기는 오랫동안 시댁 식구들의 입에서 회자되었다.

결혼하고 신혼 때 생선을 구워 상에 올리면 남편은 먹지 않았다. 생선을 싫어하나 싶어 물어보았더니 어머니 생각이 나서 목에 넘어가지 않는다고 했다. 세월이 많이 흐르고 시댁의 경제 상황도 좋아져서 언제든 생선을 사다 먹을 수 있게 되었지만 남편은 여전히 그 옛날 어려웠던 시절에 머물러 있었다. 지금은 다 잘 먹고 잘 사니까 마음껏 먹고 건강하게 살자고 해보았지만 한동안 생선이나 고기를 마음대로 먹지 못했다.

나 또한 마찬가지다. 결혼하고 남의 빈집에서 신혼살림을 시작했던 나는 잘살기 위해 모든 면에서 절약하며 저축했다. 옷은 언니가 입던 것을 물려 입거나 시장에서 싸구려로 흔들어 파는 것을 사 입었다. 어떤 옷이 나에게 어울리는지 어떻게 입어야 세련되고 멋있게 보이는가는 상관없었다. 십수 년을 그렇게 살다 보니 경제 상황이 좋아져서 원하는 옷을 사 입을 수 있어도 내 몸에 맞는 옷을 고를 줄 모른다. 그리고 시장에 갔다가 할인 상품이라는 팻말이 붙은 옷가게 앞을 그냥 지나가지 못하고 만지작거리는 나를 발견하게 된다.

지금도 남편은 고기를 구워 먹을 때면 가족이 다 먹을 때까지 구워 주고 나서야 자기가 먹는다. 그러나 예전처럼 목이 메어 못 먹는 일은 없다.

오히려 꽁치 조림이나 고등어조림은 자기 앞으로 접시를 당겨서 맛있게 먹는다. 나도 이제 나이도 있고 위치도 있으니까 제대로 갖추어 입고 다니라고 딸이 사 준 정장을 자연스럽게 입고 외출한다.

이제 더 많은 행복을 누리며 살기 위하여 나만의 행복 연습 리스트를 만들어 본다.

1. 하루에 열 번 이상 웃는다.
2. 누구를 만나든 그 사람의 장점을 본다.
3. 매일 감사 일기를 쓴다.
4. 24시간 혼자 있어도 외롭지 않을 혼자만의 취미를 찾아 즐긴다.
5. 요가 운동을 통해 생활 리듬을 조절하고 건강 관리를 한다.
6. 어떤 상황이라도 긍정적으로 생각한다.
7. 내가 행복해야 아이들도 행복하다는 생각을 항상 기억한다.
8. '미안해, 사랑해, 고마워.' 라는 말을 입에 달고 산다.
9. 주부 퇴근 시간을 만들어 나만의 시간을 확보한다.
10. 나만의 공간에서 나만의 방법으로 나만의 시간을 즐긴다.

리스트를 만들고 이것을 지키기 위해 스트레스를 받을 필요는 없다. 한 가지씩 실천하는 것을 즐기며 그 순간을 행복으로 만들어 가면 되는 것이다. 아이가 태어나 뒤집고 기고 걸음마를 배울 때 넘어지고 또 넘어지면서 자연스럽게 걸음마를 배워가듯이 자기만의 행복 연습 리스트를 만들고 하나씩 실천해 가면 될 일이다. 다른 사람과 비교할 것도 없고 왜 오늘 열 번 웃지 않았느냐고 질책할 필요도 없다. 내일 다시 열 번 이상 웃으면 되는 일이다.

현대는 무한 경쟁 시대인 데다 빈부 격차는 더욱 심해지고 있다. 비교 행복을 찾다 보면 아무도 행복을 누리며 살 수 없는 세상이다. 행복도 기술이다. 기술은 훈련을 통해 익히는 것으로 다른 사람이 대신해 줄 수 없는 자기만의 노하우이다. 삶의 의미를 찾고 보람을 느낄 수 있는 자기만의 일을 찾아 행복하게 일하는 연습이 필요하다. 모든 사람이 행복해지는 연습을 통해 날마다 행복을 누리며 살기를 간절히 바라는 마음이다.

06

성공의 기준을 행복에 맞추어라

성공해서 행복하게 사는 것을 원치 않는 사람은 아무도 없을 것이다.

그렇기 때문에 성공을 목표로 초 · 중 · 고등학교 12년 동안 열심히 공부하여 좋은 대학에 진학한다. 그러면 성공의 문턱에 한 발 들여 놓은 것 같은데 또 풀어야 할 숙제가 기다리고 있다. 성적에 따라 혹은 부모님의 권유로 들어온 대학의 학과가 나에게 전혀 맞지 않는 경우 참으로 난감하다. 대충대충 학점을 따서 졸업하고 전공과는 전혀 상관없는 곳에 취업하는 경우도 있지만 아예 학교를 그만두고 다시 공부하는 학생들도 있다.

〈한동대학교〉는 무전공 무학과로 입학해서 신입생 전원이 글로벌 리더십학부에 소속된다. 그리고 1년 동안 국제화, 지식정보화 시대에 요구하는 필수적인 외국어 교육, 정보화 교육, 기초 인문 및 수학, 과학 교육, 신앙 및 인성 교육을 받는다. 그러는 가운데 2학년이 되기 전에 자신이 원하는 전공을 선택하는데 거기에는 인원이나 성적에 따른 제한이 없다. 뿐만 아니라 5학기 이내에 학부와 전공변경 신청서만 내면 자유롭게 전과도 할 수 있다. 학생들이 보다 더 섬세하게 자신들의 적성을 찾아 성공의 길로 가기를 바라는 학교의 운영 철학이 반영된 것이라고 할 수 있다.

그 외에도 이화여대를 비롯한 여러 학교들이 계열에 상관없이 신입생을 선발하고 2학년 올라가면서 학부와 학과를 정하는 학교가 늘어나고 있다. 그만큼 자신의 적성을 고려하지 않고 기준도 모호한 좋은 대학을 가기 위해 앞만 보고 달려가도록 하는 교육이었다는 반증이기도 하다.

소위 말하는 좋은 대학을 나와도 취업의 문은 좁기만 하다. 어찌어찌 해서 내가 원하는 대기업 입사 시험에 합격하여 합격 통지서를 받는 순간 하늘을 날아갈 것 같은 행복을 느끼는 것은 잠시뿐. 그 후 내가 소속된 조직의 한 구성원으로 자리를 잡고 자기 역할을 잘 수행하기까지 진통을 겪어야 한다. 그 과정에서 조직의 쓴맛을 경험하고 스스로 포기하는 경우도 있고 끝까지 살아남기는 했지만 먹고 살기 위해 어쩔 수 없이 일하는 경우도 있다. 그것도 잠시 젊은 사람들이 치고 올라와 언제든 그만두어야 할 수도 있다는 불안감에 시달리는 것이 요즈음 샐러리맨의 현실이다.

예전에는 사법고시를 보기 위해 고시원에서 몇 년씩 공부하는 사람들이 있었다. 사법고시를 준비한다는 그 자체만으로도 일반인들의 존경심을 자아내게 했고 특히 시골에서는 자랑스럽게 여기기까지 했다. 그리고 사법고시에 합격하면 동네 어귀에 현수막을 내걸고 축하해 주며 동네의 자랑으로 입에 오르내렸다. 요즈음은 사법고시를 준비하는 사람만 고시원에 있는 것은 아니다. 철밥통으로 알려진 공무원 시험을 보기 위해 수많은 젊은이들이 고시원에서 땀을 흘리고 있다. 그만큼 급변하는 시대에 수입이 보장되는 안정된 일자리를 찾기가 하늘의 별따기만큼 어렵다.

이 모든 노력은 먹고 살기 위한 돈을 벌기 위해서이기도 하지만 돈이 자본주의 사회에서의 성공의 기준이 되기도 하기 때문이다. 유전무죄 무전유죄라는 말이 있을 정도로 돈의 위력은 대단하다. 그러다 보니 쉽게 돈을 벌 수 있다는 말에 현혹되어 잘못된 길로 가는 경우도 발생하는 것이다. 돈은 우리가 살아가는 데 매우 많은 비중을 차지한다. 그렇다고 성공의 조건이 돈이 될 수 없고 돈이 많으면 행복하다는 보장은 없다.

돈과 함께 또 하나의 성공을 가늠하는 잣대로 명예와 권력이 있다.

우리는 명예와 권력을 가진 사람들을 성공했다고 말하기도 하고 또 부러워하기도 한다. 나 또한 그랬다. 중학교 3학년 말 친구들은 고등학교에 진학한다는 꿈에 부풀어 있을 때 나는 고등학교에 갈 수 없는 현실 앞에 무릎을 꿇고 앉아 한없이 울었다.

그런 나를 안타깝게 여긴 언니의 도움으로 서울에 있는 〈연희여자상업 전수학교〉에 입학해서 교복을 입고 학교에 다닐 수 있게 되었다. 그때는 교복을 입고 학교에 다닌다는 것만으로도 행복했다. 문제는 대학 진학의 문턱에서 시작되었다. 친구들은 각기 나름대로의 적성과 성적에 따라 대학을 선택하고 진학했지만 나는 또 하나의 벽을 넘어야 했다. 검정고시라는 관문을 통과해야 대학에 진학할 수 있는 전수학교를 다녔기 때문에 곧장 대학에 진학할 수 없었던 것이다. 당시에는 검정고시라는 벽이 너무 높아 도저히 넘을 수 없는 산처럼 여겨져서 포기하고 도피하다시피 결혼을 선택하여 안성으로 왔다.

그때부터 친구들과의 연락을 끊고 혼자 고립되었다. 중학교 다닐 때까지는 친구들과의 경쟁에서 결코 밀리지 않았는데 고등학교와 대학에 진학하는 과정에서 부모의 경제 능력은 크게 작용했다. 가난한 부모 밑에서 태어났다는 것 때문에 경쟁에서 밀리고 하고 싶은 공부를 할 수 없다는 것이 너무 불공평하게 여겨졌다. 그런 세상을 등지고 조용히 자연의 일부로 살아가고 싶었다.

친구들이 대학을 졸업하고 교직으로 학교에 발령받으면서 열등감은 더 심화되었다. 선생님으로서의 품위를 가지고 살아가는 친구와 '왔다천막사' 아줌마로 살아가는 내가 비교되면서 친구들 근처에도 가고 싶지 않았다. 그래서 모든 친구들의 연락처를 지우고 고향에 가도 친구를 찾지 않았다. 그러던 어느 날 어떤 남자 분이 천막을 맞추기 위해 가게에 왔다. 남자는 지나칠 정도로 꼼꼼하게 챙겨 묻더니 가격을 터무니없이 싸게 해 달라고 해서 나는 그 가격에 천막을 만들어 줄 수 없다고 하고 돌려보냈다. 남자는 명함을 내밀며 다시 오겠다고 하고 돌아갔다.

명함을 보니 〈중앙대학교〉 안성캠퍼스 디자인학과 이상진 교수라고 되어 있었다. 나와는 비교가 안 되는 높은 자리에 있는 분이 직함을 떼어 내고 손님과 가게 주인으로 만나니 그냥 사람과 사람의 만남이구나라는 생각이 들었다. 그리고 얼마 후 한 중소기업에서 천막으로 창고를 짓는다고 견적을 의뢰했다. 남편은 성실하게 견적서를 작성하고 그 일을 하게 되었는데 공사가 끝나자 현금 결제하기로 했던 것과는 달리 어음을 내밀었다. 남편은 격하게 화를 내고 어음으로 받을 거라면 차라리 공사 대금을 안 받겠다고 했다. 그 공사를 담당했던 분이 가게로 찾아와 회사 사정을 이야기하며 한 번만 봐 달라고 사정했다. 결국 절반은 현금 결제 하고 절반은 어음으로 받기로 했다. 그 과정에서 가게에 찾아와 머리를 숙이며 한 번만 봐 달라고 사정한 사람이 그 회사의 상무라는 것을 알았다.

회사에서는 상무로 밑에 직원들을 관리하는 사람이었지만 직함을 떼어내고 손님과 주인으로 만났을 때 서로의 의견을 조율하고 합의를 보는 사람과 사람의 만남에 불과하다는 것을 다시 한 번 알게 되었다. 이 후 나의 열등감은 어디로 사라졌는지 친구들을 피하고 내 안에 나를 가두고 살았던가 싶을 정도로 나의 자존감은 수직으로 상승하여 당당해졌다.

사람마다 성공의 기준은 다를 수 있다.

부와 명예와 권력이 일반적인 성공의 기준이라면 나는 행복을 성공의 기준으로 정했다. 행복하지 않은 성공은 모래 위에 집을 짓는 것과 같다. 행복이 없는 성공은 언제든지 파도가 밀려와 쓸어버리듯 순간 사라져버릴 수 있기 때문이다. 행복을 성공의 기준으로 삼는 사람은 다르다. 행운을 잡기 위해 오늘의 행복을 짓밟는 우를 범하지 않으며 내일의 성공을 위해 오늘의 행복을 저당잡히지 않는다.

부와 명예와 권력을 기준으로 성공 여부를 가름한다면 나는 사회적 성공을 이루었다고 말할 수 없다. 그러나 행복을 성공의 기준으로 본다면 분명 나는 성공한 인생이다. DNA가 다른 아이들과 생활하며 그 아이들을 통해 행복을 맛보고 또 아이들이 성장해 가는 과정을 보며 보람을 느낀다. 아이들을 돌보는 것은 내가 이 세상에 존재하는 의미이기도 하다. 의미 있는 삶, 그것은 진정한 행복을 누리며 사는 삶이다. 모든 사람이 성공의 기준을 행복에 맞추고 행복한 성공을 이루어 의미 있는 삶을 살기 바라는 마음이다.

오늘의 행복은 오늘 누리지 않으면 소멸된다.

07

남의 눈치 보지 말고 내 생각대로 살자

대부분의 사람들은 남을 의식하며 살아간다.

남을 의식하며 산다는 표현보다는 남의 눈치를 보며 살아간다는 표현이 더 맞을지도 모르겠다. 지나치게 남의 눈치를 보며 살아가는 것도 문제지만 전혀 다른 사람을 의식하지 않고 살아가는 것도 여러 사람을 불편하게 한다. 어떤 사람은 나만 그렇게 사는 것이 아니라 다른 사람도 나와 같이 살아가기를 바라며 간섭하는 경우도 있다. 부모 자식 간에는 그 정도가 더 심하다.

화장도 하지 않고 편한 복장으로 도서관에서 개설한 글쓰기 모임에 갔다가 동갑내기 도서관 관장이 차 한잔 하고 가라는 말에 관장실에 가서 차를 마셨다. 그런 나를 보며 함께 공부하던 지인이 자기는 화장 안 하고 옷을 갖추어 입지 않으면 밖에 못 나가는데 어떻게 그렇게 당당할 수 있느냐고 물었다. 한마디로 말할 수 없는 부분이어서 그냥 미소 짓는 것으로 대답을 대신했다.

친정어머니는 그런 나를 못마땅해 하셨다. 젊은 나이에 남들 다 입는 제대로 된 옷 한 벌 사 입을 줄 모르고 화장도 할 줄 모르냐고 질책하셨다. 삼일 굶은 것은 몰라도 행색이 초라하면 가난이 뒤 꼭지에 따라 다닌다고 화장도 하고 옷을 갖추어 입은 다음 외출하기를 바라셨다. 심지어 막내 결혼식 때는 머리 단정하게 하고 양복 갖추어 입지 않고 오려면 차라리 결혼식장에 오지 말라고 하셨다. 당시에 남편은 소아암 환우에게 머리카락을 기증한다고 꽁지머리를 하고 있었는데 결국 꽁지머리를 자르지 않고 막내 처재 결혼식장에 가지 않았다. 자식들이 가난하고 궁색하게 사는 것을 다른 사람에게 보여 주고 싶지 않은 어머니의 마음이라는 것을 나는 안다.

오랜만에 맞는 여유로운 토요일 오후, 남편은 돌집에 같이 가야 한다며 나를 재촉한다. 늦둥이를 낳아 기뻐하던 분들의 모습이 떠올라 따라나섰다. 설레는 마음 다독이며 아이들을 집에서 놀도록 하고 둘만의 외출을 했다. 남편은 차를 타고 가다가 갑자기 "차 한잔 마시고 갈까?" 하더니 목적지와는 다른 길로 들어선다. 예상치 못한 행동에 어리둥절해서 "무슨 차를 마셔요?" 했더니 남편은 웃기만 한다.

주머니에 주워 담고 싶은 반질반질한 조약돌들이 깔려 있고 사진이라도 찍고 싶은 정원수가 있는 카페다. 한쪽에는 작은 분수대가 있고 주차장에는 반짝이는 승용차가 서너 대 주차해 있다. 빈 공간에 주차를 마친 남편은 성큼성큼 걸어 들어갔다. 남편 뒤를 따르며 "누가 개업했어요? 아는 사람이 하는 곳이에요?" 물었지만 묻는 말에는 아랑곳하지 않고 이층 창가에 자리를 잡고 앉았다. 통나무로 지은 집은 나무 특유의 향기가 가득했다. 원목 탁자에 푹신한 의자, 주인의 손길이 느껴지는 화초들, 벽 여기저기에 걸린 그림과 마음을 끄는 시화들, 탁자에는 '여자들이 듣기 싫어하는 남자들이 하는 말 세 가지'라는 글이 꽂혀 있다.

차 한 잔에 몇천 원씩 주고 마실 남편이 아니다. 메뉴판을 보니 가장 저렴한 주스가 사천 원이고 차 한 잔에 팔천 원, 만 원 하는 것도 있다. 주스를 마시겠다고 했더니 남편도 같은 것으로 주문을 했다. 웨이터가 다시 오더니 주스가 떨어졌다고 한다. 할 수 없이 팔천 원하는 생크림 키위 주스를 시켰다. 기다란 컵에 꽃 장식을 한 키위 생크림 주스를 마시며 웬일이냐고 다시 물었다.

방글방글 웃던 남편은 "변화를 주며 살아야 하는 거야 이 사람아" "이런 집을 지으면 어떨까" 했다 다시 한 번 실내를 둘러보니 통나무로 마감하여 나무 향이 은은하게 퍼지고 안정감이 느껴졌다. 평소에 통나무집이나 황토 집에서 살고 싶다는 내 말을 마음속에 두었다가 지나는 길에 인상적인 집이라 생각되어 보여 주고 싶었다고 했다. 감동해서 눈물이라도 흘리며 고마워해야 하는데 눈물이 아닌 웃음이 나왔다. 분위기 있는 카페와 아울리지 않는 화물차를 타고 와서 차를 마시는 우리 부부를 힐끔힐끔 쳐다보는 사람들의 눈이 의식되었기 때문이다.

반짝이는 승용차들 사이에 먼지 낀 화물차를 세우고 들어와 차를 마시는 두 남녀를 불륜이 아닌가라는 의심을 하며 쳐다보는 것은 당연한 일인지도 모른다. 다른 사람이 어떻게 보든 별로 신경 쓰지 않으며 사는 남편이기에 먼지 뒤집어 쓴 화물차를 타고 그런 찻집에 들어갈 수 있었던 것이다.

관공서에서 하는 교육에 가도 마찬가지다. 작업복을 입고 덜덜거리는 화물차를 타고 간 사람과 빛이 나는 고급 승용차를 타고 간 사람을 대하는 태도가 다르다. 어떤 차를 타고 다니며 어떤 집에서 사느냐에 따라 접대의 수위가 달라지는 것이 부인할 수 없는 현실이다. 이런 현실에서 남의 눈치 보지 않고 내 생각대로 살기는 쉽지 않다.

남편은 지금도 화물차를 타고 다닌다.

주변 사람들은 이제 나이가 있으니 화물차는 농장에서 농사용으로 사용하고 외출용으로 승용차를 구입해 사용하라고 권한다. 남편은 승용차를 타고 다닐 만한 경제적 능력은 있지만 다른 사람에게 보여 주기 위해 살지 않는다. 자기 생각대로 살며 자기만의 방식으로 행복을 누린다.

'생각대로 살지 않으면 사는 대로 생각하게 된다.'는 책에서 은지성 작가는 다른 사람과의 약속을 지키는 것은 신뢰와 명예, 눈치 때문에 그다지 어렵지 않지만 자신과의 약속을 지키는 것은 쉽지 않다고 말한다. 처벌이나 규제가 없고 혼자만의 약속은 다른 사람 눈치 볼 필요가 없기 때문이라는 것이다. 이 책에는 행복한 성공을 이루고 선한 영향력을 끼치며 살아가는 사람들의 이야기가 실려 있다. 그들은 하나같이 다른 사람과의 약속도 중요하게 생각하지만 자기와의 약속도 소중하게 생각하고 지켜온 사람들이다.

자기 생각대로 살면서 인류에 가장 큰 영향력을 끼친 사람으로 슈바이처를 들 수 있다.

슈바이처 박사로 잘 알려진 그는 철학 박사이자 신학 박사이며 파이프 오르간 연주자로 유명하다. 그가 어렸을 때 우연히 다른 마을에 갔다가 그곳에 세워져 있던 아프리카 사람의 석상을 보게 되었다. 그전에도 1년 내내 더운 아프리카에는 병에 걸려도 병원에 가지 못하고 죽어 가는 사람이 많다는 이야기를 들은 적은 있었지만, 막상 고개를 숙인 채 슬픈 눈빛을 하고 있는 석상을 보니 마음이 아팠다. 그리고 서른 살까지만 나를 위해 학문과 음악을 하고 그 이후에는 어릴 때 본 그 아프리카 석상처럼 힘들게 살아가는 사람들을 위해 내 인생을 바치겠다고 결심했다.

무엇하나 부러울 것 없었던 그는 자신과의 약속대로 서른 살에 아프리카로 날아갈 결심을 하고 의학 공부를 했다. 그의 뜻에 감동하여 헬레네라는 아가씨도 슈바이처를 돕기 위해 간호사 공부를 했다. 어려운 공부를 마치고 의사 시험에 합격해 의학 박사 학위까지 받은 슈바이처는 헬레네와 결혼한 뒤 1913년에 아프리카로 떠났다. 제2차 세계 대전 중에도 유럽으로 돌아가지 않고 아프리카에서 전도와 진료에 전념하였는데 사람들은 그를 원시림의 성자라고 불렀다. 노벨평화상을 받은 그는 1965년 90세의 나이로 세상을 떠났지만 지금도 자기 생각대로 살며 인류에 공헌한 인물로 회자되고 있다.

　나는 남의 눈치 보지 않고 내 생각대로 살고 있는가? 만약 그렇지 않다면 지금부터라도 내 생각대로 살며 나만의 행복을 찾아가는 삶이 되기를 간절히 바라는 마음이다.

에 | 필 | 로 | 그

2017년이 저물고 2018년이 시작되었다.

어제와 오늘의 시간이 다르지 않고 오늘과 내일의 시간이 변함없이 흐르는데 일 년이라는 매듭이 있어 큰 의미를 부여하며 한해를 보내고 또다른 한해를 맞이한다. 많은 사람들이 지인들에게 연초에 세웠던 계획과는 다르게 크고 작은 일들로 좌충우돌하며 살아온 시간을 아쉬워하며 새해에는 조금 더 건강하고 행복하기 바라는 마음을 담아 덕담을 건넨다.

나 또한 지난 일 년을 치열하게 살았다. 한 아이가 보건복지부 장관상을 받았는가 하면 한 아이는 고등학교에 입학해 한 학기를 마치고 학교를 그만두었다. 학교를 그만두고 자유를 만끽하던 아이는 다시 학교로 돌아가고 싶다고 1학년으로 재입학을 신청했다. 그 와중에 평범하게 살고 싶었지만 결코 평범하지 않았던 내 삶의 이야기를 나눔으로 누군가에게 희망이 되고 싶다는 생각을 현실로 만들기 위해 컴퓨터 자판과 씨름했다.

일곱 명의 남자 아이들과 함께 날마다 시끌벅적 와글와글 살면서 글을 쓴다는 것은 만만한 일은 아니었다. 때로는 밤잠을 설치기도 하고 입안이 헐어 밥을 먹을 수 없어 밥을 약으로 먹기도 했지만 내가 하고 싶은 일을 한다는 행복함이 있어 견딜 수 있었다. 드디어 어렵고 힘든 상황 가운데서도 행복을 찾고 선택하며 살아온 이야기들을 한 권의 책으로 묶었다.

책을 쓴다는 것은 쉬운 일이 아니었다. '구슬이 서 말이라도 꿰어야 보배'라는 속담처럼 머릿속에서는 그동안 살면서 경험한 이야기들이 가득한데 어떤 주제로 어떻게 엮어야 할지 몰라 당황스러웠다. '3일 만에 끝내는 책 쓰기 수업'이라는 책과 〈한국 책 쓰기 협회〉 김태광 대표의 조언이 큰 도움이 되었다.

하나님은 아이들을 내게 맡기시면서 건강과 행복을 덤으로 주셨다. 지금까지 어떠한 상황 가운데서도 희망을 잃지 않고 살 수 있었던 것은 하나님을 믿는 믿음이 있었기 때문이다. 언제나 힘이 되고 능력이 되는 하나님을 찬양한다. 그리고 가장 가까이에서 호랑이선생님처럼 나의 모난 부분을 사정없이 깨트리면서도 내가 하고 싶다는 일에 대하여는 한 번도 안 된다고 말하지 않은 남편에게 지면을 통해 감사한 마음을 전한다. 또 엄마로서 부족함이 많은 나에게 언제나 새로운 사고를 하도록 한 아들 찬규와 딸 찬미에게 따뜻하고 사랑 많은 엄마이지 못해 미안하고 또 고맙다는 말을 전하고 싶다.

묵묵히 내 곁에서 아이들의 생활지도와 학습지도를 돕는 안영미 선생님과 김영권 선생님께도 깊은 감사를 드린다. 무엇보다 바라만 보고 있어도 웃음이 나오고 행복을 느끼게 하는 네 살 배기 막내와 초등학교에 다니는 아이들, 내 키보다 훨씬 크고 듬직한 고등학생이 된 아이들이 있어 오늘의 내가 있음을 감사하게 생각한다.

마지막으로 이 책이 나오기까지 꼼꼼하게 체크 또 체크하시며 누구나 읽고 행복을 담아가기 바라는 마음으로 책을 예쁘게 만들어 주신 『미문사』 김종욱 대표님과 박용 디자이너님께도 진심으로 감사드린다.

이 책을 읽는 모든 분들이 마음 한가득 행복을 담아가셔서 행복하게 살기를 간절히 바라는 마음이다.

행
복_의

온
도

행복_은 선택_{이다}

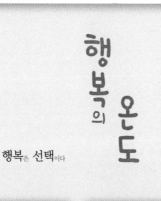